小公民文学读本

XIAOGONGMINWENXUEDUBEN

真话比整个世界
的分量还重

国家编

李庆明 李冰 主编

21 二十一世纪出版社
21st Century Publishing House
全国百佳出版社

图书在版编目（CIP）数据

真话比整个世界的分量还重：国家编 / 李庆明，李
冰主编 . -- 南昌：二十一世纪出版社，2013.10（2022.4重印）
（小公民文学读本）
ISBN 978-7-5391-9077-8

Ⅰ.①真… Ⅱ.①李… ②李… Ⅲ.①世界文学－作
品综合集 Ⅳ.① I11

中国版本图书馆 CIP 数据核字 (2013) 第 224462 号

真话比整个世界的分量还重：国家编　　　　李庆明　李冰 主编

策　　划	张　明	
责任编辑	张　宇	
出版发行	二十一世纪出版社（江西省南昌市子安路 75 号　330009）	
	www.21cccc.com　cc21@163.com	
出 版 人	张秋林	
经　　销	新华书店	
印　　刷	三河市人民印务有限公司	
版　　次	2018 年 4 月第 1 版　　2022 年 4 月第 2 次印刷	
开　　本	880×1230mm　1/32	
印　　张	9.625	
字　　数	210 千	
书　　号	ISBN 978-7-5391-9077-8	
定　　价	39.80 元	

赣版权登字—04—2013—692

如发现印装质量问题，请寄本社图书发行公司调换 0791-865224997

编者的话

用阅读铸就高贵灵魂

柏拉图曾说过:"开一个好头,对于做任何事情都是重要的,尤其是那些尚处于年青和稚嫩阶段的事物……"柏拉图的话无疑道出了启蒙对于人生的重要奠基意义。儿童的成长不仅关乎其自身的福祉,也关乎家庭、社会、民族、国家和人类的未来。随着公民社会的崛起与成熟,怎样做人,怎样让孩子们从小树立公民意识,成为家长与学校必须面对的新课题。

解题固然千头万绪,而我们给出的良方便是阅读——不仅是一般的知识性阅读,而是指具有文化意蕴的阅读。通过对诗意、史韵、理趣的感悟,对包括文学、历史、政治、哲学、科学、数学等方面构成的文化阅读,培育孩子的公民意识,塑造健康人格。这样的阅读,必将成为丰富的精神滋养,使少年儿童终身受益。

这套《小公民文学读本》,便是本着这样的理念选编而成——经由文学的形式,向孩子解读爱的内涵,使其具有感受美的敏锐,从善的能力。美国前教育部长威廉·贝内特曾编著过一本《美德书》,盛极一时,被誉为美国的儿童"圣经"。他希望把人类那些具有卓越、高尚价值的美德故事尽早呈现在儿童面前,如同情、责任、友谊、正直、勇气、毅力、诚实、忠诚、自律……一切可归结于德性教育,即对儿童美德的塑造。现代文明社会倡导的德育首先应是公民德性与公民伦理教育,而最好的教育便是让人感动。文学阅读直指人心，无疑应是启迪小公民心智、濡染品性，造就公民社会的第一块基石。

童年需要并适合这种斯文、高贵的阅读。如此阅读会使儿童气质清朗，心灵纯朴，童心不灭。而由它发出的道德指引，将给人生带来光亮、梦想和希望。

目 录

在自由和梦想中飞翔

勇气与正义

光荣的一日

真话比整个世界的分量还重

人类良心的一刹那

《青年思想家》　　　　　　　麦绥莱勒（1951）

在自由和梦想中飞翔

生命诚可贵，

爱情价更高；

若为自由故，

两者皆可抛。

——裴多菲【匈牙利】

在自由和力量中飞翔①

◎ 沃尔特·惠特曼

沃尔特·惠特曼（1819—1892），美国著名诗人、人文主义者，其代表作品有诗集《草叶集》。

我，不愿跟爱唱的小鸟争一个长短；
我渴望去那寥廓的天宇高高飞翔。
是雄鹰和海鸥深深地打动了我的心，
那金丝雀和学舌鸟决不是我的理想。
我，不习惯用甜点的颤音柔声啼啭，
我要去自由、欢乐、力量和意志的
蓝天展翅翱翔。

---

① 选自《金果小枝》，华宇清编，薛菲译，黑龙江人民出版社1982年版。

像自由一样的字眼①

◎ 兰斯顿·休斯

　　兰斯顿·休斯（1902—1967），最杰出的现当代美国黑人诗人，被誉为"黑人民族的桂冠诗人"。

有像自由一样的字眼，
讲起来甜蜜而又舒坦。
日日夜夜，岁岁年年，
自由在拨动我的心弦。

有像自由一样的字眼，
几乎使得我大声呐喊。
你如果知道我的经历，
你就会明白我的情感。

───────────────
① 选自《新语文读本·小学卷》，王尚文、曹文轩、方卫平主编，广西教育出版社2002年版。

小狗[1]

◎ 亚力山大·索尔仁尼琴

亚历山大·索尔仁尼琴（1918—2008），俄罗斯作家。1970 年，"因为他在追求俄罗斯文学不可或缺的传统时所具有的道义力量"，荣获诺贝尔文学奖。

"自由是一切生灵在其生命历程中所追求的一种永恒理想，对自由的渴望是生命本能的需求。"

在我们的后院里，一个小男孩把他那名叫夏里克的小狗链了起来；自从是小雏狗它便是一团被枷铐着的绒毛球。

有一天，我带给它几根鸡骨头，还是热的，而且很香。那小男孩刚刚解开皮链，放开那条可怜的小狗，让它在院子里奔跑。雪很深，像羽毛。夏里克跃踏得像一只兔子，先是用后脚跳，接着用前脚跳，从院子这头跳到那头，一来一回，把嘴巴插进雪里。

它向我奔来，全身毛茸，对我跳起来，嗅嗅骨头，走了，肚皮拖在雪地里。我不要你的骨头，它说，只要还我自由……

---

[1] 选自《诺贝尔文学奖获得者散文诗选》，薛菲编，颜元叔译，浙江文艺出版社1994年版。

四大自由（节选） ①

◎ 富兰克林·罗斯福

> 富兰克林·罗斯福（1882—1945），美国历史上唯一蝉联四届（第四届未任满）的总统，在 20 世纪的经济大萧条和第二次世界大战中扮演了重要的角色。被学者评为是美国最伟大的三位总统之一。

在1941年1月6日致国会的咨文中，富兰克林·罗斯福总统提出了四项"人类的基本自由"，"四大自由"思想是美国历史上最重要的思想之一。被认为是关于美国人民准备为之奋斗的原则的最简要声明，且对此后世界的发展产生了巨大的影响。

在我们力求安宁的未来岁月中，我们盼望有一个建立在四项人类基本自由之上的世界。

第一是言论和发表意见的自由——在世界每一个地方。

第二是每个人以自己的方式崇拜上帝的自由——在世界每一个地方。

第三是不虞匮乏的自由——从全球的角度说，意味着保证使每

---

① 选自《美国读本》，（美）戴安娜·拉维奇编，陈凯、林本椿等译，国际文化出版社2005年版。

个国家的居民过上健康的和平时期生活的经济共识——在世界每一个地方。

第四是免受恐惧的自由——从全球的角度说，意味着世界范围的裁军，它是如此全面彻底，以致任何国家都无法对他国发动武装侵略——在世界每一个地方。

这并不是对遥远将来的幻想。它是我们自己的时代、我们这一代人就能实现的一个世界的确切基础。这一世界恰恰是专制主义所谓"新秩序"的对立面，独裁者们企图用炸弹的威力来创造那种秩序。

与那种"新秩序"针锋相对，我们提出一更大的概念——精神秩序。一个良好的社会能够面对世界职权的阴谋或外国革命而无所畏惧。

自美国有史以来，我们一直在从事变革，即不间断的和平革命，这场革命平静稳步地发展，不断适应变化中的情况而无须使用集中营或万人冢。我们拜求的世界秩序是自由国家的合作，在一个友好文明的社会中一同工作。

这个国家把它的命运托付给千百万自由的男女公民的双手、头脑和心灵，把它的信念建立在上帝所引导的自由上。自由意味着任何地方人权至上。我们支持为争取和捍卫人权而斗争的人们。我们的力量在于我们目标一致。

这一崇高观念除胜利无其他结局。

独立宣言（节选）^①

◎ 托马斯·杰弗逊

托马斯·杰弗逊（1743—1826），美国政治家、思想家、教育家，《独立宣言》起草人，民主共和党创始人，美国第三任总统。

1776年7月4日，美利坚合众国十三州议会一致通过《独立宣言》。自这一年以来，宣言所体现的"人人生而平等"作为美国立国的基本原则，作为人们的信念和理想，一直在全世界为人传颂。成为人们争取平等、民主、公正的最有力的思想武器。

在人类事务发展的过程中，当一个民族必须解除同另一个民族的联系，并按照自然法则和上帝的旨意，以独立平等的身份立于世界列国之林时，出于对人类舆论的尊重，必须把驱使他们独立的原因予以宣布。

我们认为下述真理是不言而喻的：人人生而平等，造物主赋予他们若干不可让与的权利，其中包括生存权、自由权和追求幸福的权

---

① 选自《美国读本》，（美）戴安娜·拉维奇编，陈凯、林本椿等译，国际文化出版社2005年版。

《独立宣言》是1776年7月4日，由托马斯·杰弗逊起草，并由其他13个殖民地代表签署的最初声明北美13个殖民地摆脱英国殖民统治的文件。

利。为了保障这些权利，人类才在他们中间建立政府，而政府的正当权力，则是经被治者同意所授予的。任何形式的政府一旦对这些目标的实现起破坏作用时，人民便有权予以更换或废除，以建立一个新的政府。新政府所依据的原则和组织其权力的方式，务使人民认为唯有这样才最有可能使他们获得安全和幸福。若真要审慎地来说，成立多年的政府是不应当由于无关紧要的和一时的原因而予以更换的，过去的一切经验都说明，任何苦难，只要尚能忍受，人类还是情愿忍受，也不想为申冤而废除他们久已习惯了的政府形式。然而，当始终追求同一目标的一系列滥用职权和强取豪夺的行为表明政府企图把人民置于专制暴政之下时，人民就有权，也有义务，去推翻这样的政府，并为其未来的安全提供新的保障。

自由的精神①

◎ 勒尼德·汉德

勒尼德·汉德（1872—1961），美国最伟大的法官之一，1944年5月21日，他应邀在纽约市中央公园一个大型集会演讲，以纪念"我是一个美国人日"（I am an American Day）。他这篇发表在大战关键时期的讲话被广泛印发。

美国作家E. B. 怀特说，"人类的自由精神实质上是历久不衰的；它不断生发，从未被血与火扑灭过。"那么，勒尼德·汉德是怎样定义自由的精神的呢？

我们在这里集会，是为了肯定一种信仰，一种对共同目的、共同信念和共同的献身精神的信仰。

我们中间的一些人已经选择美国作为自己的国家，另外一些人则是做出同样选择者的后代。因此，我们有权把自己看做一个精英群体，它的成员们勇于同过去决裂，勇于面对在一个陌生土地上遇到的危险和孤寂。激励我们或我们的先辈做出这一选择的目标是什么呢？那就是我们追求自由：免遭压迫的自由，远离贫困的自由，独立自主的

---

① 选自《美丽英文·感动一个国家的文字（英汉典藏版）》，艾柯编译，天津教育出版社2006年版。

自由。我们那时努力追求这一目标，而今我们相信自己已经通过奋斗达到了这一目标。当我们说我们首要的目标是追求自由的时候，意旨何在呢？我常常怀疑人们是否对宪法、法律和法庭寄予了过多的希望。这些都是虚幻的希望，请相信我，这些真的是虚幻的希望。自由只存在于人们心中，如果它在人们心中死去，没有任何宪法、法律或法庭能够挽救它，任何宪法、法律或法庭甚至对此无能为力。而当自由存在于人

位于美国新泽西州泽西市哈德逊河口附近的自由女神右手高举象征自由的火炬，左手捧着刻有 1776 年 7 月 4 日的《独立宣言》，脚下是打碎的手铐、脚镣和锁链。这尊由法国赠送的雕像象征着美国的自由精神和对挣脱暴政的抗争。

们心中时，没有必要用任何宪法、法律或法庭去挽救它。那么人们心中必须存在的自由是什么？它不是冷酷无情，不是恣意放纵的意志，不是为所欲为的自由。这些是对自由的否定，会直接毁灭自由的精神。假如在一个社会中，人们认为不应该对他们的自由加以控制，那么它很快会变成一个只让一小部分凶狠残暴的人拥有自由的社会，这是我们以痛苦的经验换来的一点教训。

什么是自由的精神？

我不能给它准确地定义，只能告诉你们我自己的信念：自由的精神就是反对唯我独尊的精神；自由的精神就是尽量去理解别人的精

神；自由的精神就是不带任何偏见地将别人的利益与自己的利益一起考虑的精神；自由的精神就是即使一只麻雀落地也该引起关注的精神；自由的精神也就是基督的精神，他在大约两千年之前教给人类从未学过并且永远难忘的一课：有可能出现一个王国，在那里，人们对最伟大者和最渺小者不分贵贱，一视同仁。现在，这种精神，这种从未存在、或许永不会有的、唯独美国才具有的精神，唯独美国人的良知和勇气才能创造的精神，它以某种形式深藏在大家心中，它让我们的年轻人此刻正为之奋战和牺牲，它让我们看到一个自由、繁荣、安全、富足的美国——如果我们不能把人类所有美好的愿望当做信号、航标和准则，并为之奋斗不已，我们将不能抓住自由精神的真谛，我们将懈怠对自由精神的承诺。为了确定大家共同分享这一信仰，我请求大家举起手跟随我一起宣誓：

我宣誓效忠于星条旗，效忠于美利坚合众国——一个建立在团结、自由与公正之上的联邦国家。

自由 ①

◎ 郑振铎

郑振铎（1898—1958），著名作家、学者、文学评论家、文学史家、翻译家、艺术史家，也是国内外闻名的收藏家，训诂家。

"'自由'他在什么地方呢？"

一个国王，一个军官，一个农夫和一个孩子，会集在"生之旷原"中，这样地互相问讯着。

国王说道："唉，我找'自由'许久许久了，但是终没有找到。别人以为我是王，一定可以脱离了一切的束缚。其实我是终日被'尊严'与'荣誉'的金冠覆盖着的。一天到晚的我都被包围在锦绣的金幕里，何曾看见'自由'呢？但是你们，你们是平常的百姓，可也曾找到了'自由'么？请告诉我。"

"没有，陛下！"军官答道，"我受你的支配，'责任'与'赏罚'的魔鬼终日跟随着我，哪里还有工夫去寻找'自由'呢！但是你们，你们无责任的人，可也曾找到了'自由'么？请告诉我们。"

"唉，没有！"农夫悲声答道，"我是终日被'工作'、'饥饿'与

---

① 选自《自由与权力》，（英）阿克顿著，侯健等译，商务印书馆2001年版。

'赋税'所困扰的。他们布了一层层的铁网在我四周，使我身里、心里都没有丝毫的余暇，哪里曾看见什么'自由'呢？但是你，小孩子，你是个快乐的、立在'生之网'以外的人，可也曾找到了'自由'么？请告诉我们。"

"没有，没有。"小孩子答道，"我母亲爱护我。她一步也不许我离开。而且我还没有读书，不知道'自由'到什么地方去找。"

他们徘徊于"生之旷原"，这样地互相问讯着，只是找不到"自由"。

到了"死之宫"，在那里谁也是大而深陷的眼窝，细而白长的骨格，在那里"尊严"、"责任"、"饥饿"与一切束缚人类的身与心的恶魔都徘徊门外而不能进去；在那里一切都是寂静而不安，超脱了所有束缚。

在"死之宫"里，他们最后找到了"自由"了。

从13岁开始享受自由①

◎ 安妮·兰伯特

愿意对自己的人生负责,这是一个人自尊心萌芽的表现。

从小妈妈就教我凡事都问个为什么。她是那种对没完没了的"为什么"永远不厌其烦的妈妈。

不过,妈妈从不简单地给我答案,而是让我自己先思考。渐渐地,我学会了在做事之前,先用自己的小脑瓜分析所有的可能性,遇事常常自问:"如果有人这么对我,我会怎么想?"妈妈的循循善诱和严格要求为我形成良好的品性打下了坚实的基础。

我13岁生日那天,妈妈把我叫进她的房间。"安妮,我想和你谈谈。"妈妈拍了拍身边的床铺。

"我用了12年的时间培养你的价值观和道德观,"她开口道,"你觉得自己具有分辨是非的能力了吗?""当然。"我答道。这个出人意料的开场白让我不觉隐去了笑容。

---

① 选自《课外阅读》2008年第11期。

"今天是你的13岁生日，从今以后你就不再是小孩了，生活会变得复杂很多。"妈妈语重心长地说，"我已经为你打下了基础，现在是你开始自己拿主意的时候了。"我茫然不解——拿什么主意呀？妈妈笑了。"从现在起，你自己的规矩自己定。什么时候起床，什么时候睡觉，什么时候写作业，和哪些人交朋友，这些都由你自己决定。"

　　"我不明白。你生我的气了吗？我做错什么了？"妈妈伸手搂住我的肩膀："每个人迟早都要自己做主。很多被父母严格管教的年轻人，往往在他们离开大学，没人给他们指导的时候犯下了可怕的错误，有些甚至毁了自己的一生。所以我要早一点给你自由。"

　　我目瞪口呆地盯着她，各种念头一起闪过脑海。那么，我随便多晚回家都可以，自由参加各种聚会，没有人催促我写作业……这简直棒极了！

　　妈妈站起来，莞尔道："记住，这是一种责任。家里人都在看着你。而只有你一个人为自己的过错负责。"

　　"你为什么这么信任我？"我有些兴奋不安。"因为我宁愿你现在犯错，现在你还在家里，我能给你建议和帮助。"她说着用力抱了

在平等、尊重、愉悦的母女关系里，母亲给孩子的爱也是平等、尊重、令人愉悦的，在这个环境里成长的孩子必然也是独立的、快乐的、懂得尊重的、有界限原则的。

抱我,"别忘了,我一直在你身边。任何时候,如果你需要,我会随时帮助你。"

我们的谈话就这样结束了。同以往一样,这个生日是与家人一起度过的,有蛋糕,有冰淇淋,还有礼物,而母女间的这次交谈却是我收到的最有意义的生日礼物。我明白,妈妈并没有彻底走出我的生活,只是给我空间来伸展翅膀,准备未来的飞翔。

在之后的数年间,我也做过不少错事,但那是每个少男少女必经的人生体验。我有时不完成作业,偶尔熬熬夜,还有一次参加了一个危险的聚会。妈妈从没有为这些而责骂我。当我成绩下滑时,她会平静地指出我想进入理想大学的机会正在减少,成绩越差,机会越少;如果我熬夜,她会幽默地取笑我是不是心情不佳。那次聚会后,她只是问我认为那些朋友10年后会干什么,是否希望自己的未来和他们一样。我当然不希望那样。当我明白了这些,我就不断地改变自己的行为来弥补过失。

人生如织锦,妈妈总是用最好的建议来帮我修补裂痕。我从未像许多青少年那样对父母有过叛逆和怨恨。实际上,妈妈的教育方法使我们更加亲密。

几年前,在我女儿13岁生日那天,我也把她带进了我的房间,进行了一场类似的谈话。在她的青春期,我们也一直很亲密。我的儿子在这个年龄也和他的父亲谈过。孩子们虽然犯过不少错误,但事实证明,那些都只是成长的里程碑而已。同时,更多严重的错误因此避免了,因为他们凡事认真思索并和我们商量。他们把父母视为良师益友而非监管人,两代人的关系因此健康而和谐。

生命和智慧就这样在这个家庭延续下来。爱、荣誉和对经验、智慧的尊重得到了珍视。这些都得益于我最好的朋友——我的妈妈。

自由的种子[①]

◎ 林夕

林夕，记者、作家。《读者》、《青年文摘》杂志签约作家。

这是发生在160年前的非洲的一个真实故事。

这一天，辛盖像往常一样，带着春耕的种子，去自己家的稻田干活。但是路上，他被人绑架，卖到奴隶船上。锄头在搏斗中失落了，衣兜里还残存着几粒种子。

在海上漂泊了两个月，奴隶船停靠在古巴海岸，辛盖被带到奴隶市场，被一位西班牙人买走，他和另外52名黑人奴隶一起上了一艘租来的"阿姆斯达"双桅船。这是一艘专门为近海运送奴隶而建造的小型运输船，船上除了船长和两名水手，还有一个打杂的黑人，一个黑白混血的厨师。船渐渐驶离古巴海岸，辛盖不知他会被带到哪儿。

辛盖忧心如焚。晚上，他利用去甲板的机会，问那位黑白混血的小厨师，他们要被带到哪儿去？小厨师想要捉弄一下眼前这个黑人。他两手比划着，做了一个切菜的动作，意思很明显，是杀头。

---

① 选自《新闻世界》2007年第9期。

辛盖回到船舱,万念俱灰,对前途和生命不再抱任何希望。就在这时,他的手摸到衣兜里那几粒残存的种子,一瞬间,他想起远在非洲的妻子,3个可爱的孩子,还有等待播种的土地,心中燃起强烈的求生欲望。他决定反抗。他告诉船上的黑人们,一到目的地,他们就会被杀掉,他说服大家和他一起暴动。夜里,狂风大作,暴雨雷鸣。在雷雨声的掩护下,辛盖先砸开自己的锁链,又帮着其余黑人砸开锁链,然后悄悄爬到后舱,取出货箱里的甘蔗刀,静待风暴过去。黎明时分,他们跳上甲板

经过一个小时的血战,船长和小厨师被打死,两名水手跳海身亡,辛盖和黑人们用武力控制了船。但"阿姆斯达"这样的小型运输船,不可能去非洲。在海上漂泊了两个月,他们漂进美国海域,在纽约长岛被美国海防军吉尼中尉截获。辛盖和船上的黑人被控犯有谋杀罪、海盗罪,被带到康涅狄格州联邦地区法院受审。这就是美国历史上著名的"阿姆斯达"案。

"阿姆斯达"案历时18个月,一直打到联邦最高法院。最高法院经过审理认定:这些黑人是非洲原住民,被绑架和非法运入古巴。一个人在被非法劫持的时候,拥有自卫的权利。因此他们在"阿姆斯达"上的暴动,不能被定义为谋杀或海盗。

辛盖和黑人们胜诉了!8个月后,他们踏上开往非洲的船。辛盖站在甲板上,望着渐行渐远的纽约海岸,心中无限感慨。他知道,此生再也不会踏上美国这片土地了,但美国将记住他,历史将记住他,他是人类历史上第一个被卖到奴隶船、又返回非洲的自由人。

"钉子户"传奇[①]

◎ 郑昊宁

郑昊宁,新华网记者。

家住美国西雅图市的老太太伊迪丝·梅斯菲尔德,堪称世界"最牛钉子户":2007年她曾一口回绝房地产公司近百万美元的拆迁补偿款,坚持不搬出自己那套不值1万美元的两层小楼。直到现在,她的房子仍倔强地立于周围新建楼房的包围之中。

此事经媒体报道后,梅斯菲尔德成了当地名人,表示赞赏和支持的信件从世界各地寄来。2008年6月15日,梅斯菲尔德因胰腺癌去世,享年86岁。

拒绝100万美元的诱惑

梅斯菲尔德的房子坐落于西雅图市巴拉德地区西北46街,这栋两层楼建于1900年。从1952年起,梅斯菲尔德就一直住在这里。

2006年,西雅图一家房地产开发商找到梅斯菲尔德,希望她能

---

① 选自《健康》2009年第4期。

够搬出自己的房子,并表示愿意为此支付接近100万美元的拆迁补偿款。根据当地市政部门评估,梅斯菲尔德的房子仅值8000美元。

没想到梅斯菲尔德一口回绝了。她在一次采访中表示:"我不需要钱,就算有钱我又能干什么呢?这里是我的家,我生活得很快乐……我不想搬出去。"

梅斯菲尔德的拒绝,没有影响开发商在这一地区建新楼房的决心。不久之后,55层高的商业中心拔地而起,将梅斯菲尔德房子的左、右、后三面团团围住,最近的地方距梅斯菲尔德家的厨房窗户仅一两米,吊车的吊钩也天天在她家屋顶上晃悠。

面对建筑施工发出的巨大噪音,老太太并不焦躁,依然悠闲地生活在自己的世界里:"我可是经历过二战的人,这点噪音算不了什么。"唯一的不同就是,她在家里听歌剧的时候要把声音稍微调大一点。

"固执"老太与建筑商成了朋友

对于这样一位老人,建筑工人施工时总是特别小心。工地负责人叮嘱工人,要像对待自己的外婆一样保护梅斯菲尔德。梅斯菲尔德也从来不给施工方添任何麻烦。由于年事已高,她每天干的事就是在家听听音乐、看看电视而已。

由于双方都有善意,看似不可调和的矛盾下居然催生出一种奇特的友谊。承建新楼房的建筑公司负责人巴里·马丁和梅斯菲尔德成了好朋友,并承担起照顾这位老人饮食起居的责任。

谈起这段友谊,马丁也觉得不可思议:"我给过她一张名片,告诉她如果有任何需要打我电话就行。有一天,她打电话说想去剪头发,我开车带她过去;第二次是我带她去看医生……就这样,我们成了朋友。"

在梅斯菲尔德最后的岁月里,马丁为她做饭、帮她取药、替她出去买东西，希望她能尽量舒服地待在家里。

"我们真的很像，都很固执，都讲求实事求是，都知道自己到底想要什么，"马丁这样解释他与梅斯菲尔德的友情，"她需要有个人帮帮她，而我帮了她，仅此而已。"

据美国当地媒体报道，梅斯菲尔德在遗嘱中将所有财产都留给了马丁。

精神感染许多人

梅斯菲尔德去世的消息一下子传遍了整个地区，不少人自发前往老人的小楼，用鲜花和丝带表示哀悼。

梅斯菲尔德生前也接到过多封来自世界各地的信件，许多人将她视为"草根英雄"，声称自己被她的精神所感染，并对她的坚持表示敬意。

一封来自韩国首尔的信中写道，梅斯菲尔德认为世界上有比钱更重要的东西，这种观念令人佩服。还有一封信写道："她是人类灵魂中最后的坚持。"

也许由于天性淡泊，梅斯菲尔德认为自己做的事不值一提："我

梅斯菲尔德的老房屋顶上被迪士尼的工作人员系上了五颜六色的气球，就如同影片《飞屋环游记》的海报一样充满童趣。人们通过这种方式向老太太的信念和自由精神致敬。

不是什么英雄，我只是想住在自己的房子里而已。"

梅斯菲尔德生前的好友查利·佩克也这样认为："她已经得到了自己想要的。她希望死在自己家里，就在这间房子里，在她母亲去世时躺的那张床上。这就是她坚持的东西。"

尽管梅斯菲尔德已经去世，但是她家里的一切目前并没有变化。一些人认为这栋房子以后可以改建成一个小型纪念馆，他们觉得这是钢筋水泥建筑包围中唯一的"绿色"希望。

对于梅斯菲尔德房子的前景，马丁没抱什么希望，因为这栋楼已经严重地向一边倾斜，"也许有一天这栋房子会被推倒。"

西雅图当地一名评论家评论："人们往往在生活过程中与所居住的地方融为一体，就像岩石、树木或山峰。可是社会在发展的过程中并不会考虑这些，很多人想的是尽快达成经济目标、尽快赚钱。和大家的房子一样，梅斯菲尔德的房子也许最终会走向自己的命运——'利益最大化'，但是这种对房屋的处理方法并没有考虑到那些只希望安安静静住在房子里的人……梅斯菲尔德并不是英雄，也许她只是追求利益最大化的社会在高速发展中产生的一个牺牲品。"

自由与责任[①]

◎ 西园寺昌美

西园寺昌美，西园寺家族是日本历史上著名的望族。西园寺昌美是西园寺公爵次子裕夫的妻子，夫妻长期致力于世界和平等公益事业。

也许你认为自己是自由的，但是如果你对自己的一切行动和选择不负有完全的责任，那么你就说不上是完全自由的。由此看来，世上大多数的人一半是自由的，一半是被约束的吧。但是我认为人本来如果不拥有百分之百的自由，那是无法充分地发挥自己的生命力的。

自由从来就有严格的自我责任相伴随。所以在各种约束下活着反而会使人感到轻松。人生的一切或由法律所规定，或由宗教、习惯所束缚，或者有的人按着圣人贤者的思想和教诲安排自己的人生。教规或法定越多，人虽然失去的自由也越多，但个人对自我责任的逃避却反而更容易。一切都可以归罪于某个团体、民族或是某个宗教、时代。所以就宗教来说，如果人类仍然热衷于以仪式、教祖为主的宗教，那么人类在人格上就很难得到发展。

克制自己的主张，伪装自己的思想，这种人生会在人的心里积存

---

① 选自《读者》2000年第13期。

24　真话比整个世界的分量还重

下很多的不满,久而久之不满会变成愤恨,而愤恨总有一天会爆发。其结果或是使人生病,或是诱发事故灾难。

如果人能够在自我责任下自由地安排自己的人生,我认为这个世界上是不会有战争发生的。因为没有自我安排人生的自由,所以就会出现欺侮别人,谴责别人,或是束缚别人的人。如果做父母的都能对孩子们这样说:"我什么财产也不留给你们,活着的时候自己用,剩下了分给没有钱的人用。但是我尽力让你们接受各种教育。到了一定的年龄你们可以自由地选择自己的生活方式,做自己愿意做的工作,自己养活自己,自己体会自己的人生,自己接受自己之选择所带来的结果。"孩子能在这样的教育中成长,用这种方式安排自己的人生,那么我认为社会中的愤恨、不平、嫉妒、憎恶、竞争就会慢慢地消失。

尊重自由而且意志坚强的人都是能够对自己的一切负责的人,同时对自己的一切拥有绝对的选择自由。如果一个人逃避自己的责任,那他就算不上是一位合格的人。

有梦想的人才能举起奥斯卡①

◎ 李安

　　李安（1954—），著名华人导演。代表作有《喜宴》、《卧虎藏龙》、《断背山》等。

　　1978年，当我准备报考美国伊利诺大学的戏剧电影系时，父亲十分反感，他给我列了一个数据：在美国百老汇，每年只有两百个角色，但却有五万人要一起争夺这少得可怜的角色。当时我一意孤行，决意登上了去美国的班机，父亲和我的关系从此恶化，近二十年间和我说的话不超过一百句！

　　但是，等我几年后从电影学院毕业，我终于明白了父亲的苦心所在。在美国电影界，一个没有任何背景的华人要想混出名堂来，谈何容易。从1983年起，我经过了六年多的漫长而无望的等待，大多数时候都是帮剧组看看器材、做点剪辑助理、剧务之类的杂事。最痛苦的经历是，曾经拿着一个剧本，两个星期跑了三十多家公司，一次次面对别人的白眼和拒绝。

　　那时候，我已经将近三十岁了。古人说：三十而立。而我连自己的

---

①　选自《青春男女生·妙语》2007年第2期。

生活都还没法自立，怎么办？继续等待，还是就此放弃心中的电影梦？幸好，我的妻子给了我最及时的鼓励。

妻子是我的大学同学，但她是学生物学的，毕业后在当地一家小研究室做药物研究员，薪水少得可怜。那时候我们已经有了大儿子李涵，为了缓解内心的愧疚，我每天除了在家里读书、看电影、写剧本外，还包揽了所有家务，负责买菜做饭带孩子，将家里收拾得干干净净。还记得那时候，每天傍晚做完晚饭后，我就和儿子坐在门口，一边讲故事给

李安，这位斐声国际影坛、获奖无数的大导演用他的亲身经历告诉我们：梦想，可以指引着我们走出落寞与凄惶，带领我们由尘世步入天堂。只要心中一直怀有梦想，就算行者做尘，终究会看到升起的星光。

他听，一边等待"英勇的猎人妈妈带着猎物（生活费）回家"。

这样的生活对一个男人来说，是很伤自尊心的。有段时间，岳父母让妻子给我一笔钱，让我拿去开个中餐馆，也好养家糊口，但好强的妻子拒绝了，把钱还给了老人家。我知道了这件事后，辗转反侧想了好几个晚上，终于下定了决心：也许这辈子电影梦都离我太远了，还是面对现实吧。

后来，我去了社区大学，看了半天，最后心酸地报了一门电脑课。在那个生活压倒一切的年代里，似乎只有电脑可以在最短时间内让我有一技之长了。那几天我一直萎靡不振，妻子很快就发现了我的反常，细心的她发现了我包里的课程表。那晚，她一宿没和我说话。

第二天，去上班之前，她快上车了，突然，她站在台阶下转过身来，一字一句地告诉我："安，要记得你心里的梦想。"

　　那一刻，我心里像突然起了一阵风，那些快要湮没在庸碌生活里的梦想，像那个早上的阳光，一直射进心底。妻子上车走了，我拿出包里的课程表，慢慢地撕成碎片，丢进了门口的垃圾桶。

　　后来，我的剧本得到基金会的赞助，我开始自己拿起了摄像机，再到后来，一些电影开始在国际上获奖。这个时候，妻子重提旧事，她才告诉我："我一直就相信，人只要有一项长处就足够了，你的长处就是拍电影。学电脑的人那么多，又不差你李安一个，你要想拿到奥斯卡的小金人，就一定要保证心里有梦想。"

　　如今，我终于拿到了小金人。我觉得自己的忍耐、妻子的付出终于得到了回报，同时也让我更加坚定，一定要在电影这条路上一直走下去。

　　因为，我心里永远有一个关于电影的梦。

屋顶上的月光①

◎　陈敏

有一位少年，童年时期就失去了双亲，与他相依为命的哥哥也只能靠辛勤地演奏来赚取生活费，家境十分贫寒，生活很是艰苦。然而这一切都阻挡不了他对音乐的热爱和渴望，他准备去距家400公里外的汉堡拜师学艺。

他一路风尘仆仆，饿了啃干粮，渴了喝泉水，累了在农家的草垛旁或是马厩里歇一晚，历尽千辛万苦，终于走到了汉堡。

虽然来到了汉堡，音乐教师的收费却很昂贵，使囊中羞涩的他无力支付，剩下的钱居然不够一星期的学费。他不愿就此放弃，跑遍了几乎所有的音乐课堂，忍受着嘲笑与讥讽，终于得到一位老师的认可，做了他的学生。

老师发现了他的天分，建议他去撒勒求学，那里才能给他真正系统的音乐训练。于是他再次踏上旅途，忍饥挨饿地走到撒勒。经过苦

① 选自《做人与处世》2001年第9期。

巴赫（1685—1750），德国最伟大的作曲家之一，以创作《勃兰登堡协奏曲》、《b小调弥撒曲》、《平均律钢琴曲集》以及大量的教堂音乐和器乐曲而著称。

苦哀求，一位校长终于允许少年在音乐学校旁听。他欣喜若狂，以加倍的热情投入学习，天赋与勤奋使他很快脱颖而出。

少年渐渐不能满足于手头简单的几套练习曲，他知道哥哥保存着很多著名作曲家的曲谱，回乡后便向哥哥提出了请求。为生活四处奔波的哥哥对弟弟的音乐功底并不了解，他语重心长地说："这些曲子我演奏了十几年还觉得吃力，你不要以为出去学了几天就了不起了，还是好好弹你的练习曲吧!何况，那么珍贵的曲谱，你弄坏了怎么办?"哥哥板着脸离开了，他却没有因此死心。

哥哥每到晚上都要出去演奏补贴家用，这时他就偷出哥哥珍藏的曲谱，用白纸一个音符一个音符地抄下来。因为家里很穷，点灯都是奢侈的事情，月朗星稀的晚上，他就爬到屋顶上，在明亮温柔的月光下抄写曲谱。曲谱的美妙使他沉醉其中，被困窘折磨的灵魂此时似乎插上了翅膀，在月光下任意翱翔。

一个夜晚，哥哥疲倦地归来。临近家门，他听到一段优美而哀婉的旋律，那是弟弟最后抄的那支管风琴曲的变奏。音乐在夜色中飘荡回旋,他不知不觉也被感染了,深为其悲。音乐如泣如诉,有身世坎坷的感叹,有遭遇挫折的伤悲,更有对美好理想的追求和对光明的无限渴望。哥哥站在月光下倾听着,眼泪潜然而下。他终于相信,弟弟的天分足以演奏好任何一支曲子。他走进屋,含着泪水轻轻搂住了弟弟,决定从此全力支持弟弟继续深造。

少年终于一偿宿愿,美梦成真——他就是近代奏鸣曲的奠基者巴赫。

有人曾经问他,是什么支持着你走过那么艰苦的岁月?他笑着说:"是屋顶上的月光。"

"屋顶上的月光"——他将所有的挫折都包含在这一简单而美丽的句子里。这不仅意味着他灵魂深处对音乐的热爱,而且充满感人至深的力量。有时候,照亮我们的理想并照亮我们的心灵,真的只需要那微弱的屋顶上的月光,就如同当初它照亮了巴赫的理想,使他漠视所有的困苦和劳累,而最终达到自己的音乐天堂一样。

想象的力量[①]

◎ J.K. 罗琳

J.K. 罗琳（1965— ），英国儿童文学作家。代表作《哈利·波特》系列小说。

在这个庆祝你们毕业的欢乐日子里，我想谈谈失败所能带来的益处；同时鉴于你们正站在"真实人生"的入口，我想赞美一下想象力的重要性。

我在前半生一直徘徊在自己的追求和别人对我的期望间，难以平衡。我确信自己唯一想做的事是写小说。但我的父母都来自贫穷的家庭，没有上过大学，他们认为我异常活跃的想象力只是怪癖，不能用来付抵押贷款或是赚取退休金。他们希望我取得专业文凭，我则想研究英国文学。最后达成了一个双方都不甚满意的妥协：我改学现代语言。但父母刚刚离开，我就报名学习古典文学了。

但我并不因此而责备他们。总有一天你不能再抱怨父母让你走错了方向。当你成为大人，就需要自己做决定，承担责任。我也不能批评父母希望我摆脱贫穷，我赞同贫穷并不是令人自豪的事的观点。

---

① 本文为作者于2008年在哈佛大学毕业典礼上的演讲。

贫穷会带来恐惧、压力，有时还有沮丧，这意味着很多的卑微和艰苦。通过自己的努力摆脱贫穷值得自豪，只有傻瓜才将贫穷浪漫化。

为什么我还要说失败的益处呢？因为失败剥离无关紧要的东西。失败后我不再伪装，只做自己，将所有精力都投入到唯一对我重要的工作上。若我在其他事情上成功过，我可能就不会将全部决心投入到我自信会取得成功的领域。我自由了，因为我最恐惧的事情已经发生，而我还活着，还有一个我深爱的女儿、一台陈旧的打字机和大想法。因此，生命中的低谷成为我重铸生活的坚实基础。

你们可能不会经历像我那么大的失败，但永远不失败是不可能的。只有遇到逆境，你才会真正了解自己和身边的人。这是用痛苦换来的真正财富，它比任何证书都有用。

如果有时间机器，我会告诉21岁的自己，个人幸福不是成就清单。生活复杂而艰辛，任何人都不可能完全控制它，谦逊地认识到这些才能在生命沉浮中幸存下来。

你们也许认为我选择想象力做主题是因为它在重铸我的人生中的作用，但这不是全部原因。虽然我会不遗余力地捍卫床边故事的价值，但我已学会从更广泛的意义来评价想象力的价值。想象力不仅是人类幻想不存在事物的特殊能力，我们也能通过它体会一些并没有亲身经历过的事情。

我最伟大的生活经历之一发生在写《哈利·波特》之前，后来我在书中写的很多东西与此有关。我最早是在国际特赦组织总部的研究部门工作。被援助者的痛苦经历曾让我在无数个深夜清晰地在梦魇中听到撕心裂肺的尖叫，体会到被囚禁的绝望。但这段经历也让我体会到人类的善良。我们不曾也不想亲历那些痛苦，但我们可以借用想象力的翅膀来感受他们的生活。人类的同理心能引导集体行动，这种能量足以拯救生命，使囚徒获得自由。我在这个过程中贡献的微薄力量是我生命中最谦卑、最令人振奋的经历之一。

人类不同于这个星球上的其他生物，我们能在没有亲身经历的情况下了解并理解，设身处地地感受他人的境遇。许多人拒绝运用他们的想象力，宁愿在自己的经验范围内维持舒适的状态，对任何与自身无关的苦难关上思想与心灵的大门。选择不去体会和同情他人的人更可能激活真正的恶魔，虽然没有亲手犯下罪恶，但可能以冷漠与邪恶串谋。

在座的各位有多少人会去感知他人的生活？你们的一切给了你们独特的优势，也给了你们独特的责任。如果你们为被忽略的人们说话，在认同强势群体的同时也认同弱势群体，运用想象力进入条件不如你们的人的生活，那么庆祝你们存在的将不仅是你们的亲人，还有千万因为你们的帮助而获得更好生活的人们。不需要魔法来改变世界，我们自身就拥有这种能力：想象更好世界的能力。

梦想比条件更重要①

◎ 辛西娅·斯图尔特

从我家厨房的窗户可以看到街对面一所中学的篮球场。有一个女生特别吸引我的注意，她总是和男生们一起打篮球。在那些高大的男生堆里，她显得那么弱小，惹人怜爱。但是，她丝毫不比男生逊色，一会儿快速运球，一会儿长传，动作干净利落，作风泼辣顽强。

我还注意到，她每天在别的小孩离校后仍然会独自一人留在篮球场苦练，有时一直练到天黑。一次，我问她为什么要练得这么刻苦。她不假思索地说："我想上大学。但爸爸说，他没有能力供我上大学，唯一的办法就是靠自己争取奖学金。我喜欢打篮球，我要把篮球打好，有了这个特长，我就能申请奖学金。"

这是一个勤奋而有毅力的女孩。从中学低年级到高年级，她一直没有放弃她的梦想，矫健的身影每日都会出现在球场上。我关注她，祝福她。

① 选自《阅读与作文（初中版）》2006年第8期。

然而，有一天我发现她双臂抱膝，把头埋在胸前坐在球场边的草地上。我走过去，关切地问她发生了什么。

　　"没什么，"她轻声地答道，"只是因为我个子太矮了。"教练告诉她，任何一个大学篮球队都不会录用一个身高只有1.67米的人作为队员，这样她希望通过篮球特长获取奖学金的梦想很难实现了。

　　我理解她心中的失望和痛苦，多年的梦想就因为身高条件而不能实现。我问她有没有和爸爸谈过这件事情。她抬头告诉我，爸爸认为，教练不懂得梦想的能量，如果她真的想获得奖学金，就没有什么能阻止她，除非她自暴自弃；因为梦想比条件更重要。

　　她爸爸的话得到了印证。第二年，在"加利福尼亚中学生篮球锦标赛"上，由于她在场上的出色表现，一所大学的篮球教练看中了她，她如愿以偿地获得了奖学金，成了一名大学生。

　　可是，在她上学不久，爸爸就患了癌症，不幸去世。她又面临新的困难：一方面，她的家更穷困了，4个弟妹还未长大成人，最小的弟弟才出生几个月，她要帮母亲挑起家庭的担子；另一方面，由于花了很多时间在打球上，她的功课也耽误了不少。那些年，她要打球，要学习，要照顾家庭，困难重重。然而，她咬着牙，要实现她的新梦想，那就是获得学位。她时刻记着爸爸的话——"梦想比条件更重要"。

　　她的确做到了！她获得了学位，尽管这用了她6年的时间，但是她没有放弃。现在，每当太阳西落，我都会看到她在球场上奔跑、跳跃、投篮，顽强自信，充满活力。她常挂在嘴边的一句话依然是："梦想比条件更重要。"

　　我为什么对她了解这么多？读者也许猜到了，因为我就是这个女孩子的母亲！

在梦想中起飞①

◎ 刘东伟

> 刘东伟（1970— ），著名小小说作家。代表作有《无畏的腿》、《孤独》、《米香》等。

一个阳光融融的上午，塞尔玛的祖母推着她，来到莫尔巴卡庄园外。塞尔玛·拉格洛芙出生于瑞典一个贵族家庭，3岁时，她患了小儿麻痹症，所以她的童年是在轮椅上度过的。对于幼小的塞尔玛来说，祖母是她的生命支柱。祖母天天陪伴着她，教她阅读，给她讲故事。

远处，碧绿的田野上空，有一只鸟儿一边飞，一边欢快地鸣叫着。塞尔玛看得痴了，双手伸张，仿佛自己也拥有了一对翅膀。很快，祖母发现，塞尔玛的神色忧郁起来。

塞尔玛轻轻地问祖母："我还能站起来吗？"

祖母说："会的，只要你拥有了翅膀，就会像鸟儿一样飞翔。"

塞尔玛转头看着祖母，问："可是，我的翅膀在哪儿？"

祖母说："梦想，梦想就是一对翅膀。"

---

① 选自《小品文选刊》2008年第22期。

从此，塞尔玛开始阅读大量的经典名著。那些大作家笔下的人物，一个个深深地印在她的脑海里。她试着拿起笔，在轮椅上写作。但是，她写的东西充满了幻想，离现实太遥远。一次，在庄园外的小路上，塞尔玛听到有人讽刺她的小说时，将笔远远地扔了出去。她痛苦地说："作家都是有生活体验的，可我一点生活阅历也没有。"祖母赶紧劝慰她道："你虽然很少出去，但我就是你的双腿，我的生活阅历不都说给你听了吗？"

　　祖母的话燃起了塞尔玛创作的欲望。她开始了创作的梦想之旅，用了半年时间，写了一部冒险作品。等祖母全部看完，她问："有没有希望呢？"祖母笑着说："我看希望很大。"塞尔玛非常高兴，她委托父亲将书稿送到一家出版社去。

　　那家出版社的社长是塞尔玛父亲的战友。父亲微笑着说："我的战友已经看了部分书稿。""他怎么说？"塞尔玛赶紧问。父亲说："希望很大。"

　　但是，等了几个月，塞尔玛的书稿一点消息也没有。一天，塞尔玛让祖母推着她去了那家出版社。有一个和父亲差不多年岁的中年人，正坐在靠窗的位置，翻看着一部新出的书。塞尔玛走进去，问："我叫塞尔玛·拉格洛芙，几个月前，我委托我的父亲，也就是您的战友带了一部书稿来，不知它现在的命运如何？"

　　社长说："是有这么一部书稿，但是，在你父亲递给我的那天，我就退还给了他，因为它完全达不到我们的要求。我建议你看看这位印第安人的冒险传说吧。"说着，社长把手中的新书送给她。

　　回来的路上，祖母担心塞尔玛的心情受到了影响，不住地劝着她。但是，很快，祖母发现塞尔玛的注意力被那本探险书吸引住了。整整3个月的时间里，塞尔玛将那本书读了一遍又一遍，这本书激起了塞尔玛的创作激情。

塞尔玛·拉格洛夫(1858—1940)，瑞典女作家、演说家。她毕生都对自然万物、祖辈亲友怀着感恩之心，这种深厚而纯粹的情感通过她温暖的文字表露无遗。

　　为了给塞尔玛看病，家里耗费了大量的资金，经济状况一年不如一年。终于，在塞尔玛23岁这年，家里不得不变卖了庄园。就在庄园出卖的那天，塞尔玛离开了家乡外出求学。这时候，她的双脚经过不断治疗，已经可以像常人一样行走了。走出庄园，塞尔玛回头深望一眼，默默地说："我会戴着光环回来的。"

　　24岁时，塞尔玛考入罗威尔女子师范学院。毕业后，她一边教书，一边写作。33岁时，她的第一部小说《贝林的故事》问世后，受到了文学评论家斯兰兑诺的肯定。之后，塞尔玛一发不可收拾，先后创作了《假基督的奇迹》《一座贵族庄园的传说》《孔阿海拉皇后》《耶路撒冷》《尼尔斯骑鹅旅行记》等作品。

　　1907年，塞尔玛被瑞典乌普萨拉大学授予荣誉博士头衔。1909年，塞尔玛荣获诺贝尔文学奖。1914年，塞尔玛被瑞典学院选为院士后，她拿出一笔巨款，将幼时曾经带给她梦想的庄园买了回来，并亲自在庄园前面的石头上题了两行字：不在梦想中跌落，就在梦想中起飞。

人人都可能当总统[①]

◎ 乔治·沃克·布什

乔治·沃克·布什（1946—），政治家，美国第 43 任总统。

    我很荣幸能在这个场合发表演讲。我知道，耶鲁向来不邀请毕业典礼演讲人。但近几年来却有例外。虽然破了例，但条件却更加严格——演讲人必须同时具备两种身份：耶鲁校友、美国总统。我很骄傲在33年前领取到第一个耶鲁大学的学位。此次，我又荣获耶鲁荣誉学位，更感光荣。

    今天是诸位学友毕业的日子，在这里我首先要恭喜家长们：恭喜你们的子女修完学业顺利毕业，这是你们辛勤栽培后享受收获的日子，也是你们钱包解放的大好日子！最重要的是，我要恭喜耶鲁毕业生们：对于那些表现杰出的同学，我要说，你真棒！对于那些丙等生，我要说，你们将来也可以当美国总统！

    耶鲁学位价值不菲。我时常这么提醒切尼（现任美国副总统），他在早年也曾短暂就读于此。所以，我想提醒正就读于耶鲁的莘莘

---

① 选自《文化博览》2006年第9期。

学子，如果你们从耶鲁顺利毕业，你们也许可以当上总统；如果你们中途辍学，那么你们只能当副总统了。

这是我毕业以来第二次回到这里。不过，一些人、一些事至今让我念念不忘。举例来说，我记得我的老同学狄克·布洛德翰，如今他是伟大学校的杰出校长，他读书时的聪明与刻苦至今让我记忆犹新。那时，我们经常泡在校图书馆那个有着大皮沙发的阅读室里。我们有个默契：他不大声朗读课文，我睡觉不打呼噜。

后来，随着学术探索的领域不同，我们选修的课程也各不相同，狄克主修英语，我主修历史。有趣的是，我选修过15世纪的日本俳句——每首诗只有17个音节，我想其意义只有禅学大师才能明了。我记得一位学科顾问对我选修如此专精的课程表示担忧，他说我应该选修英语。现在，我仍然时常听到这类建议。我在其他场合演讲时，在语言表达上曾被人误解过，我的批评者不明白：我不是说错了字，我是在复诵古代俳句的完美格式与声韵呢。

我很感激耶鲁大学给我们提供了这么好的读书环境。读书期间，我坚持"用功读书，努力玩乐"的思想，虽然不是很出色地完成了学业，但结交了许多让我终生受益的朋友。也许有的同学会认为，大学只是人生受教育的重要部分，殊不知，"大学生活"这四个字的内涵十分深厚，它既包含丰富的学科知识和学术氛围，也蕴涵着许多支撑人生成败的观念，还有那丰富多彩的生活以及诸多值得结交的朋友……

大家常说"耶鲁人"，我从不确定那是什么意思。但是我想，这一定是含着无限肯定与景仰的褒义词。是的，因为耶鲁，因为有了在耶鲁深造的经历，你、我、他变成了一个个更加优秀的人！你们离开耶鲁后，我希望你们牢记"我的知识源自耶鲁"，并以你们自己的方式、自己的时间、自己的奋斗来体现对母校的热爱，听从时代的召唤，用信心与行动予以积极响应。

　　你们每个人都有独特的天赋，你们拥有的这些天赋就是你们参与竞争、实现人生价值的资本，好好利用它们，与人分享它们，将它们转化为推进时代前进的动力吧！人生是要让我们去生活，而不是用来浪费的！只要肯争上游，人人都可当总统！

　　这次我不仅回到母校，也是回到我的出生地，我就是在几条街之外出生的。在那时，耶鲁与无知的我仿佛相隔了一个世界之遥，而现在，她是我过去的一部分。对我而言，耶鲁是我知识的源泉，力量的源泉，令我极度骄傲的源泉。我希望，将来你们以另外一种身份回到耶鲁时，能有与我一样的感受并说出相同的话。我希望你们不要等太久，我也坚信耶鲁邀请你回校演讲的日子也不会等太久。

《聪明的少女》　　　　　　麦绥莱勒（1923）

勇气与正义

　　正义和勇气是一对双胞胎,总是形影不离。

　　正义像上帝的王国,它不是我们身外的一个事实,却是我们内心的一种热烈向往。而勇气则是全部的美德之中,最强大、最慷慨、最让人自豪的东西。

　　这两样美德,在坚韧、有力量和有良心的人那里,缺一不可。

最后的馈赠①

◎ 乔伊

　　我是一名职业模特，2004年圣诞节前夕，我和新婚不久的丈夫斯蒙商议去度假。经过商议，我们最终选定了景色宜人、休闲舒适的泰国。

　　在此之前，我们曾四次到泰国观光，这里的植被、土地、空气、阳光、海洋和文化依然让我们陶醉和着迷。

　　到泰国后，我们在临近海边的一家宾馆落脚。每天，我们或是在大海中畅游，或是躺在沙滩上享受阳光，或是沿着白色的沙滩散步；晚上喝着红酒，品味着鲜美的烤鱼，一切都是那么惬意。

　　12月26日是我们返程的日子。一大早，我们便开始收拾行李。一切准备就绪后，我们看了看表，见时间还早，就来到海边一边沐浴阳光，一边散步。再过两个小时，返程的飞机就要起飞了，我们恋恋不舍地回到宾馆取行李。

①　选自《知识就是力量》2006年第7期。

就在我们背起旅行包准备离开时，意想不到的事情发生了。

大海突然咆哮起来，几米高的浪头铺天而来，刹那间，我们被一个咆哮的巨浪打散了。没等做出反应，我已经被吞没在打着转的水中。突然，在黑色的水中，我看见了斯蒙的脸，他同时也看见了我。我们伸出手拼命地想抓住对方，但瞬间他就消失了。

在滚滚巨浪中，我拼命挣扎着。当我发现一个平房的屋顶，我不顾一切地伸出手抓住了屋顶的边缘。我的双腿被巨浪卷入屋檐下面，那些被巨浪所控制的木头和金属品猛击着我的肩膀和双腿。我咬着牙忍着剧痛，我告诉自己：千万不能松手。

过了一会儿，我感到水压减小了，便用尽全身的力气爬上了屋顶。瞬间，凶猛的巨浪再次袭来，涌过了屋顶，我失去了平衡，淹没在水里。

在巨浪的控制下，我感到自己是那么的渺小，任凭自己在没有一丝光线的海水中打着转，只等一个巨浪把我推到水面，我才能贪婪地呼吸喘气。而后，再次被吞噬回水中，周而复始……

当我被第N次推到水面时，我看见了一棵漂浮在水面上的棕榈树，我不顾一切地伸出已经麻木的胳膊，终于抓住了一根树枝，我紧紧地抓着这根我绝望中的救命草，并一寸一寸挣扎着挪到树干上。

斯蒙在哪里？他还好吗？……

在一望无际的海水中，我失去了方向感。环顾四周，一个人影也没有，耳边只有鬼哭般恐怖的海风和巨浪相互撞击发出的巨响，偶尔也能听到远处传来人们惊恐的尖叫声。

我忍着剧痛抱着树干在水里漂浮了八个多小时，渐渐地，我的神志开始恍惚。

天色渐渐暗了，傍晚六点多，我再一次感到绝望。我不知道自己的命运将会如何，我感到极度虚弱。

突然，我看到远处的海面上浮动着两个黑点，并在慢慢地向我靠近。渐渐地，我看清了，原来是两个泰国男子冒着生命危险来救我。

"谢谢！谢谢你们！"我颤抖着说。

由于我的双腿受伤不能动，他们很费力地把我从树干上挪到一个塑料水排上，然后，把我推向岸边。我问他们是如何找到我的。

他们说，他们是一起出来找各自的家人的，半途中偶然发现了漂浮在水面上的我，就决定先搭救我。

他们不顾亲人的安危，来救助我这个素不相识的外国游客。一时间，我心中的感激之情无以言表。

这时，我才知道，这次遭遇的是让人恐惧的海啸。

我很快被送往医院进行救治，诊断结果是：骨盆多处骨折。

我打着固定夹板躺在医院里，但精神却陷入极度的痛苦之中。本来是一次愉快的度假，竟落得丈夫失散，生死未卜；自己虽然逃过死劫，却身受重伤。那几天，我的情绪低落，终日以泪洗面。我的邻床是一位泰国中年妇女。看着她那干瘪多皱的皮肤，我猜出，她过去可能长期操劳。她也在这次灾难中受了伤，每天安静地躺在病床上，一言不发。

一天夜里，我在噩梦中大声惊叫起来，浑身不停地颤抖着。

"你想家了，是不是？"黑暗中传来略带沙哑的声音。我心头一惊，伸手打开了床头的灯，看到邻床的妇女躺在床上正目光温和地看着我。

我用力擦着泪水，不停地摇着头。

"别害怕，一切都会过去的。好日子正在不远处等着你。"泰国妇女语速缓慢地对我说。

"我的丈夫失踪了。"我不停地拭泪。

她沉默了片刻，缓缓地说："我不仅失去了丈夫，还失去了两个儿子和一个刚刚学会走路的女儿，还有我们的房子……"

见我傻呆呆地看着她，她接着说："我一无所有了，和我比起来，你是多么的富有啊！你年轻漂亮，气质不凡。我猜，在你的家乡一定有很多深爱着你的亲人和朋友，有气派的洋房和轿车，有让你愉快的工作，有令人羡慕的存款……而你失踪的丈夫，也有可能重新回到你身边。"

这时，她从她的脖子上摘下一样东西，小心翼翼地握在手里，伸出胳膊递给我，我疑惑地接过来，原来是一条项链，项链坠是一尊佛像。

她微笑着说："这是我的最后一点财富，送给你吧！相信这尊佛会保佑你。希望总会有的，千万不要放弃。"

半个月后，仍然没有斯蒙的消息，而我因临时护照到期只好回国继续养伤。但那条佛像项链一直戴在胸前，希望保佑我能再见到斯蒙。

一个月后，我接到了警方打来的电话，他们告诉我，斯蒙的遗体已经找到了。

当我悲痛欲绝的时候，医生又告诉我一个惊喜，我已经怀孕了。

丈夫虽然离去了，但是，一个新的生命又给了我新的希望。我非常感谢那位泰国妇女，她最后的一点馈赠不仅让我没有放弃希望，还让我在海啸过后鼓足勇气重新起航。

地震后，大爱无处不在①

◎ 《读者》编辑部

2008年5月12日，在这个让人刻骨铭心的日子，在四川省汶川县及其周边，一场突如其来的特大地震夺走了数万鲜活的生命。一时间，神州大地举国哀痛，悲伤成河。地震可以震毁我们的家园，却震不垮中华民族的脊梁。全国人民团结一心、众志成城，迅速打响了一场抗震救灾的全民战争，谱写了一曲曲动人的壮歌……

有这么一群人

曾经有这么一群人，他们会因为一公里甚至不足一公里的路程与你发生关于"绕路"的争吵；曾经有这么一群人，会因为目的地有些堵车而皱眉抱怨；曾经有这么一群人，会因为偶尔没有发票而被你数落怀疑。

① 选自《读者》2008年第12期。

但是，就在这样一个夜晚，5月13日凌晨1点30分，在与一批志愿者驱车前往都江堰赠送饮用水、面包等救灾物品时，我目睹了这样一个壮观场面：成灌高速从来没有像今晚这样"热闹"，数百辆出租车打着应急灯奔赴都江堰灾区。

没有人给他们一分钱，更没有任何人命令、要求他们，这些平时会为了一公里、一块钱与你斤斤计较的人，如此无私地在这样一个本该在家陪着老婆、陪着孩子的时刻，冒着生命危险前往灾区进行救援。

（烟花妹妹）

让我们永远在一起

在北川县陈家坝镇一个山坡下面的店铺里，店铺的一面墙整个垮塌下来，将一对母女压在了最底下。由于水泥板太过沉重，战士们用十字镐一点点将水泥凿开，只为保存遗体的完整。当遗体终于被拖出来时，眼前的景象让他们震惊了：一位不到40岁的妇女，怀中紧紧搂着一个六七岁的小女孩，由于抱得太紧，战士们无论怎样都不能将两人分开，最后只得将她们合葬。"母亲是面朝下倒地的，看她的姿势，是在墙塌下来的最后一刻，用身体保护着小姑娘。"虽然，母亲的努力最终落空，但在母爱中走向天堂的孩子一定是温暖而宁静的。

（牟晓翼）

献血点前，那绵延数公里的长队

震灾发生后，震区血库血液告急。全国各地的普通百姓纷纷涌向设在当地的献血点排起了长达数公里的长队，有的人甚至顶着烈日排了七八个小时的队。同在震区的成都，凌晨3点还有人询问能不能献血。很快，全国各地的血库存血量已达到高限，献血点工作人员不得不劝说他们留下联系方式预约献血，很多人怅然若失，久久不愿离去……

求求你们让我再去救一个

绵竹一所小学的主教学楼在地震中垮塌了一大半，100多个孩子被埋在废墟中，正在紧张营救的消防战士已经抢出了十几个孩子和30多具尸体。就在抢救进行到最关键的时刻，突然发生了余震，教学楼面临二次垮塌的危险，现场指挥命令所有人必须撤出废墟。几名刚刚救出孩子的消防战士一边大叫"下面还有孩子"，一边强行冲向废墟，被其他几名战士死死拽住。这时，其中一名战士突然跪地哭求："求求你们让我再去救一个，我还能再救一个。"

真正的爱情

在倒塌的房屋里被困了48小时后，他终于被救灾队员发现。用设备扫描了他所在的位置后，救援者发出了重重的叹息——情况很不乐观：覆盖他身体的废墟有几十吨，他的一条腿和一只胳膊被深深地压在石块中，而他的另一只胳膊，正死死抱着一个物体！

救援队为难了！

为了尽快把他救出废墟，救援队决定给他截肢。千钧一发之际，一位地质专家"从天而降"，仔细勘察后，他提出了可以全身相救的方案。就这样，将近10个小时的时间里，救援队员一块砖、一块水泥地徒手搬走他身边的障碍物。头露出来了！肩膀露出来了！腿露出来了！他的整个身体都露出来了！抬他离开废墟的刹那，现场响起了热烈的欢呼声，很多人流着泪、拍着手……

而他，脸上却没有喜悦。生死关头，这个66岁的老人用尽所有力气把老伴护在怀里，然而他抱着的，只是一具已经僵硬的尸体。

2008 年 5 月 12 日，西南处，有国殇。在大灾面前，曾被外国媒体诟病的如散沙般的中华民族瞬间凝结成铁板一块，沉睡在民族血液中那不屈不挠、舍己救人的精神苏醒。众志成城，抗震救灾。在灾难和死神面前，中华民族用鲜血和牺牲展现给世界一张写满了温暖和大爱的答卷。

在废墟里坚持读书

"清清，那个美丽好学的女孩，你们看见没有？"在救助现场，莹华镇中学初一一班班主任陈全红一直关心着一个名叫邓清清的女孩子。在她心中，这个贫困家庭里的小女孩，常在回家路上打着手电筒看书。

让陈全红与官兵们感动的是，这个坚强的女孩被救出时，还在废墟里面打着手电筒看书。她说："下面一片漆黑，我怕。我又冷又饿，只能靠看书缓解心中的害怕！"她的诚实让听者无不流泪，陈全红一下子搂住邓清清泪流满面："好孩子，只要你能活着出来，就比什么都好。"

（李晓波）

助人就是救儿子

5月15日，在北川县城，消防员将一名被困在幼儿园废墟中的男孩儿救出。男孩儿伤势较轻，只是眼角擦伤。他看到解放军战士后，叫着"警察叔叔"。望着对自己进行简单救治的护士喊"阿姨"。周围的救援人员都因孩子的乐观而高兴。这时，一位在旁边工作的志愿者听到男孩儿的声音后停下了自己的工作。

那名志愿者用哽咽的声音叫了一声"儿子"，孩子迅速回应了"爸爸"。原来，这名志愿者正是受伤男孩儿的父亲。在自己的孩子生死未卜的情况下，他毅然参加到救援行动中。他说，"我作为一名志愿者在这儿，就会觉得自己跟孩子在一起，帮助了别人就是在救我自己的孩子。"

（唐骏　肖岳　张巍华）

你先救他们吧

"叔叔，我在。"5月14日下午2点，北川县曲山小学的废墟中，一个微弱的童声传进了救援人员朱云能的耳朵。"快，这边有小孩的声音。"朱云能马上找到了救援队员。撬棍、铁锹悉数派上用场，但由于垮塌的楼层堆积太厚，十多名队员的搜救工作无济于事。

随后，救援队员只得动用液压组合破拆器逐渐撑开一条缝隙，缝隙越来越宽，队员们发现，一名男孩浑身是血，躺在几名孩子的尸体上。就在大家将救援的手伸向他时。孩子却坚决拒绝："叔叔，我不慌张，你先救他们吧。"

"这孩子太懂事了。"孩子的一句话，当即让救援人员热泪盈眶。随后，队员们果然在旁边的隔层中发现了十多个被困的孩子。几个小时后，直到其余孩子全被救出，男孩才最后一个钻出废墟。

以生命守护孩子的代课教师

5月14日10时，震后第三天，当解放军官兵掀开因地震完全坍塌的绵阳市平武县南坝小学的一根水泥横梁时，眼前的一幕震撼了在场的每一个人——一位死去多时的女老师趴在瓦砾里。头朝着门的方向，双手紧紧地各拉着一个年幼的孩子，胸前还护着三个幼小的生命。

这位女老师叫杜正香，是南坝小学学前班中班的代课老师。孩子们都喜欢摇着她的手喊她"杜婆婆"，其实杜老师今年才48岁。

"看得出她是要把这些孩子带出即将倒塌的教学楼，她用自己的肩背为孩子们挡住了坠落的横梁。"参与搜救的解放军战士说。杜老师以生命守护的五个孩子最终没能生还，这可能是她唯一的遗憾。

"小心挖，注意保护杜老师的遗体。"这句话在搜救人员中互相传递。

"杜老师要不是为了救学生，自己一个人肯定能跑出来。"她的同事、语文老师杨树兰说，"可我知道，她肯定不会扔下自己的学生。"

（陈君　丛峰　张崇防）

大爱无声铸师魂

深夜的德阳市汉旺镇，冷雨凄厉，悲声四起，呼啸而过的救护车最能给人带来慰藉，那意味着又有一个生命在奔向希望。

5月13日23时50分，救护车的鸣笛声响彻汉旺镇——中国地震应急搜救中心的救援人员在德阳市东汽中学坍塌的教学楼里连续救出了4个学生。

在地震发生的一瞬间，该校教导主任谭千秋张开双臂趴在课桌上，身下死死地护着4个学生，4个学生都获救了，谭老师却不幸遇难。

（孙闻　田雨）

责任，让她们放弃逃生

5月12日14时10分，绵阳市人民医院剖腹产手术室。"你相信我们就好了。"主刀医生张瑛微笑着鼓励产妇胡晓玥。"你的血小板较低，我们用持硬麻醉，可能有点疼。"麻醉师陶刚告诉产妇。麻醉、剖腹……手术有条不紊地进行。14时28分，产妇的腹腔刚刚被打开。

突然，手术室剧烈抖动起来，手术器具台的帕巾钳、针持、镊子滑动碰撞起来。医生站立不住，无影灯剧烈摇晃，不一会儿，灯也灭了。

"地震!"有人第一个反应过来，张瑛和护士们心里一紧。震感越来越强烈，手术台开始晃动。张瑛和护士们赶紧上前抱住产妇，努力稳住手术台，不让她掉下去。

灾难面前，每个人都有逃生的本能，但是张瑛和她的护士如果此时离开手术台，产妇无疑会出血、死亡。"继续手术!"张瑛镇静地指挥。她在手电筒的照射下，用手术刀划开子宫，用吸管吸尽羊水……

截至16日12时，该院产科顺利迎接了29个新生儿。

爱的姿势

救援人员发现她的时候，她已经死了，是被垮塌下来的房子压死的。透过废墟的间隙，救援人员看到她双膝跪地，整个上身向前匍匐着，双手扶地支撑着身体，有些像古人行跪拜礼，只是身体被压得变形了，看上去有些怪异。救援人员从废墟的空隙间伸进手去，确认她已经死亡，又冲着废墟喊了几声，用撬棍在砖头上敲了几下，她都没有任何反应，废墟里也没有任何回应。还有太多的被困者等待救援，救援人员立刻向新的目标搜寻。当救援人员在下一处废墟前探寻是否有生还者时，救援队长隐约听到从她那里传来婴孩的啼哭声。救援人员立刻纷纷跑回她的尸体前，救援队长再次将手伸进她的尸体底下，仔细地摸索着，摸了几下，救援队长高声喊道："有人，有个孩子，还活着!"

经过一番努力，救援人员小心地把挡着她的废墟清理开，在她的尸体下发现了一个包裹在红色带黄花的小被子里的、三四个月大的婴儿。因为有她身体的庇护，婴儿毫发未伤。

随行的医生过来解开被子准备给婴儿做些检查，发现有一部手机塞在被子里。医生下意识地看了下手机屏幕，发现屏幕上是一条已经写好的短信："亲爱的宝贝，如果你能活着，一定要记住我爱你。"

瞿万容是一位幼儿园老师。地震发生时，她正和其他4名老师在校，照看着80多个孩子午睡。她悄声和另外几名老师说，等孩子们午睡醒来后，她要教孩子们做一个她新学的游戏，她说的时候，脸上满是明媚和喜悦。

然而，地震突然而至，欲将所有的美丽撕碎。

5名老师，80个孩子。将孩子们都疏散到安全地带成了老师们不可能完成的任务。但老师们齐声喊了一句"救孩子"后，就转身冲向酣睡着的孩子，她也毫不迟疑地冲向一个孩子。接下来，她都做了些什么，无人得知。

地震过去后，只有30个孩子和2名老师生还。当救援人员在废墟中发现她时，她扑在地上，后背上压着一块垮塌的水泥板，怀里紧抱着一个小孩。小孩生还了，她却已经没有了呼吸。

（澜涛）

谁也未曾料到，万众期待的2008年，竟然充满了如此多的坎坷和磨难。但是事实终将再次证明，中国人是打不败、压不垮的，因为我们有着英雄的13亿人民。我们知道：一颗很小的爱心，乘以13亿，都会变成爱的海洋；一次很大的灾难，除以13亿，都会变得可以承担。在整个抗震救灾过程中，中国人身上散发出的人性的光芒，必将指引我们走向光明。2008年，中国人被自己感动。

生命的抉择①

◎ 张萍

1976年7月28日凌晨，对于唐山人来说是一场噩梦。蓝光闪过后的瞬间，一座城市被夷为平地，几十万人葬身其中，无数个家庭支离破碎。这个故事就发生在那场已被淡忘的灾难中。

他们是在震后的第三天被救援战士发现的。巨大的房梁横压在他们身上，一头压住了女人的下半身，另一头死死地压在男人的右上身，俩人相隔数米，相互看不见。房梁太长，只能移动一头儿，但另一头下的人就会被房梁上面的废墟再次掩埋。而移走上面所有堆积的废墟，显然不是这几个战士所能办到的。战士们四处查看，希望能找到将俩人同时救出的突破口，结果一无所获，救援被迫停止。压在横梁下的男人和女人也意识到了这一点。空气凝固着，没有人说话。一个战士将水壶送到女人嘴边，女人哭了，满是血污的脸依稀可见往日的眉清目秀。

① 选自《小学生教学研究·新小读者》2010年第3期。

这时，压在横梁下的男人说话了，声音缓慢却非常坚定："解放军同志，把她救出去吧!她是我们京剧团的台柱子，很多人都喜欢听她唱京剧……"女人听了，急忙打断男人的话："不，他是我们团的团长，团里的一切还要靠他支撑。救他吧，团里没有他不行。"男人摇摇头，犹豫了一下："我……我不行了，救出去也活不了多久。况且我已年近半百，她还年轻，路还长着呢。""你骗人，你说过只要搬走房梁你就会像兔子一样蹿起来。"男人笑了，有点不好意思："我怕你闷，逗你玩的。解放军同志，快去救她吧。""团长，我单身一人无牵无挂，你还有嫂子和儿子……你刚才还说，得救后，一定带他们去北戴河旅游压惊呢!"女人哽咽了。男人神色黯然，沉默一会儿说："不过，去北戴河旅游的确是你嫂子多年的心愿……这样吧，你答应我件事，等你身体恢复了，抽空带她和侄子去一趟，让她们娘儿俩见见大海。""不，团长，她们娘儿俩不能没有你……"女人有点泣不成声，泪水落了一脸。

战士们的眼睛湿润了。这几天，他们曾多次被生离死别的场面所感动，然而眼前的一切却强烈地震撼着他们的心。班长喊了声："咱们再看一看，能不能把他们俩都救出来。"战士们再一次仔细地搜寻着，然而仍没有任何希望。男人和女人只是不停地说救她(他)。他们都想把生的可能留给对方。战士们的心非常沉重，他们无奈地相互看着，然后又一齐把目光射向班长。班长低下头，汗水渗透了整个军衣，看来他也拿不定主意。

一阵余震，使房梁上的碎石瓦块更加摇摇欲坠。男人着急了："同志们，你们再犹豫，我们俩全都完了。快去救她吧，她是个有前途的姑娘……""不，救他，他是我们团长……""同志，我是党员，有责任保护群众的利益和生命，"男人的口气硬得不容商量，"别再拖延了，来，大家快点动手，我唱一段给你们鼓鼓劲。"说完，他用尽平生的气力唱起了大家都非常熟悉的京剧段子《共产党员越是艰险越向前》："共产党员时刻听从党召唤，专拣重担挑在肩……"战士们都哭了，他们恨自己的无能，恨这可恶的房梁，恨这场突如其来的灾难。他们扒着堆在女人身边的废墟，没有了指甲的双手又重新血肉模糊。汗水、泪水、血水交织着滴在废墟上，留下斑斑痕迹。女人早已说不出话来，只任泪水在脸上流淌。

女人被救出了，房梁的另一头轰然倒塌，但那铿锵的曲调依然弥漫在整个废墟上空……

这是我当兵的堂哥讲给我的故事，他是当时救援战士之一。那年，我16岁。从此，我理解了生命的真正意义。

化悲痛为法律^①

◎ 刘燕

位于剑桥城南的爱丁布鲁克医院在英国大名鼎鼎。或许是因为与剑桥大学医学院的紧密联系，该医院不论是医术水平还是护理态度在英国都是首屈一指的。因此，日前突然见到医院门前来了一群抗议的中年妇女，着实让人大吃一惊。

这些妇女，年龄、背景各异，但都曾遭遇过共同的不幸，那就是20多年前她们的新生儿在呱呱落地不久就夭折了。爱丁布鲁克医院当然为抢救婴儿尽了最大的努力，因此心碎的父母最后还是平静地掩埋了这些夭折的小生命。然而，最近人们偶然从档案中发现，爱丁布鲁克医院曾将死婴的病变器官取出做医学实验。这一消息顿时引起大哗。那些20年前曾经承受不幸的父母，感到自己的亲人再一次被夺走。悲痛之下，他们互相联系，一起来到爱丁布鲁克医院抗议。

然而，她们所进行的并不仅仅是抗议。在与院方举行的会面中，

---

① 选自《政府法制》2003年第12期。

这些妇女并没有纠缠于金钱赔偿，而是执著地表达她们的强烈愿望：修改法律，完善对人体器官的权利保护。这些母亲深知医学研究的重要性，事实上，她们中就有一些人签下了死后捐献角膜或其他器官的誓约。但是，医院未经她们的允许而擅自取走死婴的病变器官，不仅是对她们的感情伤害，更是对死者权利的侵犯。而此前，英国法律没有明确的规定。因此，她们联合起来，致力于推动相关法律的颁布，避免这样的事情再次发生。

真不能小看这些家庭妇女的能量。当天，包括BBC在内的英国主要媒体都报道了发生在爱丁布鲁克医院门前的这一幕，以及她们对制定相关法律的呼吁。此后，爱丁布鲁克医院又恢复了往日的宁静，再也没有见到这些母亲们的身影。但是，每个人都知道，这一股推动立法的力量就像暗流涌动，不时会在市政选举或者慈善集会中冒出来，并最终在议会大厦涤荡出一种新的秩序。

作为一个法律学者，我常常感叹于英国人以改变法律来寄托哀思的方式。当人们在一场不幸中失去亲人，如果这种不幸是可以通过制度的改进来消除或者减少的话，一个普通的英国人就会自觉地承担起推动立法或者制度改进的责任，只为了避免其他人再遭受同样的痛苦。

爱丁布鲁克医院的故事只是最近发生在身边的一个例子。一个月前，电视里还报道了剑桥郡一个农场主呼吁提高酒后驾车的法律责任的新闻。这个农场主19岁的独生子参加同学的生日聚会，因同学酒后驾车发生事故而不幸身亡。悲痛欲绝的父亲在掩埋了儿子的尸体后，踏上了寻求改变法律的漫漫征程。说其"漫漫"，是因为这位父亲所主张的不仅是提高酒后驾车出事故者的法律责任，更扩展到酒后搭载其他乘客也同样需要承担严格的法律责任。可以想见，短期内法律肯定不会按照他的愿望来修改。尽管如此，人们依然对这位父亲投以敬佩的目光,因为他所做的已经超越了个人哀思,而是追求对他人生命的更大程度的保障。

在国人眼中,法律恐怕只是一种外来的约束,立法似乎与普通百姓没有什么联系。处于不幸之中的人们更难以在经济赔偿与精神抚慰之外,寻求法律的完善。事实上,法律本来就是个人社会生活的准绳,维系着我们的生命、安全和权利。当每个公民都怀着强烈的信念烈焰来锻铸法律的时候,法律就不再是一股异己的绳索,而成为我们自己掌握的对生命与权利的保障。

真正的风度①

◎ 姜钦峰

姜钦峰（1977—），散文家、作家。

2001年9月11日上午，纽约的上空艳阳高照，陈思进和往常一样，准时来到公司上班，他的办公室位于世贸大厦北塔80层。8点多钟，他刚打开电脑准备工作，忽然感到一阵剧烈的摇晃，桌上的一满杯咖啡溅了一地。陈思进和同事们一样，第一反应就是地震，但并未引起太大的恐慌。

几分钟后，有人来通知全体撤退，这时陈思进才意识到可能出大事了!80层没有往下的电梯，他们迅速走到78层寻找出口。意想不到的是，因为楼体变形，8个出口的门全部卡死了。手机信号已全部中断，三四百人挤在一块，他们无法知道外面究竟发生了什么，死亡的气息瞬时扑面而来，恐惧笼罩在每个人的心头。人们开始强行撞门，经过15分钟的齐心协力之后，终于打开了一个出口。

电梯肯定走不了，只能走楼梯。生命的通道被分成了两条：一个

---

① 选自《阅读与鉴赏·文摘版》2010年第6期。

在赢得了时间就赢得了生命的紧要关头，没有指挥者，没有协议却也没有争论和抢道——人在面对生命抉择时的所表现出来的大义、气度和关爱才真正体现了人的素质和风度。

楼梯往内旋转，另一个楼梯往外旋转，显然，内旋的楼梯要比外旋的近得多。此刻时间就是生命，谁心里都清楚，走近道就意味着多一线生机。灾难面前，人们并未慌乱，自觉地把近道让给了老人和妇女，陈思进和其他人一起从外旋楼梯逃生。楼道狭窄，人群拥挤，却没有人推搡抢道，人们井然有序地快速撤离。

　　刚走下几层，陈思进的眼镜忽然掉了，眼前一片模糊，他心想还是逃命要紧，便头也不回，跌跌撞撞地接着往下跑。没跑出几步，忽然有人从背后拍他的肩膀："先生，这是你的眼镜。"陈思进万万没有料到，在生死攸关之际，竟会有一个陌生人帮他捡回眼镜。陌生人凝重的眼神，似乎在向他传递一种力量——要活下去！那一瞬，他感受到了前所未有的温情。他戴上眼镜，感激地说了声"谢谢"，更加卖力地往下跑。

78层楼梯，陈思进用了整整一个半小时，终于逃到了一楼。到处都是刺耳的警笛声和人们恐慌的呼喊声，街上尘土飞扬，遮天蔽日，他这才知道，世贸大厦南塔已经倒了。陈思进不敢喘息，拼尽全身力气狂奔而逃……两分钟后，身后传来轰隆巨响，大地在颤抖，世贸大厦北塔轰然倒塌，陈思进死里逃生。望着身后的一片废墟，陈思进流泪了。他明白，是那个帮他捡回眼镜的陌生人善意的一俯身赐给了他宝贵的两分钟。

"9·11事件"已经过去5年，现在的陈思进是全球第二大银行美洲银行证券部副总裁。回想起当年那段逃生的经历，他感慨万千。他说，那一天，男人们主动让道给老人和妇女的感人情景至今还深深刻在他的脑海中。人们之间没有抢道、推搡，也没有争论、协商，那份心灵的默契令人叹为观止。也正是这份默契，为所有人赢得了宝贵的逃命时间。

在生死时速的求生之路上，混乱只会逼人们陷入更大的绝境。唯有团结、正义，才能拥有力量，温暖前行。

面对死亡，人们身上所表现出来的大义，对人性的高度尊重和关爱，绝不仅仅是借以抬高自己素质的幌子，更不是男人向女人献媚的手段，那是一种发自灵魂深处的对良心安宁的追求。这才是真正的风度！

世贸中心废墟中的英雄①

◎ 德里克·伯内特

　　如果你看过奥利弗·斯通的灾难片《世贸中心》，一定会对尼古拉斯·凯奇饰演的主角印象深刻。他奇迹般地在废墟里熬过了20多个小时，幸运地存活下来。可是这一切并不是虚构的，他的原型就是53岁的纽约港务局警员约翰·麦克劳林。

　　麦克劳林任职于纽约港务局，12年来都在负责世贸中心的安全问题。2001年9月11日早晨，日出勾勒着纽约壮丽的天际线，麦克劳林又开始平常而忙碌的一天。他巡视完43楼，惬意地喝着咖啡。他记得早上出门时答应过15岁的儿子，傍晚下班带他去打棒球。

　　突然，长官詹姆斯大吼着有架飞机撞进了双子塔，命令他马上带一队人马赶过去!麦克劳林带着4个警员急速下楼从地下大厅赶往北塔，这时，南塔倒塌了。

　　麦克劳林惊恐地看着一堵巨大的土褐色墙面向他们倒过来，瞬间，

---

① 选自《提升中学生情商的128个故事》，高长梅主编，九州出版社2004年版。

麦克劳林和队友就陷入灰尘
和混凝土的碎石堆里。

最初麦克劳林并没有受
伤，只是被困在里面，一块混
凝土板横在他的头顶，头盔被
卡住了，让他的头无法动弹。
他脚边的墙体碎片还算结实，
他摸索着用右手支撑身体，并
大声呼喊同事，只有两个人回

约翰·麦克劳林（左）和尼古拉斯·凯奇

应他：多米尼克·佩祖罗和威尔·吉梅诺。吉梅诺的整个身体都被卡住
了，伤势很严重，但佩祖罗正设法从土缝中爬出来。麦克劳林命令他先
尽力救出吉梅诺，然后再去求救。然而这时，北塔坍塌了。一大块混凝
土砸中佩祖罗，瞬间夺去了他的生命。麦克劳林听到佩祖罗一声痛苦
的尖叫声，然后一切归于平静，麦克劳林悲痛地闭上了双眼。

饥渴和孤单煎熬着麦克劳林和队友吉梅诺，他们开始谈论彼此
的家庭趣事，在昏暗的土堆里，相互鼓励对方。时间一点点挨过去，
无孔不入的烈火烧灼着吉梅诺的手臂。因为土堆里的温度过高，导致
已经倒下的佩祖罗腰上的枪走火，子弹和他俩擦身而过。剧痛无时
无刻不在折磨着麦克劳林和吉梅诺。

时间已经过去19个小时。深夜，他们燥热的身体开始慢慢冷下
来，干哑的嗓子已经发不出一点声音。他们只能静静地等在废墟里，
竖着耳朵听着地面的一点点动静。

突然，麦克劳林听到一个模糊的声音在喊："陆战队员！"

"嗨！"麦克劳林憋着气沙哑地嘶喊，"就在下面！"

一队救援人员惊喜地听着地面下的声响。他们花了3个小时把吉
梅诺解救出来，他的神经已被严重损伤，直到现在身上还装着固定

器。而麦克劳林则被埋得更深，直到拂晓时分，救援人员才从冒烟的废墟里救出麦克劳林。9月12日早晨7点左右，也就是被双子塔残骸掩埋22个小时后，麦克劳林成为最后被营救出来的遇险人员。

麦克劳林在纽约贝尔维尤医院住了两个半月，又在洛克兰的康复中心待了7个星期。疗程非常痛苦，但麦克劳林坚强地挺了过来，连医生都没想到，他有着如此顽强的生命力。现在他已经能正常行走，甚至又能开车了。

2004年，麦克劳林决定帮助尼古拉斯·凯奇和其他演员去重现"9·11"时他们的遭遇，他说自己亲眼见证了那些救援人员生命的最后时刻，只有他能告诉大家他们有多勇敢，人们必须去感受这种难能可贵的勇气。命运往往会给人们意想不到的考验，没有人知道明天可能发生什么，但勇气和坚强的意志是在遭遇灾难时我们给予生命的最漂亮的答卷。

一个动作的信任

◎ 落花流水

　　两年之前，我是一个边陲小城消防兵中的一员。入伍一年半的时间，几十次的救援抢险让我对那些让普通人抗拒和慌张的危险已经看得很淡。平日里除了接到电话后的紧急行动外，生活就在每天枯燥的练习当中度过。从入伍的那天开始一直到退伍前一秒钟，我都记得我们的天职就是抵御突然到来的危险。

　　因为基本功扎实，我在救援抢险中的表现一向不错，是首长心目里的标兵，我也一直为自己得到过的不少的奖励而感到自豪。我认为，我有资格说，自己是一名合格的消防战士。

　　这个北方的城市经济不算发达，冬天里，有很多百姓家里靠着生火取暖。这是火灾的高发期，入冬之后，我们脑子里的弦每天都绷得紧紧的。时间进了腊月，那是一个飘雪的夜晚，晚上九点熄灯前，忽然接到了指挥中心出警的通知。迅速的穿戴好了防护服，坐上消防车

_____

① 源自网络: http://www.blog.sina.com.cn/luotaoxin

呼啸而去。起火的地点在市郊的一个居民小区，报警的人说，可能是残余的煤核，引起了火灾的发生。

我们赶到的时候，起火的民居的窗户大开，三楼，猛烈的火苗吞吐着，冒着浓浓的黑烟，站在楼下，就能听到里面带着抽泣的哭喊声。从声音里可以判断，是位年纪不大的女子。楼下，站满了焦急的围观的群众。

居委会主任看到我们，走过来介绍情况。原来发生火灾的那家主人是经商的，男人到外地去打理生意，家里只剩下女主人带着一个不到三岁的孩子，而且那个女人平素里表现沉默寡言，据说有间歇性的精神疾病。

指导员要我们搭好云梯，然后派人进去先把女主人和孩子搭救出来，然后用高压水枪熄灭大火，防止火势继续蔓延。梯子搭在窗户上，我身边一个新消防战士敏捷地爬了上去，很快到了窗口。

我们做好了人被救出后马上灭火的准备。时间一分一秒的流失，可是奇怪的是，那个进去的战士却迟迟没有出来。就在大家都感到万分焦急的时候，那个战士独身从窗口顺着云梯下来，带着奇怪的表情，摇了摇头。

"那个女人和孩子，因为吸取了过多的浓烟现在难以自己移动。可是女人却怎么都不肯把孩子交给我。"

我们几个对视了一眼。参加了这么多次救援，还是首次碰到这样的问题。再拖延下去，不但她们母子有窒息死亡的危险，而且很容易火势蔓延，造成更大的经济损失。

"你怎么不强行先把孩子救出来，然后再进去救那个女人。"我有些愤怒地冲着这个新战士喊道。危急时刻，哪里还顾得上那么多。

他尴尬地摸摸头说："不是我不想，但是我根本抢不过来，我没有想到那个女人有那么大的力气，再用力，我恐怕会伤到孩子，再说，她的样子像发疯一般。"

听到这里，我爬上了云梯大声说："我来！"

我迅速地移动到了窗口，跳进房间。浓烟让我的眼睛有些不适应，我让眼睛习惯了下高温，然后寻找着她们母子的踪迹。在客厅的沙发旁，我看到了瘫软在地的母子俩，母亲一脸的惊恐，神色慌张地边躲避着汹汹的火焰和浓烟，一边哄着怀里的孩子。我大步走过去，然后伸手去夺孩子，同时嘴里喊着："把孩子给我，不然你们都有危险。"

意外的，那个母亲却向后艰难地挪动了一下，警惕地看着我，连忙把孩子抱紧。眼睛里流露出来的决绝，让我也无计可施。想着失败后战友的嘲笑，和拖延下去的危险，我心里也愤怒起来：这个女人怎么这么不知道好歹！这种关头还这么固执。莫非是受到危机情况的刺激，精神病发作了？

我再次想冲过去争夺孩子的时候，身后有人拍了拍我，示意我安静下来，指导员可能是不放心，不知什么时候也跟了进来。他走过去，解开自己防护服的扣子，拉开防护服，做了个把孩子包裹在里面的示范动作，然后去摸了摸孩子的头。

指导员把孩子从那个女人的手上接过来，她意外地没有反抗，而是顺从地看着指导员把孩子裹在怀里。指导员对我说："把她架上，一起下云梯。"

我们小心翼翼地从云梯上下来后，周围响起了一阵欢呼声。我擦了把汗，没想到这个问题让指导员这么容易就解决掉了。

后来，我问过指导员，为什么他就那么沉默地用一个动作获得了那个女人的许可，要知道，她那时候的神智并不正常。指导员说，一个再不正常的女人，那个时候也知道所处的危险。她对孩子的爱让她不放心把孩子交到陌生人手上。你们的抢夺只会让她反感，而我的动作则告诉她，我爱这个孩子，拉开防护服等于是一个承诺，告诉她我会带孩子安全离开。

　　那是我入伍之后，上过最生动的一课。我知道了自己的不足。无论做什么，其实都一样，不但需要技术过硬，执行严格，更需要有一颗爱心。只有用自己对别人的真爱，才能让别人感到温暖，才能获得他人的信任。

诛犬①

◎ 曹文轩

    曹文轩（1954—），著名作家、学者，多部作品被译成英、日、法、韩等文字。代表性长篇小说有《草房子》、《红瓦》等，主要文学作品集有《忧郁的田园》、《蔷薇谷》等。

一

    1994年春天，我在日本东京井之头的住宅中躺着翻看捷克流亡作家米兰·昆德拉的一部作品，无意中发现他说了这样一句话：世界上的许多暴力行动，是从打狗开始的。这一揭示，使我大吃一惊，并不由得想起1967年春天的一个故事。

    那时我是高中二年级的学生。

    但这个故事的主人公却并不是我，而是油麻地镇文化站的站长余佩璋。

    这个余佩璋不太讨人喜欢，因为他有空洞性肺结核。他有两种行为，总令人不快。一是他天天要用几乎是沸腾的开水烫脚。他常组织班子演戏，那时，他就会跟油麻地中学商量，将我借出来拉胡琴。与他在一起时，总听到他半命令半央求我似的说："林冰，肯帮我弄一

---

① 选自《天际游丝：曹文轩精选集》，曹文轩著，新世纪出版社2005年版。

壶开水吗?"烫脚时,他并不把一壶开水都倒进盆中,而是先倒三分之一,其他三分之二分几次续进去,这样,就能保持盆中的水在很长的时间里都还是烫的。烫脚在他说,实在是一种刻骨铭心舍得用生命换取的享受。他用一条小毛巾,拉成细细一股,浸了开水,两手各执一端,在脚丫之间来回地如拉锯似的牵、搓,然后歪咧着个大嘴,半眯着双眼,"哎呀哎呀"地叫唤,其间,夹有发自肺腑的呻吟:"舒服得不要命啦!"一双脚烫得通红。杀痒之后,他苍白的脸上显出少有的健康神色,乌嘴唇也有点儿红润起来。他说:"脚丫子痒,我就不怕。一旦脚丫子不痒了,我就得往医院抬了。"果真有几回脚丫子不痒了,他的病爆发了,口吐鲜血,抬进了医院。他的另一种行为,是让人更厌恶的。当大家团团围坐一张桌子共食时,他很不理会别人对他的病的疑虑与害怕,先将脸尽量垂到盛菜的盆子上嗅着那菜的味道,然后抓一双筷子,在嘴中很有声响地嗍一下,便朝盆里伸过去。叫人心中发堵的是,他并不就近在盆边小心地夹一块菜放入自己的碗中,不让人家有一盆菜都被污染了的感觉,而是用大幅度的动作,在盆中"哗哗"搅动起来,搅得盆中的菜全都运动起来,在盆中间形成一个小小的漩涡。这时,他再嗍一下筷头,再搅。嗍,搅;搅,嗍……那样子仿佛在说:"我让你们大家也都吃一点结核菌,我让你们大家也都吃一点结核菌……"大家心中都梗了一块东西去吃那盆中的菜。吃完了,心里满是疑问,过好几天,才能淡忘。我理解他这一举动的心思:他是想说,他的病是不传染的,你们不用介意;他想制造出一种叫众人放心的轻松气氛来。

他也感觉到了别人的疑虑,平日里常戴一个口罩。他脸盘很大,那口罩却又很小,紧紧地罩在嘴上,总让人想起耕地的牛要偷吃田埂那边的青庄稼而被主人在它的嘴上套了一张网罩的情景。

他很想让自己的病好起来。他知道,得了这种病,吃很要紧。他穿衣服一点儿不讲究，家中也不去添置什么东西，拿的那些工资都用在了吃上。油麻地镇的人每天早上都能看见他挎一只小篮子去买鱼虾。他还吃胎盘，一个一个地吃，用水洗一洗，下锅煮一煮，然后蘸酱油吃。

油麻地镇上的人说："余佩璋要不是这么吃，骨头早变成灰了。"

他决心把病治好，但没有那么多的钱去吃，于是就养了一群鸡。文化站有一个单独的院子，这儿既是文化站，又是他家的住宅。院子很大，几十只鸡在院子里跑跑闹闹，并不让人嫌烦。余佩璋要了镇委会食堂的残羹剩饭喂它们，喂得它们肥肥的。每隔一段时间，余佩璋就关了院门，满院子撵鸡，终于捉住一只，然后宰了，加些黄芪煨汤喝。

但这两年他很烦恼：老丢鸡。起初，他以为是黄鼠狼所为，但很快发现是被人偷的。油麻地镇很有几个偷鸡摸狗的人，八蛋就是其中一个。他守过几次夜，看到底是谁偷了他的鸡。但那几夜，油麻地镇却表现出一副"夜不闭户，道不拾遗"的文明样子来。而他一不守夜，就又丢鸡。他便站在文化站门口，朝镇上的人漫无目标地骂："妈的，偷鸡偷到我文化站来了！谁偷的，我晓得的！"

这一天，他一下儿丢了三只鸡。

他骂了一阵，没有力气了，就瘫坐在文化站的门口不住地咳嗽。

有几条公狗在追一条母狗，那母狗突然一回头，恶声恶气地叫了两声，那些公狗便无趣地站住了。可当母狗掉头又往前走时，那些公狗又厚皮赖脸地追了上去。母狗大怒，掉过头，龇着牙，在喉咙里呜咽了两声，朝一只公狗咬去，那只公狗赶紧逃窜了。

余佩璋看着，就觉得心一跳，爬起来，回到院子里找了一块木板，在上面写了八个大字：内有警犬，请勿入内。然后将木板挂在了院门口。他往后退了几步，见木板挂得很正，一笑。

一个消息便很快在油麻地镇传开了：文化站养了一条警犬。油麻地中学的学生也很快知道了,于是就有很多同学胆战心惊地在远离文化站大门处探头探脑地张望。谁也没有瞧见什么警犬,但谁都认定那院子里有条警犬。油麻地镇有很多狗,但油麻地镇的人只是在电影里见过警犬。因此文化站里的警犬是通过想象被描绘出来的:"个头比土种狗大几倍,一站,像匹马驹。叫起来,声音'嗡嗡'的,光这声音就能把人吓瘫了。一纵一纵地要朝外扑呢,把拴它的那条铁链拉得紧绷绷的。"

那天我和我的几个同学在镇上小饭馆吃完猪头肉出来,遇着了余佩璋。我问:"余站长,真有一条警犬吗?"

他朝我笑笑:"你个小林冰,念你的书,拉你的胡琴,管我有没有警犬!"街边一个卖鱼的老头说:"这个余站长,绝人,不说他有狗,想让人上当呢。"

余佩璋再也没有丢鸡。

二

可余佩璋万万没有想到会有一场打狗运动。

打狗是人类将对人类实行残忍之前的预演、操练,还是因为其他什么?打之前,总得给狗罗织罪名,尽管它们是狗。这一回的罪名,似乎不太清楚。大概意思是:狗跟穷人是不对付的;养狗的全是恶霸地主,而他们养的狗又是专咬穷人的。人们脑子里总有富人放出恶狗来,冲出朱门,将乞讨的穷人咬得血肉模糊的情景。狗是帮凶,理应诛戮。这理由现在看来很荒唐,但在当时,却是一个很严肃的理由。上头定了期限,明文规定,凡狗,必诛,格杀勿论,在期限到达之前必须将其灭绝。油麻地镇接到通知,立即成立了一个指挥部,镇长杜长明指定管民兵的秃子秦启昌为头。考虑到抽调农民来打狗要付报酬,于是请油麻地中学的校长汪奇涵做副头,把打狗的任务交给了正不知将激情与残忍用于何处的油麻地中学的学生们。我们一人找了一根棍子,一个个皆露出杀气来。炊事员白麻子不再去镇上买菜,因为秦启昌说了,学生们打了狗,二分之一交镇上,二分之一留下自己吃狗肉。

油麻地一带人家爱养狗,总见着狗在镇上、田野上跑,天一黑,四周的狗吠声此起彼伏。这一带人家爱养狗,实在是因为这一带的人爱吃狗肉。油麻地镇上就有好几家狗肉铺子。到了秋末,便开始杀狗;冬天杀得更多。狗肉炸烂了,浇上鲜红的辣椒糊,一块一块地吃,这在数九寒冬的天气里,自然是件叫人满足的事情。这段时间,常见路边树上挂着一只只剥了皮的血淋淋的狗,凉丝丝的空气里总飘散着一股勾引人的血腥味。

油麻地中学的学生一想到吃狗肉,都把棍子抄了起来。大家来来回回地走,满眼都是棍子。

汪奇涵说:"见着狗就打。"

我们组织了许多小组,走向指定的范围。狗们没有想到人居然要灭绝它们,还如往常一样在镇上、田野上跑。那些日子,天气分外晴朗,狗们差不多都来到户外嬉闹玩耍。阳光下,那白色的狗,黑色的狗,黄色的狗,闪着软缎一样的亮光——我们的视野里有的是猎物。几遭袭击之后,狗们突然意识到了那无数根棍子的意思,立即停止嬉闹,四下逃窜。我们便很勇猛地向它们追杀过去,踩倒了许多麦苗,踩趴了许多菜园的篱笆。镇子上,一片狗叫鸡鸣,不时地有鸡受了惊吓,飞到了房顶上。

镇上的老百姓说:"油麻地中学的这群小狗日的,疯了!"

我拿了棍子,身体变得异常机敏。当被追赶的狗突然改变方向时,追赶的同学们因要突然改变方向而摔倒了许多,而我几乎能与狗同时同角度地拐弯。那一顷刻我觉得自己的动作真是潇洒优美。弹跳也极好，遇到水沟，一跃而过；遇到矮墙，一翻而过。

在油麻地镇的桥头，我们遇到了一只很凶的狮子狗。这狮子狗是灰色的，个头很大，像一只熊。它龇牙咧嘴地向我们咆哮着，样子很可怕。见我们朝它逼近，它不但不逃跑，还摆出一副随时扑咬我们的架势。

"女生靠后边站！"我拿着棍子一步一步地向狮子狗靠拢过去。

狮子狗朝我狂吠着。当我的棍子就要触及到它时，它朝我猛地扑过来。我竟一下儿失去了英勇，丢了棍子，扭头就逃。

有个叫乔桉的同学笑了起来，笑得很夸张。

狮子狗抖动着一身长毛，一个劲地叫着。它的两只被毛遮掩着的模糊不清的眼睛，发着清冷的光焰。它的尖利牙齿全都露出乌唇，嘴角上流着晶亮的黏液。

乔桉不笑了。看样子，狗要扑过来了。

我急忙从地上捡起两块砖头，一手一块，不顾一切地朝狮子狗冲过去。当狮子狗扑上来时，我奋力砸出去一块，竟砸中了它。它尖厉地叫唤了一声，扭头朝河边跑去。我捡回我的棍子，朝它逼过去。它"呜呜"地叫着。它已无路可退，见我的棍子马上就要劈下来，突然一跃，竟然扑到我身上，并一口咬住了我的胳膊。一股钻心的疼痛，既使我感到恼怒，也增长了我的英勇。我扔掉棍子，用手中的另一块砖头猛力地敲打着它。其中一下，击中了它的脸，它惨叫一声，松开口，仓皇而逃。

我觉得自己有点儿残忍，但这残忍让人很激动。

我的白衬衫被狮子狗撕下两根布条，胳膊上流出的鲜血将它们染得红艳艳的，在风中飘动着。

三

血腥味飘散在春天温暖的空气里，与正在拔节的麦苗的清香以及各种草木的香气混合在一起，给这年的春季增添了异样的气氛。残忍使人们发抖，使人们振奋，使人们陷入了一种不能思索的迷迷瞪瞪的疯疯癫癫的状态。人们从未有过地领略着残忍所带来的灵与肉的快感。油麻地中学的学生们在几天时间里，一个个都变成了小兽物，把童年时代用尿溺死蚂蚁而后快的残忍扩大了，张扬了。许多往日面皮白净、神态羞赧的学生，手上也沾满了鲜血。

狗们终于彻底意识到了现在的人对它们来说意味着什么，看到人就非常的恐惧。余下的狗，再也不敢来到阳光里，它们躲藏了起来。我亲眼看到过一只狗，它见到一伙人过来了，居然钻到麦田间，像人一样匍匐着朝远处爬去。夜晚，几乎听不到狗吠了，乡村忽然变得像一潭死水，寂寞不堪。

镇委员会以为狗打得差不多了，早在灭狗期限到来之前就松劲了。

狗们又失去了警惕，竟然有一只狗在上面的检查团来临时，把其中的一个团员的脚踝给咬了。

杜长明骂了秦启昌和汪奇涵。

油麻地镇的打狗运动又重新发动起来。但，很快遭到了一些人的强烈抵制，如狗肉铺的张汉、镇东头的魏一堂、镇子外边住着的丁桥老头。反对灭狗，自然各有各的缘故。

张汉靠狗肉铺做营生，你们把狗灭尽了，他还开什么狗肉铺？不开狗肉铺，他、他老婆、他的一群孩子靠什么养活？魏一堂反对打狗是因为他养了一条狗，而他是必须要养这条狗的。油麻地镇的人都知道：那狗能帮他偷鸡摸狗。夜间，那狗在道上带路，瞧见前面有人，就会用嘴咬住主人的裤管往后拖；他爬窗进了人家，那狗就屋前屋后地转，一有动静，就会趴在窗台上，用爪子轻轻挠窗报信。镇上一些人总想捉他，终因那条狗，他屡屡抢先逃脱掉了。丁桥老头反对打狗的原因很简单：他只身一人，需要一条狗做伴儿。以他们三人为首，鼓动起一帮人来，使打狗运动严重受阻，甚至发生了镇民辱骂学生的事件。

秦启昌说："反了！"组织了十几个民兵帮着学生打狗。

那十几个民兵背了空枪在镇上晃，张汉他们心里有点儿发虚了，但很快又凶了起来："要打我们的狗也行，先把文化站的狗打了！"突然间，理在他们一边了。

秦启昌这才想起余佩璋来，是听说他养了一条狗。

他正要去文化站找余佩璋，却在路上遇见了余佩璋。他二人，一文一武，多年共事。随便惯了，见面说话从来没正经的。余佩璋一指秦启昌："你个秃子，吃狗肉吃得脑瓜亮得电灯泡似的，就想不起来送我一条狗腿吃。"

秦启昌说："你那病吃不得狗肉，狗肉发。"

"发就发，你送我一条狗腿吃嘛。"

秦启昌忽然正色道："老余，今天不跟你开玩笑了。我有正经事找你。"

"你什么时候正经过？"

"别闹了，别闹了，真有正经事找你。"

"什么屁事？说！"

"听说你养了一条狗，还是条警犬？"

余佩璋说："你秃子吃狗肉吃疯了，连我的狗也想吃？"

"说正经点，你到底有没有一条狗？"

余佩璋笑笑，要从秦启昌身边走过去，被秦启昌一把抓住了："别走啊。说清楚了!"

"你还真想吃我的狗啊?"

"镇上很多人攀着你呢!"

余佩璋大笑起来,因口张得太大,呛了几口风,一边笑一边咳嗽:"行行行,你让人打去吧。"

"什么时候?"

"什么时候都可以呀。找我就这么一件事?打去吧打去吧,我走了,我要到那边买小鱼去呢。"

"过一会儿,我就派人去打。"

余佩璋一边笑,一边走,一边点头:"好好好……"离开了秦启昌,还在嘴里很有趣地说着,"这个秃子,要打我的狗。狗?哈哈哈,狗?"

余佩璋吃了饭正睡午觉,被学生们敲开了院门。他揉着眼睛问:"你们要干吗?"

"打狗。"

"谁让来的?"

"秦启昌。"

"这个秃子,他还真相信了。走吧走吧。"

打狗的不走,说:"秦启昌说是你叫来的。"

余佩璋说:"拿三岁小孩开心的,他还当真了。"他在人群里瞧见了我,说:"林冰,你们快去对秦启昌说,我这里没有狗。"

我们对秦启昌说:"余站长说他没有狗,跟你开玩笑的。"

"这个痨病鬼子,谁跟他开玩笑!"秦启昌径直奔文化站而来。

余佩璋打开文化站的大门欢迎:"请进。"

秦启昌站在门口不进,朝里面张望了几下,说:"老余,别开玩笑了,你到底有没有狗?"

这回余佩璋认真了:"老秦,我并没有养什么警犬。"

"可人家说你养了。"秦启昌看了一眼门口那块写了八个大字的牌子说。

"吓唬人的。谁让你这个管治安的没把镇上的治安管好呢，出来那么多偷鸡摸狗的！我的鸡一只一只地被偷了。"

秦启昌不太相信："老余，你可不要说谎。你要想养警犬，日后我帮你再搞一条。我的小舅子在军队上就是养军犬的。"

余佩璋一副认真的样子："真是没养狗。"

秦启昌点点头："要是养了，你瞒着，影响这打狗运动，责任可是由你负。杜镇长那人是不饶人的。"

"行行行。"

"把牌子拿了吧。"秦启昌说。

余佩璋说："挂着吧，一摘了，我又得丢鸡。"

秦启昌去了镇上，对那些抵制打狗的人说："文化站没养狗，余佩璋怕丢鸡，挂了块牌子吓唬人的。"

魏一堂立即站出来："余佩璋他撒谎。我见过那条警犬！"

张汉以及很多人一起出来作证："我们都见过那狗，那凶样子叫人胆颤。"

秦启昌觉得魏一堂这样的主儿不可靠，就问老实人丁桥老头："文化站真有狗？"

丁桥老头是个聋子，没听清秦启昌问什么，望着秦启昌笑。有人在他耳边大声说："他问你有没有看见文化站有条狗？"

"文化站有条狗？"他朝众人脸上看了一遍，说，"见过见过，一条大狗。"

张汉对秦启昌说："你可是明明白白听见了的。丁桥老头这么一大把年纪了，他还能说谎吗？"

"油麻地镇大的小的都知道，他老人家这一辈子没说过一句谎话。"

丁桥老头不知道人们对秦启昌说什么，依然很可笑地朝人微笑。

秦启昌说："我去过文化站，那里面确实没有狗。"

"早转移了。"不知是谁在人群后面喊了一声。

魏一堂更是准确地说："五天前的一天夜里，我看见那条狗被弄上了一条船。"

"怪不得那天夜里我听见河上有狗叫。"张汉说。

秦启昌杀回文化站。这回他可变恼了："老余，人家都说你有狗！"

"在哪儿？你找呀！"余佩璋也急了。

"你转移了！"

"放屁！"

"你趁早把那狗交出来！"秦启昌一甩手走了。

打狗的去文化站三回，依然没有结果。

秦启昌对我们说："余佩璋一天不交出狗来，你们就一天不要放弃围住他的文化站！"

文化站被包围起来，空中的棍子像树林似的。

镇上那个叫八蛋的小子摘下那块牌子，使劲一扔，扔到了河里，那牌子就随了流水漂走了。他又骑到了墙头上。

余佩璋仰起脖子："八蛋，请你下来！"

八蛋不下："你把狗交出来！"他脱了臭烘烘的胶鞋，把一双臭烘烘的脚在墙这边挂了一只，在墙那边挂了一只。

有人喊："臭！"

人群就往开闪，许多人就被挤进余佩璋家的菜园里，把鲜嫩的菜踩烂了一大片。

余佩璋冲出门来，望着那不走的人群和被破坏了的菜园，脸更苍白，嘴唇也更乌。

我在人群里悄悄蹲了下去。

人群就这样围着文化站，把房前房后糟踏得不成样子，像是出了人命，一伙人来报仇，欲要踏平这户人家似的。余佩璋的神经稳不住了，站在门口，对人群说："求求你们了，撤了吧。"

人群当然是不会撤的。

余佩璋把院门打开，找杜长明去了。

杜长明板着面孔根本不听他解释，说："余佩璋，你不立即把你的狗交出来，我撤了你的文化站长！"

余佩璋回到文化站，佝偻着身子，剧烈地咳嗽着穿过人群。走进院子里，见院子里也被弄得不成样子，突然朝人群叫起来："你们进来打吧，打我，就打我好了！"他的喉结一上一下地滑动，忽地吐出一口鲜血来。

立即有人去医院抬来担架。

余佩璋倒下了，被人弄到担架上。

我挤到担架边。

余佩璋脸色惨白，见了我说："林冰，你不好好念书，不好好拉胡琴，也跟着瞎闹……"

他被抬走了。

我独自一人往学校走，下午四点钟的阳光，正疲惫地照着油麻地中学的红瓦房和黑瓦房。校园显得有点荒凉。通往镇子的大路两旁，长满杂草。许多树枝被扳断做打狗棍去了，树木显得很稀疏。一些树枝被扳断拧了很多次之后又被人放弃了，像被拧断了的胳膊耷拉在树上，上面的叶子都已枯黄。四周的麦地里野草与麦子抢着生长着。

大道上空无一人。我在一棵大树下躺下，目光呆呆地看着天空……

四

1968年6月19日，我听到了一个消息：城里中学的一个平素很文静的女学生，却用皮带扣将她老师的头打破了。

真正的勇气①

◎ 凯西·豪莱莉

你知道什么叫勇气吗? 而你又知道什么样的勇气才是真正的勇气吗? 我知道。我知道什么叫勇气, 我也知道什么样的勇气才是真正的勇气。

那是6年以前的事了。当时, 我正乘坐飞机去旅行。正是在那次旅行中, 正是在那架飞机上, 我知道了什么是勇气, 什么才是真正的勇气。从那之后, 它一直珍藏在我的记忆之中, 直到如今, 只要一想起它, 我的心中仍旧会禁不住涌起阵阵暖流, 眼中也会盈满热泪。

那是一个星期五的早晨, 我们乘坐的1011次航班从奥兰多机场起飞了。机上所有的乘客心情都非常舒畅, 而且都精神饱满, 充满了活力。通常, 这趟一大清早的航班主要是为那些到亚特兰大出差的各行各业的业务人员服务的, 他们大都要在亚特兰大进行为期一两天的商务活动。他们中间有许多都是带着真皮公文包的各行各业的设计师和执行总裁, 还有一些是经验丰富的商人。我坐在后舱, 随意地

---

① 选自《现代青年》2002年第9期。

翻阅着一些消遣书籍，以打发这虽短暂却很无聊的飞行时间。

但是，飞机刚起飞，突然就上下颠簸、左右摇摆起来，很显然，一定是某个部件出了毛病。这时，那些有经验的乘客，当然也包括我，都互相看了看，而且还会心地笑了笑，并没有因此而显得惊慌失措。因为大家以前都遇到过类似的小麻烦。如果你经常乘坐飞机的话，对这种类似的麻烦你也会习以为常，不会大惊小怪的。

可是，这种心照不宣的无所谓的感觉并没有能够持续多长时间。就在飞机起飞后几分钟，飞机突然开始急剧下降，一侧机翼也倾斜着向下俯冲。尽管飞行员用尽办法想使飞机爬升，但是，一点作用也没有。飞机仍旧继续下降。没多久，飞行员声音低沉地向大家进行了广播。

"各位乘客，我们的飞机遇到了一些麻烦，"他严肃地说，"从目前的情况来看，飞机的鼻轮操纵失灵，而且，显示盘上显示飞机的水压系统也失灵了。现在，我们将返回奥兰多机场。因为水压系统失灵，我们不能保证飞机的起落装置到时候能够正常工作，所以，我们的机组人员将会为你们做好迫降的准备。而且，如果你们向窗外看一看，你们将会看到我们正在倾倒飞机上的汽油，因为为了使飞机能够安全着陆，我们必须尽可能地减轻飞机的重量。"

哦，上帝！这不就是意味着我们将有可能会随着飞机一起坠毁吗？

顿时，机上所有的乘客都惊呆了。他们开始还有些不相信自己的耳朵，但是，当回过神来的时候，有的人就开始大喊大叫，呼天抢地，机舱里乱作一团。机组人员一边忙着帮助人们在自己的位置上坐好，一边安慰着那些已经惊慌失措、歇斯底里的乘客。而我则坐在自己的座位上呆呆地看着窗外那不停地倾泻而下的汽油，心情非常沉重。

当我回过头来，环顾乱哄哄的机舱时，我发现那些与我同机旅行的商人们，他们的变化真是让我大吃一惊，先前那充满自信的面孔已经变得苍白，饱满的精神也被惊恐的神色所取代，就连其中最镇静的人脸上也布满了恐惧的神色。此刻，他们每一个人都是那么惊恐，没有人能够例外，而且，他们所流露出来的那种神情是我以前从未见到过的。"的确，任何人面对死亡都不会无所畏惧的，"我想，"每一个人多少都会失去平时的镇静，只不过是表现的方式不一样而已。"

我开始在这乱哄哄的机舱里寻找一个人，一个即使是身处绝境仍然能够凭着真正的勇气和伟大的信念始终保持镇定和沉着的人。但是，遗憾的是，我没有找到一个这样的人。就在我感到非常失望的时候，我突然听到在我的左边隔着几排的地方有个声音传了过来。那是一个女人的声音，一个仍然保持平静的声音。那语调、那音质仍旧一如平常，不但语调舒缓，吐字清晰，而且没有一丝的战栗，没有一丝的紧张，它是那么的温柔，那么的爱意浓浓。哦，我一定要找到这个说话的女人。

此刻，机舱里到处充满着绝望的痛哭声和歇斯底里的嚎叫声。一些男人牢牢地抓着椅子的扶手，紧紧地咬着牙关，极力地想保持镇静，但是他们身上却到处都写满了恐惧。虽然我的信念使我不至于像他们一样歇斯底里，但是，在这种时候，我也做不到像我刚才听到的那个那么平静、那么温柔的声音那样说话。循着声音的方向，我终于看到了她。

原来是一个母亲正在说话，就在这样的一种混乱之中轻轻地对她的孩子说着话。她大概有35岁，是那种无论如何也引不起人注意的平常的女人。此刻，她正目不转睛地盯着她那看上去有4岁的女儿的小脸。小女孩紧紧地依偎着她，认真地听着，感觉着她母亲的话语中所蕴涵的深意。母亲那深深的凝视使得这个小女孩是那么的聚精会神，那么的专心致志，周围的那些悲哀的哭泣和绝望的嚎叫声似乎对她没有丝毫的影响。

看着她们，我的脑海里突然闪现了另外一个小女孩的身影，她在最近的一次空难中得以幸存。据专家推测，小女孩之所以能够幸免于难，是因为在危急关头，她的母亲用自己的身体保护了她。最后，这个小女孩的母亲死去了。接下来，报纸连续几个星期对小女孩进行追踪报道，报道她是如何在心理医生的治疗下摆脱负罪感和内疚感的。医生一再告诉她说，她母亲的死并不是她的过错。此刻，我是多么希望类似的情况不要再出现了啊!

听着这位母亲的话语不断地传来，我有一种冲动，一种想听一听她们究竟在说些什么的冲动。于是，我竭尽全力地竖起耳朵去听，但是，周围那喧嚣的噪音使我一点儿也听不清楚。没办法，我只有靠近她们了。终于，我奇迹般地听到了这个温柔的、让人感到安全感到欣慰的声音。只听她一遍又一遍地说道:"我是多么爱你啊!孩子，你真的知道我爱你超过任何别的东西吗? "

"我知道，妈妈。"小女孩肯定地说。

"记住，孩子，今后不论发生什么事，我都永远爱你。你是个好女孩。我希望你能够明白，有时候发生的事情并不是因为你的过错造成的。不论什么时候，你都是一个好女孩，我的爱将永远与你同在。"

然后，这位母亲紧紧搂着女儿，并且把自己的身体压在女儿的身上，系上了安全带，等待着飞机坠毁。

然而，让人意想不到的是，在最关键的时刻，飞机的起落装置竟然工作正常，飞机终于安全着陆了，一场悲剧就这样避免了。啊，这简直就像是一场梦，仅仅几秒钟过后，那所有的恐惧，所有的悲哀都成了过去，人们的脸上又都绽开了笑容。

悲剧虽然没有发生，但是在悲剧即将发生那一刻的众生百态却给我留下了难以磨灭的印象，尤其是那位母亲那平静、温柔而又充满了爱的话语让我永世难忘。在那危急时刻，面对死亡，她所表现出来的那种镇定、那种理智、那种无畏真是让人难以置信。而我们这些经验丰富、饱经风霜的商人却没有一个说话不战栗、内心不恐惧的。只有在那伟大的母爱的支持下的伟大的勇气，才能使得那位母亲沉着冷静，勇敢地面对一切灾难。

救赎①

◎ 埃林

1944年秋天，盟军正向德国挺进。纳粹陆军将领弗里德里希·冯·丹克斯特接到了给他的新命令。

在他读命令时，夫人艾劳丝就站在他身边。她一动不动，并尽力掩饰着心中的焦虑。过了一会儿，丹克斯特将军把命令书递给了她。

"我们还有10分钟的时间。"将军说，"我们出去散散步吧。"

"怎么回事，亲爱的？"艾劳丝问道，这时他们还没有走到第一个街角。

"元首直接下的命令，"将军回答，"我已被任命为蒙塔维尔要塞的司令官——就在比利时边境，离海峡地区不远。"

"那是个什么样的要塞呢？"

"实际上它可能称不上是一个要塞，"他说，"元首订有一个制度：当他把某地区定为要塞、驻扎上守军并任命了一位司令官后，该

---
① 选自《读者（文摘版）》2006年第5期。

地区就必须死守到最后一个人。"

"无可更改了吗?"她问。

"不管前途如何,我都得服从命令,为祖国而战,这就是我的天职。不过,要是要塞四面被包围了,那么就是再抵抗也是徒劳的,"他说,"即使如此,有时却又非得那么干不可。"

艾劳丝心里暗暗在想:不管情势有多紧张,付出数千人生命的做法总是不值得的,但她没把话说出来。

"至于你,亲爱的,"她最后问,"你想过怎么办吗?"

"我接受了命令。"丹克斯特将军答道。

他沙哑的嗓音是严肃的。艾劳丝还注意到了将军脸上阴郁而绝望的表情。

大多数人认为:在丹克斯特将军身上,值得女人钟爱的东西实在少之又少。他是一个铁石心肠的职业军人,接受的教育连同他的世界观都是严格受控的。

她,一个60岁的老妇;他,一个63岁的老头,在凄凉的秋日的阳光下,沿街漫步。他们谈论着恐惧,谈论着千万士兵的阵亡。在那里,怎么还会有爱神的栖身之地呢?然而爱确实存在着——犹如在石缝间生长的花儿。

"亲爱的,"丹克斯特将军说道,但眼睛却不敢正视妻子的眼睛,"你知道《人质法》吗?"

"我知道。"

在德国,《人质法》无人不晓。如果哪个军官开了小差,那么他的父母和妻儿将被枪毙,就算是稍有二心也会立即被判处死刑。

"现在我只有你一个亲人了。"丹克斯特说。

丹克斯特将军的弟弟在爱尔·阿拉梅恩战死,儿子劳塞在斯大林格勒阵亡,还有一个儿子恩斯特则在罗斯托夫失踪,估计也已命归西天。只有老两口幸存——眼下，其中一个得去蒙塔维利尔当司令官，另一个则必须留在家中当人质。

"刚才你留意到谁来当我的参谋长吗？"丹克斯特将军问妻子。

"元首的一个亲信，部长级军官——他叫什么来着？"

"他叫弗雷，"丹克斯特将军说，"我明白为什么要任命他当我的参谋长了。"

"为了监视你吧。"

"要我尽职。"丹克斯特将军说。

他们马上就回到家了。丹克斯特将军开始走向等着的汽车。他吻了吻妻子，这时，他突然想到了《人质法》。

当蒙塔维利尔被困第17天时，盟军发动了第三次进攻，并摧毁了外围防线。这是在骤雨中进行的一场殊死搏斗。将军亲自指挥了这场恶斗，而且正是由于他的亲自出马，才避免了那一天全军覆没。

如果不是一次爆炸使丹克斯特将军昏迷了一阵，他发动的那次反击兴许会获得成功。不过，在他爬起来站稳脚跟之前，反击已被打退了。

回到司令部——在损毁了的蒙塔维利尔教堂的地下室里，弗雷站起身来跟他搭腔。

"祝贺您，将军。"他的嗓音显得十分刺耳。将军注视着他，心中颇感惊愕：前几个小时，或者前几天、前几周中，并没有发生什么值得祝贺的喜事呀！接着，弗雷交给丹克斯特一件金属制品。"这是'铁十字骑士勋章'，"弗雷说，"现在授给您了，您真是受之无愧！"

"哪里来的勋章？"丹克斯特问。

"飞机运来的——您没见它飞过吗？今早它丢下了一个邮包呢。"

丹克斯特将军一直心烦意乱，因而无暇他顾。"邮包里还有什么东西吗？"他急忙问。

"部里给我的私人命令。"

"有我的东西吗?"

"有一封信,将军。"

丹克斯特将军瞥一眼就知道那是什么了。他从弗雷手中一把抢过信——这小子正在撕开信封口哩。唉,此君真是天生的密探。作为军中的"政工",他本来是可以要求将军让他"过目"的,但他知道丹克斯特将军无论如何不会让他看艾劳丝的来信的。

"还有什么要报告吗?"丹克斯特将军问,他得在看私人信件前先处理公务。

"只好口头报告了,先生,"副参谋长布斯回答,"军医说麻醉药和绷带都已用完了,血浆也差不多了,第507炮兵团的副官报告说……"

丹克斯特将军打断了他的话,"我回来时遇见他了。我知道他报告了什么——每门炮只剩下10发炮弹,而且能用的火炮已寥寥无几,还有什么事吗?"

"军事法庭的判决,先生。"

两名开小差的士兵被抓获后计划执行枪决,要是全军准备抱成一团决一死战,那么对他们就不能手软。当机立断也是丹克斯特将军的天职啊。不过——他已打了一场恶仗。如果指挥官指挥不当,他们的防线完全有可能在第三天就被突破——而今天是第17天了。无疑,他完全有资格被授予比"铁十字骑士勋章"更高级别的勋章。再有,他能否赦免这两个士兵,或者说是全部驻军的1万条人命呢?猛地,丹克斯特将军感到弗雷的眼睛正直直地盯住自己的脸。

"我但愿尊夫人安然无恙,"弗雷的嗓音变得更尖锐刺耳了,"我希望她一切平安!"很清楚,弗雷话中有话!

丹克斯特将军的手枪就插在腰带上,事实上他真想拔枪将这个疯子打死。但这只会给艾劳丝增加麻烦，并不能将她从盖世太保手中解救出来——这会坏事的：她会被抓进拷问室——那是死亡的序曲。将军以惊人的力量控制住自己的感情，他说："我要去休息一下。"

他慢慢踱向角落，一条悬吊着的毯子遮掩着他的床铺，他没忘记带上一根蜡烛照明。

丹克斯特将军躺在床上，一只手拿着信。一种不可思议的诱惑力叫他不去读信。他是如此疲乏，他心中明白，他的行动将使他的苦恼结束——这也完全可以保住艾劳丝的性命。同时，他的死并不能改变全军的命运，他一死，弗雷就会接替他出任司令官。这样，这1万人的生命依旧处在岌岌可危之中。想着想着，他把信打开了。

"我最亲爱的——此信给你带来了最好的祝愿和我最深沉的爱——自从我们结婚后，你一直享受着这种爱。不过，亲爱的，我怕这封信将会增加你的痛苦。我给你带来了一条可怕的消息。

"当你收到此信时，我已不在人世了。我患了癌症。我是前不久才突然感觉不适的，但是眼下我已觉得无力支撑下去了。墨赫莱维兹医生给我开了安眠药以便通过睡眠来减轻我的病痛，但我把它们都省了下来。今晚在我投出此信后，我就把这些药片一股脑儿吞下去。我一切都安排妥当了，我知道我要死了。

"于是，我得向你告别了，亲爱的。对我来说，你一直是个最理想、最仁厚、最温存的好丈夫。我全心全意地爱你。我感到幸运，因为我不仅爱你，而且还崇拜你。

"今晚，在我人生的最后时刻，我的脑海里将是你的形象——我永远的亲爱者。再见了，爱人，再见。"

丹克斯特将军只是感到心中可怕的空虚。他不愿生存在一个没有艾劳丝的世界上，他忽然想起了他上床的原因，于是他的手伸向手枪——手枪的冰冷使他想起了现实：艾劳丝已命归西天，她已不在盖世太保的控制之中了。他认识到：他还有一个责任——一个眼下他还能执行的天职。

他拔出手枪，又一次出现在地下室里。弗雷和布斯还呆在那儿——他们正等着从他床上毯子下传出一声枪响呢。看见他冲了进来，他俩都大吃一惊。

在爱和正义面前，艾劳丝夫人没丝毫恐惧。因为和那个最理想、最仁厚、最温存的丈夫的平安相比，狰狞的死亡显得多么微不足道。

"不许动！动一动我就要你的命！"丹克斯特将军命令弗雷。

弗雷服从了，虽然他的嘴唇在蠕动。然而没有发出声音。

"布斯，"丹克斯特将军说得很快，"马上给福赛尔将军打电话！"

"原来你想投降！"弗雷的嗓音又变得十分尖锐刺耳，而他的身体激动得抽搐起来。

"你说对了。"丹克斯特将军回答。

"你不想想你还有妻子！"弗雷说，"请别忘记……"

"我妻子已经死了。"

"可是我还有老婆，还有孩子。"

弗雷尖声叫嚷了起来。他伸手抓枪——不过。没等他打开手枪套，丹克斯特将军就向他"砰、砰"连射了两枪。

那天晚上，英国广播公司广播了一条"蒙塔维利尔德军已投降"的消息。1万名德国士兵在死神面前进入了盟军的战俘营。

也是在那天晚上，4名德国警察敲响威尔芬斯曲莱斯市一户人家的大门。有位神态威严的老太太来开了门——从他们的制服上，她马上认出了他们的身份。

"先生们，我正等着你们呢。"她说。她从客厅里取下挂着的衣帽，穿戴很快，接着就信步走向等候着的汽车。她没有一点儿患有癌症的样子。就像她不久前说过的那样，在她人生的最后一刻，她的脑海里浮现的是她丈夫的形象：既高大又猥琐。让她感到无比庆幸的是，自己成功地完成了人生最有意义又最巧妙的一次救赎。

在地震中重生①

◎ 姜钦峰

史无前例的大地震无情地蹂躏了这座城市。

这里原本是一个戒备森严的看守所，地震过后，几乎被夷为平地，许多警察在睡梦中再也没有醒来。犯人相对幸运一些，因为监房建得格外牢固，没有完全震塌，但墙壁全部破裂。一个个犯人从监房钻出来，高高的围墙不见了，笨重的铁门躺在瓦砾中，平日荷枪实弹的哨兵也不知所踪。总之，所有限制自由的东西统统消失了，取而代之的是一片废墟。黑夜、死亡和漫天飞舞的灰尘，交织成一幅凄惨的画面，令人窒息。面对突如其来的"自由"，犯人们茫然不知所措。

一名警察从废墟中爬了出来，手中握着枪，只穿着裤衩和背心，浑身被尘土包裹，像一尊不屈的雕塑。灾难没有让警察放弃职守，当他发现犯人"逃出"监房时，立即朝天鸣枪，在枪声的警告下，犯人挤成一堆不敢轻举妄动。虽然犯人们陷入了暂时的茫然，可警察头脑格

---

① 选自《新世纪文学选刊·上半月》2007年第9期。

外清醒,此时情况万分凶险:通讯肯定全部中断,求援无门;虽然自己手中有武器,但面对一百多个毫无束缚的犯人,谁也无法预料下一步将发生什么。警察的分析很准确,地震过后,就连市政府也被埋入废墟之中,不仅建筑物和人遭受了灭顶之灾,而且原有的社会秩序也随之荡然无存。实际上,方圆十几公里以内处在无政府状态,如果犯人集体越狱,凭他一人之力,根本无法阻止。

第二次"地震"似乎正在酝酿,犯人们逐渐骚动起来。这时,有犯人站了出来——一个"二进宫"的抢劫犯,警察认识他,下意识地握紧了手中的枪。"二进宫"高声喊道:"管教,我们要去救人。"看来不是越狱,警察暗中松了一口气,可职业的敏感让他不得不充满戒心:如果让他们救人,一旦局面失控,全跑了怎么办……但瓦砾中不时传来的呼救声,让警察没有选择的余地,他一跺脚,大声喊道:"好!我同意你们救人,但如果有人想趁机逃跑,一定就地正法!"说完,他高高扬起了手中的枪。警察当然清楚,这其实是个赌局,如果犯人跑光了,自己输掉的将是后半生的自由。

话音刚落,犯人已四散跑开,到处搜寻生还者。瓦砾中不断有活人被扒出来,有少部分是犯人,大部分是警察。被扒出来的大多是重伤员,断手断脚的比比皆是。有个强奸犯以前是医生,他自告奋勇站了出来,指挥众人抢救伤员,这个断肢的怎么接,那个断腿的如何绑。有个犯人被砸坏了膀胱,被尿憋得死去活来,惨叫声不断划破夜空,格外凄厉。医生急得眼睛都红了,大声吼叫:"快去找管子来!"因为必须有管子才能导尿,可四周一片废墟,到哪儿去找管子啊,眼看无计可施,活人岂能让尿憋死,一个盗窃惯犯二话不说就凑了上去,用嘴巴帮他吸出尿和血……

这里不再有警察和犯人的区别,只有死人和活人、救人的人和需要救助的人。这又是一个感人的场面,被救出来的轻伤员又迅速投入到救人的队伍中去，没有绷带他们就撕下自己身上的衣服，没有工具他们就用手扒。抢救结束后，没有一个犯人的手是完好的。

天已放亮，能救的都救出来了。犯人被重新集中起来，一个个衣衫褴褛，灰头土脸，警察清点人数，发现少了三个。事后查明，他们因为离家较近，救完人后溜回家看了看，然后主动回来了。那些犯人没有借助任何工具，徒手从瓦砾堆中扒出了112人，创造了奇迹！

千万不要以为这是好莱坞的灾难大片，这是真实的故事，发生在河北省唐山市，时间是1976年7月28日。人都有七情六欲，难保不犯错，或利欲熏心，或鬼迷心窍，这是人性的阴暗面；可是谁也不能否认，每个人的心灵深处都有光辉的一面，哪怕是十恶不赦的罪犯。地震带给人们的无疑是毁灭，可是那些犯人却获得了新生，当他们奋不顾身抢救别人的同时，也拯救了自己。据说，后来有不少犯人因此把自己的生日改成了7月28日。

冷月葬诗魂①
——俄国诗人曼德尔施塔姆寻踪
◎ 蓝英年

　　蓝英年（1933—），学者，北京师范大学教授。1956年开始发表译著，长期从事苏俄文学、历史的翻译研究和写作。

　　1989年深秋，我应邀到海参崴远东大学东方系执教。安顿后便到二道河子探寻俄国诗人奥西普·曼德尔施塔姆葬身之地。二道河子是地上兴建的小区，离市中心很近。我黄昏时分到达二道河子，爬上山区最高点，天色已暗。俯首眺望，除金角湾微微颤动的金色浪花、海湾四周数不清的高楼的灯火，什么也看不见。仰望天空，只见半轮冷月。想找老住户打听一下曼德尔施塔姆埋葬的地方，但四周空无一人。我只好截住一辆返城汽车，败兴而归。

　　近十几年，苏联失宠而有才华的诗人、作家陆续介绍到中国来。唯独对二三十年代前苏联诗坛奇才曼德尔施塔姆却介绍得不多。这并不奇怪，因为直到1987年他彻底平反前苏联一直未出版过他的诗集。

　　1938年12月曼德尔施塔姆瘐死海参崴二道河子劳改营转运站后，他的名字便完全消失。直到1946年9月，日丹诺夫在《关于〈星〉和

---

① 选自《历史的喘息》，塞妮亚编，中国民族摄影艺术出版社2006年版。

〈列宁格勒〉两杂志的报告》中才第一次公开提到他的名字。这位列宁格勒党魁站在讲坛上破口大骂阿赫玛托娃和左琴科，从而带出曼德尔施塔姆，因为他同阿赫玛托娃有着特殊的友谊。他们自1911年春天相识至1937年决别，友情始终不渝。

1913年阿克梅出版社出版了曼德尔施塔姆的诗集《岩石》，他便因此登上诗坛。《岩石》不仅受到诗坛盟主布柳索夫以及其他领袖人物勃洛克、古米廖夫的赞誉，并打动了彼得堡和莫斯科千百个诗歌爱好者的心。他的诗抒发了个人在历史大动荡前夕内心的冲动、矛盾和惶恐。有人说他的诗不是写出来的，而是从心里流淌出来的。比曼德尔施塔姆成名稍晚的叶赛宁说他是天生的诗人，"有了他的诗我们还写什么？""天生的诗人"的比喻对曼德尔施塔姆并不恰当，因为"天生的诗人"很多，叶赛宁本人就是一个。曼德尔施塔姆沉浸在诗歌创作中，同诗以外的世界完全隔绝。说他是"诗囚"容易使人联想到贾岛，他同贾岛毕竟不同，姑且称他为"诗痴"吧。这样完全不通世故的人，在布尔什维克为巩固政权而同白军拼死厮杀、国内生产濒于瘫痪、百姓难以果腹、知识分子受到钳制的20年代，命运就已注定。

1920年秋天，曼德尔施塔姆在乌克兰海滨城市费奥多西亚被白军抓获，白军认定他是布尔什维克间谍，把他关入牢房。曼德尔施塔姆大声喊道："快放我出去，我天生不是坐牢的。"诗友瓦洛申闻讯赶去营救。不久曼德尔施塔姆再次被捕，而仅仅为一个鸡蛋。他离开费奥多西亚来到基辅，一天他忽然想吃砂糖拌蛋黄。他有一点糖，只缺鸡蛋，便到集市上去买。他身上只有39卢布。花7卢布在女摊贩那儿买了个鸡蛋，转身往回走的时候遇见一个卖巧克力的，40卢布一块儿。他怎么也无法压下买巧克力的欲望，可只剩32卢布，还差8卢布。他忽然灵机一动，对小贩说："我只剩32卢布，再添上这只鸡蛋行不行？"小贩同意了，但他没料到那个女摊贩一直盯着他，所以刚一成交，女摊贩便尖叫起来:"快抓投机倒把分子! 他7卢布买了我的鸡蛋又8卢布卖出!"曼德尔施塔姆以奸商罪名被抓起来,鸡蛋打破了,32卢布被偷走。曼德尔施塔姆说他"天生不是坐牢的",恰恰相反,像他那样无法适应生存环境的人,他的朋友都懂得而唯独他不懂得"沉默是金"的人,在当权者几乎把知识分子同贵族等同起来的年代,他天生就是坐牢的。

　　曼德尔施塔姆抵达彼得格勒后便去找诗友格·伊万诺夫。格·伊万诺夫问他:"你证件齐全吗?""证件? 当然齐全。"曼德尔施塔姆不无自豪地掏出证件。格·伊万诺夫一看暗暗叫苦,说道:"你又想坐牢了吧? 你这是弗兰格尔政权发给彼得堡工厂主儿子曼德尔施塔姆的证件,可这里是苏维埃政权,持这种证件的人是要坐牢甚至枪毙的。你赶快去找卢那察尔斯基,让他给你发一份苏维埃证件。立刻把这份证件撕掉,并且不许对任何人提起。"

　　曼德尔施塔姆在彼得格勒替世界文学出版社译书糊口。但偏偏在这时候,他的创作出现高峰,清词丽句有如清泉从心底汩汩流出,当然无处发表。创作的丰收无法改变生活的窘迫,他心理失去平衡,出现精神分裂症的征兆。胆子变得极小,见牙科大夫都发抖,可失去自控时,又勇猛得像猛兽。

　　十月革命后出现过几个传奇女性。她们以自己的业绩、特殊的人格受到革命领袖的青睐,同那些夫贵妻荣的贵妇完全不同。赖斯纳即其中之一。赖斯纳同克里姆林宫的关系神秘莫测,生活得极为奢侈。她喜欢以作家自诩,经常宴请自己的穷"同行"。曼德尔施塔姆经不起佳肴美馔的诱惑,1918年春天参加过一次酒宴。他无暇四顾,进门便坐下大嚼。偶一回头看见左翼社会革命党人、契卡成员布柳姆金。布柳姆金掏出一摞签过字的空白逮捕证放在桌上。只要填入某人姓名,那人便遭逮捕。旁边有人对布柳姆金说:"伙计,你干什么

奥西普·曼德尔施塔姆（1891—1938），俄罗斯白银时代最卓越的天才诗人。曾因对时代的黑暗和斯大林的独裁统治进行无情揭露与讽刺，而屡遭治罪、逮捕和流放。1938年5月，他再次被内务部人员秘密逮捕，随后被判决流放到前苏联远东的海参崴。数月以后，他在流放地神秘地死去，死因迄今不详。在生命的最后几年，曼德尔施塔姆站在世界文化的立场上，和全面专制、丧失理智的时代对立。诗人相信，世界文化的人道主义传统最终要胜利。1987年曼德尔施塔姆在前苏联正式得到平反。

呢？来，为革命干杯。"布柳姆金回答道："等一下，我先填完逮捕证再说……西多罗夫，西多罗夫是谁？枪决。彼得罗夫……哪个彼得罗夫？枪决。"

宴会上笔尖一动，便枪杀或逮捕一个人，还有比这更可怕的场面吗？这时望着布柳姆金的曼德尔施塔姆陡然变色，突然像豹子一样向他扑去，一把抓起桌上的逮捕证，把它们撕得粉碎，然后冲出大门。曼德尔施塔姆自知闯了杀身之祸，找赖斯纳求救。赖斯纳带曼德尔施塔姆去见捷尔仁斯基。捷尔仁斯基听完他们汇报后对曼德尔施塔姆说："您做得完全对。任何一个正派人处在您的处境都会这样做。布柳姆金应该枪决。"但曼德尔施塔姆仍不放心，连夜逃往乌克兰。布柳姆金未被枪决，因为不久他又干了一件令列宁极为恼火的事：1918年7月6日，布列斯特和约刚签订四个月，他刺杀了德国驻苏大使米尔巴赫。列宁命令捷尔仁斯基缉拿凶手，但不知为何捷尔仁斯基并未把老部下缉拿归案，列宁死后不久布柳姆金又出现在列宁格勒街头。

1928年斯大林取得彻底胜利。强制实行农业集体化，饿死上百万人。就在这时曼德尔施塔姆到乌克兰去了一趟，亲眼看到富饶的乌克兰原野上饿殍载道。这种强烈刺激使他再次失去自控，1933年11月作了这样一首诗：

> 我们活着，感不到国家的存在，
> 我们说话，声音传不到十步外，
> 哪里只要一听到悄悄的话音，
> 就让你想起克里姆林宫的山民。
> 他那粗大的手指肥壮如青虫，
> 他的话有一普特秤砣那么重，
> 一双蟑螂眼睛露出盈盈笑意，
> 两只靴筒闪耀着光彩熠熠。

> 细脖子头头们对他众星拱月，
> 半人半妖的怪物任他戏弄取乐，
> 有的吱吱，有的咪咪或抽泣，
> 就让他一个人厉声粗气地称呼"你"。
> 他送人的指令像连连钉马蹄铁掌——
> 朝大腿，朝脑门，朝眉心或眼眶，
> 每判定一次死刑，他感到欢欣，
> 总要挺挺奥塞梯人特有的宽胸。①

这全是诗人眼里30年代初、大清洗前夕的斯大林。曼德尔施塔

---

① 顾蕴璞译文。

姆曾把这首诗读给阿赫玛托娃、帕斯捷尔纳克等诗友听，他们听后吓得魂飞魄散，叫他赶快把这首诗忘掉。但曼德尔施塔姆还向其他同行谈论过。结果作家圈子里有人告密，1934年5月13日内务人民委员亚戈达亲自下令逮捕他。消息传出后，作家朋友们非但没躲避他、揭发他，反而挺身而出，奔走相救。这是前苏联文学史上作家们唯一一次表现出忠肝义胆。以后作家一旦罹难，同仁们多半落井下石，连不发言表态的都很少。如1946年对左琴科和阿赫玛托娃的批判，1958年对帕斯捷尔纳克的批判。十月革命后高尔基营救过不少知识分子。以他的威望、同列宁的友谊，他个人的安全系数是百分之百。阿赫玛托娃和帕斯捷尔纳克同高尔基的处境完全不同，他们却冒着生命危险去营救曼德尔施塔姆。逮捕证是克里姆林宫第二号实权人物亚戈达签署的，所以要想营救曼德尔施塔姆只能求助于他所讽刺的对象斯大林本人了。阿赫玛托娃神奇般地钻进克里姆林宫，请中央执行委员会主席团书记叶努基泽向斯大林告饶。帕斯捷尔纳克跑到《消息报》找布哈林，恳求他向斯大林为曼德尔施塔姆说情。布哈林立即给斯大林写信，在信尾提到："帕斯捷尔纳克同样不安。"帕斯捷尔纳克找过布哈林后，一天突然接到斯大林从克里姆林宫打来的电话。斯大林告诉他将重新审理曼德尔施塔姆的案子，并问他为什么不营救自己的朋友，如果是斯大林的朋友，斯大林就是跳墙也要去营救。帕斯捷尔纳克回答道，如果他不营救斯大林未必知道这桩案子，尽管他同曼德尔施塔姆算不上要好的朋友，他不过爱惜曼德尔施塔姆的旷世之才罢了。斯大林问他为什么不找作家组织，帕斯捷尔纳克回答道："作家组织1927年后便不管这类事了。"接着帕斯捷尔纳克请求同斯大林见面谈谈极为重要的问题。斯大林问谈什么问题，帕斯捷尔纳克说："关于生与死的问题。"斯大林没有回答，挂上电话。

但并非所有作家都爱惜曼德尔施塔姆的诗才，同情他的遭遇。小说《幸福》的作者巴甫连科便是其中之一,他在曼德尔施塔姆的悲剧中扮演了极不光彩的角色。曼德尔施塔姆判刑前关押在卢比扬卡监狱里,巴甫连科躲在监狱审讯室的柜橱里偷看曼德尔施塔姆受审。他后来对人说,审讯曼德尔施塔姆时,曼德尔施塔姆精神恍惚,答非所问,裤子老往下掉,两手不停地提裤子。

曼德尔施塔姆流放期满后生活仍无着落,几次到莫斯科和列宁格勒向作家同行求援,著名作家楚科夫斯基、左琴科和卡达耶夫兄弟都接济过他。但一时的接济解决不了长久的生计。于是走投无路的曼德尔施塔姆便把全部希望寄托在前苏联作家协会总书记斯塔夫斯基身上。第二次被捕前夕他给斯塔夫斯基写了一封信。

> 尊敬的斯塔夫斯基同志:
>
> 刚才鲁波尔(主管世界文学研究所和国家文学出版社)向我宣布,一年之内国家文学出版社不会给我任何工作,先前的约稿作废……毁约对我打击极大,因为这便失去治疗的任何意义。前途将是崩溃。请您促成此事并予以答复。
>
> 奥·曼

然而曼德尔施塔姆太天真了,他哪知他所求助的人正精心编织捕捉他的网呢。几乎与此同时,斯塔夫斯基给内务人民委员叶若夫写了一封信,叶若夫是亚戈达的后任,而后者一个多月前同布哈林等人一起被枪决。信的内容如下:

> 敬爱的尼古拉·伊万诺维奇[①]:
>
> 一部分作家对曼德尔施塔姆极为敏感。众所周知,由于下流

---

① 叶若夫的名和父称。

的诽谤诗和反苏宣传，三四年前曼德尔施塔姆被流放到沃罗涅日。他流放期已满，现同妻子居住在莫斯科郊区（"规定区"外）。

然而他常去莫斯科，住在朋友家，主要是文学家家里。他们支持他，替他凑钱，把他制造成受难者——无人承认的天才诗人。卡达耶夫、普鲁特以及其他文学家为他撑腰，并发表言词尖刻的言论。

为缓和因曼德尔施塔姆所造成的紧张气氛，我们通过文学基金会救济过他，但这并不能解决他的全部问题。

这不仅是他用下流诗句诽谤党的领导和全体苏联人民的问题，而是某些著名作家对待他的态度问题。因此我向您求援。

近一时期曼德尔施塔姆写了一系列诗。我请人读过，他们认为这些诗并无多大价值（作家巴甫连科的评审意见随信附上）。

再次请您协助解决曼德尔施塔姆的问题。致以共产主义敬礼。

符·斯塔夫斯基

斯塔夫斯基的信很快有了回音，1938年5月2日叶若夫下令再次逮捕曼德尔施塔姆，判处劳改五年。斯塔夫斯基为什么一定要除掉身心交瘁的诗人呢？大概想借此巩固自己在作协的地位。作协总书记或主席都是在文学界有威望的人，他的前任高尔基如此，他的后任法捷耶夫、费定等人也如此。唯独斯塔夫斯基，不仅在老一辈作家眼中，即便在同辈或晚辈作家眼中也毫无分量。如果他没有陷害曼德尔施塔姆这段不光彩的历史，今天恐怕不会有人记得他。除掉曼德尔施塔姆能在作家当中起到某种威慑作用。

1938年9月7日曼德尔施塔姆从卢比扬卡监狱押往海参崴二道河

子劳改营。在劳改营囚犯当中人的价值是以体力衡量的。如前列宁格勒拳击冠军玛托林，别说反苏宣传鼓动犯，就连刑事犯也惧怕他那双拳头。而瘦弱矮小的曼德尔施塔姆谁都敢欺负，加上患了精神分裂症后举止变得古怪。如他不吃看守送的东西，认定里面有毒，饿得受不了时便去垃圾堆里拣东西吃，老缠着别人听他念诗。他的古怪举止只会招致辱骂和殴打。

到海参崴两个半月后，1938年12月27日，在进行卫生处理时曼德尔施塔姆死了。据难友回忆，那天把犯人带进一间没生火的大屋子，命令他们脱掉衣服，把衣服送进烘烤房烘烤，两个光着身子的人倒下了，其中的一位便是曼德尔施塔姆。一代诗人便这样赤条条去了，但并非无牵挂。他牵挂亲人和朋友。到二道河子后他弟弟收到过他的一封短信，他却未收到妻子寄出的包裹。1939年1月30日，曼德尔施塔姆妻子收到邮局退回的包裹，知道丈夫已离开人世。这个日子她记得特别清楚，因为1月30日全国各大报纸都公布了荣获勋章的作家名单，巴甫连科的名字赫然在目。

1956年苏共二十大后，大批冤案得到平反，苏联最高法院也以"缺乏罪证"为理由为曼德尔施塔姆第二次被捕平反，但却对第一次被捕只字未提，留下一条尾巴，因此国家文学出版社从《诗人丛书》的作者名单中删掉曼德尔施塔姆的名字。直到1987年12月9日才为曼德尔施塔姆第一次被捕平反。读者会问，为什么1956年不能为两次被捕一起平反呢？原因并不复杂。在克格勃档案中存有曼德尔施塔姆受审时亲笔录写的讽刺斯大林的短诗和巴甫连科的告密信。如彻底平反，这两份材料必将公之于众。从曼德尔施塔姆手迹上可以看出克格勃对他施行过酷刑。他无法握笔，一个字母要描三四次。那时克格勃仍炙手可热，决不允许暴露自己。公布巴甫连科的告密信必将剥掉四枚勋章获得者的外衣，现出人民所痛恨的告密者的原形。这不仅有损已故作家的形象，也影响作协领导人的威望。这便是拖了31年曼德尔施塔姆才彻底平反的原因。

前苏联将1991年定为曼德尔施塔姆年。各出版社都将出版他的诗集，五月莫斯科还将举办纪念活动。我也想回国前凭吊一下他的墓地，起码弄清关押过他的劳改营的位置。接受上次教训，请熟悉当年劳改情况的市文化局局长马尔科夫先生陪我同行。3月初的一天傍晚他开车接我，我同他一起重访二道河子。汽车开到沃斯特列佐夫大街，我们下车步行。他说这就是当年劳改营的营区。从曼德尔施塔姆寄给弟弟的信中知道他住在十一牢棚，即现在51中学的所在地。至于曼德尔施塔姆埋葬在何处，他说没人知道也不可能有人知道，因为1938年秋天劳改营里斑疹伤寒、痢疾等疾病蔓延，每天死几十甚至几百人，挖个一米多深的大坑便把死人成摞埋了。我们走进街心公园，在椅子上坐了很久。我从曼德尔施塔姆联想到他们那代作家的悲惨命运，渐渐陷入沉思。这时一轮冷月悬在天边，像千百万年一样无动于衷地把清辉洒向人间，洒向山丘和大海。马尔科夫站起来，说时间不早了，该回家了，我们便驱车返回市内。

迟到的理解①

◎ 朱学勤

朱学勤（1952—），学者、教授、历史学家。著有《道德理想国的覆灭》、《中国与欧洲文化交流志》、《书斋里的革命》、《被批评与被遗忘的》等。

尼采说："我的时代还没到来，有些人死后方生。"这或许可以作为顾准学术思想历程的一个注脚。无论他身后得到了怎样的理解和荣耀，都注定他是一个孤独的行者。

沉魄浮魂不可招，遗篇一读想风标。

不妨举世嫌迂阔，赖有斯人慰寂寥。

——元遗山

顾准遗篇——《从理想主义到经验主义》，在香港三联书店出版，海内外产生相当影响。人们痛惜顾准去世太早，得到理解太晚，这样的思想史悲剧过去有，现在有，将来却不该再发生了。为此，本文作者走访了顾准六弟、《从理想主义到经验主义》一书编辑者——陈敏之先生。现根据陈敏之先生回忆，介绍顾准先生蒙冤受难以及

① 选自《一个甲子的风雨人情: 笔会60年·珍藏版》，文汇报笔会编辑部编，文汇出版社2006年版。

晚年临终的情况，以回应知识界、思想界对这位已故思想家的怀念。

顾准早期在中共党内命运多蹇。抗战前后，他在上海领导职委工作，因与领导意见相左，即遭批判。1949年后任华东财政部副部长，上海市财政局局长兼税务局局长。终因刚直不阿，言行殊异，连遭厄运，而且一次比一次深重，再也没有抬起头来。

第一次冤案发生在

顾准（1915—1974），中国当代学者、思想家、经济学家、会计学家、历史学家。中国最早提出社会主义市场经济理论的第一人。

1952年。当时，党内在税收具体做法上发生分歧。来自北京方面的指示是，发动工商联成员民主评议。顾准则认为，这一做法可能引起很不公平的后果，应该利用上海民族资本企业账册俱全这一现代条件，通过"查账征税"的办法，完成税收任务。1952年2月28日，《解放日报》在头版头条赫然刊出顾准"错误"——目无组织，自以为是，违反党的政策，与党对抗。之后，顾准即被撤销一切职务，调离上海。

第二次冤案发生在1957年。当时，顾准随中国科学院组团赴黑龙江，勘察中苏边境水利资源。顾准为维护中方主权，抵制前苏联大国沙文主义，触犯时忌。人未返京，一份反动言论集已整理在案。公开见报的罪名是这样一句话："现在，让老和尚出来认错已晚了。"顾准抵京，立刻被扣上右派帽子，新账、老账一起算，反复批斗。

第三次冤案发生在1965年。顾准有一外甥，时在清华大学念水利,在同学中组织了一个"马列主义研究会"。在学校清理思想运动中,这个研究会的头头主动坦白交待,引起康生注意。康生意欲从顾准下手,顺藤摸瓜,把同在中国科学院经济所的孙冶方、张闻天编织在一起,打成有组织的反党集团。隔离四个多月的严厉审查,证明在组织上毫无瓜葛,顾准却因此第二次戴上右派帽子。在全国范围内,如此两次戴上右派帽子者,实属罕见。

60年代的政治气候下,顾准上述遭遇,势必祸及妻子儿女。子女出于对父亲的不理解,与之疏远,乃至断绝关系,不难理解。1966年,顾准被迫与妻子离婚,搬离家庭。次年回去取书籍衣物,久唤门不开,后来还是邻居帮助他把东西搬下了楼。不久,又被迫签具了断绝父子、父女关系的声明。从此,顾准蜇居中科院一斗室,以冷馒头度日,再也没有迈进过家门。

也就是在这段日子里,顾准开始了他忧愤满怀的十年研究计划。但是,他内心却割不断对家庭子女的钟情。1962、1963年苦熬心力,译述两大本著作,部分原因即为了挣点稿费,借以改善家庭经济。1969年那么艰困的条件下,他还是买了一只表,准备送给长女;同是在这一时期,他另外准备了一套被褥,打算有一天孩子们会去看他时能用上。离家分居时,他什么也没带出,后来思念心切,从陈敏之处收集子女的照片,一一粘贴在照相簿中。1972年从河南干校回北京,他探询到子女地址,曾写信要求会见,信中说,"现在还谈不上我对你们尽什么责任,不过,我积存了一些钱(补发的生活费)和粮票,可以资助你们。"信中所附,是他刚回北京后拍的八张半身照片,并特别说明,如果子女和亲属中谁看到了想要,可以给他。此外,还有一张他在艰难岁月中节省下来的油票。

1974年9月,陈敏之赴京,与顾准相处了半个月。顾准劝陈敏之,勿为时势所动,从头研究西方史、中国史,并商定了京沪两地的通信讨论方式。《从理想主义到经验主义》一书辑录的顾准思想，就是后来两地通信答疑的结果。在那次会见中，顾准不止一次地提到他对子女的思念之情。陈敏之劝他，这实在是鱼与熊掌，不可兼得。他似乎同意了这个结论。有一次，他们一起坐在紫竹院湖畔的长椅上，周围异常寂静。顾准情绪激动，长叹一声说："这个问题，在我总算解决了。"其实，这个问题只不过是深埋在心底而已。他心中蕴藏舐犊之情，随时都会迸发出来。后来病危临终，他对七弟反复说："我想他们，想得好苦呵，想得好苦呵！"

另一方面，顾准又是个孝子。他虽年届六十，却始终经常牵记九十高龄的老母。从几个弟妹的童年时代起，顾准即肩负起全部家庭生活的重担，几十年来一直和母亲生活在一起，可以说相依为命。1965年，顾准处境恶化，不得不将母亲迁至太原三妹处。1966年，母亲随三妹一家迁来北京，住处与顾准相去不远。终因形势所迫，咫尺天涯，母子始终未能见面。

不能见面的原因并不复杂。顾准妹夫当时正任部级官员，为避免对他有所影响，顾准和母亲只能回避。1972年前后，母亲曾提出想见见顾准，遭委婉拒绝。年底，陈敏之赴京，也曾设想安排母子见面，亦未如愿。离京前，陈敏之与其妹只能达成这样的协议：将来母亲病危进医院，立即通知顾准，让母子在医院见面。

1974年11月初，顾准咯血不止，先于母亲住进了医院。11月16日，经济所党内外群众经过讨论，一致同意给顾准摘除右派帽子。通知抵达病床，顾准的生命只剩下17天时间了。母亲闻讯后提出，要到医院去："已经十年不见，想去见见。我本来想在我病倒的时候，让老五（指顾准）来服侍我，想不到他现在竟要先我而去了。"老人是噙着泪水说这番话的。噙忍十年的泪水，再也忍不住，默默流淌下来。

老人态度很坚决。路远，可以找出租汽车；楼高，有电梯、手推车。最后还是陈敏之劝阻了母亲，不料却因此造成陈敏之的终生悔恨——母子十年生离，临终死别，顾准走在了母亲前面，还是未能相见！陈敏之当时深虑母子见面一恸，会产生更大的悲剧，故而加以劝阻。事后证明，他由此造成的愧疚却再也不能弥补了。

顾准临终前，欲见子女亦不得。陈敏之为疏通其子女对父亲一生的理解，1974年11月9日，曾给顾准长女、长子写有一信。此信在当时顾准尚未摘帽，政治气候尚未解冻的氛围中，需要一些胆识。即使在今天，亦可一读：

历史上有许多先驱者（社会、政治、哲学、自然科学各个领域），不被当代的人们所理解，被视为异端，这种情况并不罕见。你们的爸爸虽然还不能说是这样的先驱者，但是据我所了解，我敢断言，你们对你们的爸爸实际上一点不理解。他比我和你们的目光要远大得多。许多年来，他不过是在探索着当代和未来的许多根本问题的答案，如此而已。如果认为作这样的探索就是一种该死的异端，那他决不是一个真正的马克思主义者。如果有人以有他为辱，我却以有他这样的哥哥为荣。

在家庭关系上，他深深地爱着你们的妈妈。自从你们的妈妈不幸去世以后，他又把全部爱情倾注在你们身上。我相信，这一点，你们是会感觉到的。这一次，他又向我表示：希望和你们兄妹五人都见见面。他还问我：如果他这次不幸死去的话，你们会不会去看他？对于这个问题，我当然无法代你们答复，这只能由你们自己答复。

〖——顾准用铅笔在此处加注：如果我临死的话，我还是希望见见你们。一是请你们原谅（妈妈说我害人，我实在害了你们），二是祝福你们。〗

关于你们爸爸所说的害了你们，我想作一个注解。一个忠实于自己的信念作探索的人，往往不能两全——既忠实于自己的信念，又顾及家庭，这就是演成目前的悲剧所在。

陈敏之后来将这一悲剧称为"两代人的悲剧"。然而，有道者不孤，即使是在那个黑暗年代，顾准的精神与思想在青年一代中也不是没有感召者、敬仰者。与陈敏之上述信件相隔八天，临终前顾准收到了一个年青姑娘来信。这封信更可一读：

获悉你病重的消息，真是悲痛万分！我实在无法用语言来形容我此时此刻的心情。我不能失掉你，你是我的启萌（蒙）老师，是你教给我怎样做一个高尚的人，纯洁的人，一个对人类有所供（贡）献的人。

几年来我们在一起的那些日子（指经济所一锅端到河南息县劳动）像电影一样在我眼前出现。东岳（河南息县所属）的月光下你告诉我要像小孩捡石子一样为自己收集知识财富，从那时起我才下了活一生学习一生的决心。你对我讲一个人在任何时候都要为自己寻找一个目标，即使明知这个目标是自欺其（欺）人的，也要向着这个目标去奋斗，否则你生活就没有中心。在这一点上你就是这样做的，你对我起了以身做（作）则的作用。

听说你的孩子还是不恳（肯）来看你。我想你也不必过于为此伤心，我就是你的亲女儿。尽管不是亲生的，难道我还不能代替他们吗？

我知道泪水是救不了你的，只有用我今后的努力和实际行动来实现你在我身上寄托的希望，这样才是对你最大的安慰。

这封信写于1974年11月18日。每一个中国人都会记得，这是个什么年月。顾准当时读信，即在病榻上流下了眼泪。

此信作者叫徐方，小名咪咪，是经济所张纯音女士（已故）之女。1969年11月，经济所迁离北京时，咪咪15岁，随母南迁。在干校期间，咪咪给予顾准最难得的关心和理解。她常常偷偷地送一些奶粉给顾准补养身体。她对顾准的同情随着理解加深与时俱增，以至顾准成了她年幼心灵最敬仰的人。她与顾准的忘年之交，后来在顾准的遗嘱中得到了反映。

遗嘱立于11月15日。当时，陈敏之根据顾准病中口述，整理出一份如下：

我与学问、政治已无能为力，这是我唯一的遗憾

我热爱生活，我知道生活在人间的日子已经有限，我将勇敢地迎接死亡来临。

对于所有关心我的朋友和同志，尤其是于里夫、耕漠两位老友对我真挚的关注，表示衷心的感谢。

我生前所用全部遗物交给重之（注：顾准幼子）；在京存款（补发的生活费，现由六弟交给母亲保存）交给淑林，并入妈妈的遗存；在上海现由六弟保存的存款伍百元赠于里夫老友。

我所有的全部书籍交给六弟并由他全权处理。遗稿（一）有关希腊史部分交给吴敬琏同志；（二）其他部分均由六弟全权处理。请六弟选择一些纪念物品代我送给张纯音同志和她的女儿咪咪。

医院认为：我的病例特殊，如果需要，我的遗体愿供解剖。我的骨灰倒在三里河中国科学院大楼（前经委大楼）前面的小河里。

祝福我的孩子们。

顾准看完初稿,认为前面两段是空话,删掉。关于遗体供医院解剖,是他嘱咐陈敏之后添进去的。11月17日修改稿抄录了两份,由他过目以后签了字。

令人感慨的是,顾准遗嘱的最后一句话,还是"祝福孩子们"。当时陪伴他的一位老友为之黯然,称之为"英雄肝胆,儿女心肠"。使人欣慰的是,顾准这份"英雄肝胆,儿女心肠"终于在他去世之后得到了理解。

顾准于1974年12月3日凌晨去世。弥留时,经济所吴敬琏在身边。这个当时还年轻的经济学家,遵嘱接过顾准有关希腊史研究遗稿,以后协助《希腊城邦制度》一书出版。那本书在80年代初的大学校园内广泛流传,教育了包括本文作者在内的整整一代人。

1982年前后,顾准子女获悉陈敏之处保存有一份父亲的通信笔记,向他索要去传阅。这份笔记就是后来陈敏之整理出版的《从理想主义到经验主义》。

1984年2月,大女儿寄来了一份"读者附记"。"附记"说:

> 我逐年追踪着父亲一生,1957年以后,他是一步一步从地狱中淌过来的呀!他的深刻的思索常常是在数不完的批斗、侮辱甚至挨打之中完成的,在他最需要亲人的时候,亲人远离了他,可是恰恰他的思索,包含着更多的真理。人生只有一个父亲,对于这样的父亲,我们做了些什么呢?

"附记"引用了爱因斯坦悼念居里夫人时说过的话:

　　第一流人物对于时代和历史进程的意义，在其道德方面，也许比单纯的才智成就方面还要大。即使后者，它们取决于品格的程度，也远超过通常所认为的那样。

　　知父莫如女，尽管这是一份迟到的理解。然而，迟迟不解顾准者，又何止他一个女儿？我们整个社会都是在十年之后蓦然回首，惊讶顾准之先知、顾准之预见！而这个社会最需要思想的时候，这个社会却已经把它所产生的思想家悄悄扼杀了。

　　"附记"随之提出了一个严肃的问题。这一问题之意义远远超越了顾准及其亲人的家庭悲剧：

　　　　真正严峻地摆在面前的，是需要解决这样的一个悖论——为什么我们和父亲都有强烈的爱国心，都愿意献身于比个人家庭大得多的目标而却长期视为殊途？强调分离时间太久，搞技术工作理论水平低等等，都仅仅是外部的原因；问题的关键在于，我们所接受和奉行的一套准则，为什么容不进新鲜的、可能是更为科学的内容？究竟是哪一部分需要审查、更新，以避免今后对亲人以至社会再做蠢事？对于一个愿意严肃生活的人，必须有勇气正视、解答这些问题，并且承受代价。

　　不愧是顾准的女儿，她理解父亲，迟到了十年，却提出了一个十年后的今天也未必已解决的问题。遗憾的是，顾准已听不到这一追问了。他把追问留给了活着的每一个人。

　　谨以陈敏之当时记述的一段文字结束本文，同时亦祭奠顾准先生不屈的英魂：

12月6日下午。感谢经济所的杜培荣同志，是他扶着我走下陡峭的三里河前面的小河河岸。

我默默地把五哥的一包骨灰抛到河中心，看着它缓缓地随着南去的流水漂浮了一阵，随即就被无情地流水吞没了。河岸上白杨萧萧，一抹落日的余晖透过树林斜射过来，四周一片静谧。我的心情是哀凄的！我知道，活着的人心中怀念五哥的，并不只有我一个人，我并不孤独！

"文革"博物馆①

◎ 巴金

> 巴金（1904—2005），现代文学家、翻译家、出版家，"五四"新文化运动以来最有影响的作家之一，中国当代文坛的巨匠。代表作有"激流三部曲"《家》、《春》、《秋》等。

前些时候我在《随想录》里记下了同朋友的谈话，我说："最好建立一个'文革'博物馆。"我并没有完备的计划，也不曾经过周密的考虑，但是我有一个坚定的信念：这是应当做的事情，建立"文革"博物馆，每个中国人都有责任。

我只说了一句话，其他的我等着别人来说。我相信那许多在"文革"中受尽血与火磨炼的人是不会沉默的。各人有各人的经验。但是没有人会把"牛棚"描绘成"天堂"，把惨无人道的残杀当作"无产阶级的大革命"。大家的想法即使不一定相同，我们却有一个共同的决心：绝不让我们国家再发生一次"文革"，因为第二次的灾难，就会使我们民族彻底毁灭。

我绝不是在这里危言耸听，二十年前的往事仍然清清楚楚地出现在我的眼前。那无数难熬难忘的日子，各种各样对同胞的伤天害

① 选自《世界华文散文精品·巴金卷》，巴金著，广州出版社2001年版。

巴金老人曾经说过：不让历史重演，不应当只是一句空话。最好建立一座"文革"博物馆，用具体的、实在的东西，用惊心动魄的真实情景，说明二十年前在中国这块土地上，究竟发生了什么事情。"我并没有完备的计划，也不曾有过周密的考虑，但是我有一个坚定的信念：这是应当做的事情，建立'文革'博物馆，每个中国人都有责任。"

理的侮辱和折磨，是非颠倒、黑白混淆、忠奸不分、真伪难辨的大混乱，还有那些搞不完的冤案，算不清的恩仇！难道我们应该把它们完全忘记，不让人再提它们，以便20年后又发动一次"文革"拿它当作新生事物来大闹中华？！有人说："再发生？不可能吧。"我想问一句："为什么不可能？"这几年我反复思考的就是这个问题，我希望找到一个明确的回答：可能，还是不可能？这样我晚上才不怕做怪梦。但是谁能向我保证20年前发生过的事不可能再发生呢？我怎么能相信自己可以睡得安稳不会在梦中挥动双手滚下床来呢？

并不是我不愿意忘记，是血淋淋的魔影牢牢地揪住我不让我忘记。我完全给解除了武装，灾难怎样降临，悲剧怎样发生，我怎样扮演自己憎恨的角色，一步一步走向深渊，这一切就像是昨天的事，我不曾灭亡，却几乎被折磨成一个废物，多少发光的才华在我眼前毁灭，多少亲爱的生命在我身边死亡。"不会再有这样的事了，还是揩干眼泪向前看吧。"朋友们这样地安慰我，鼓励我。我将信将疑，心里想：等着瞧吧。一直到宣传"清除精神污染"的时候。

那一阵子我刚刚住进医院。这是第二次住院，我患的是帕金森氏综合征，是神经科的病人。一年前摔坏的左腿已经长好，只是短了三公分，早已脱离牵引架；我拄着手杖勉强可以走路了。读书看报很吃力，我习惯早晨听电台的新闻广播，晚上到会议室看电视台的新闻联播。从下午三点开始，熟人探病，常常带来古怪的小道消息。我入院不几天，空气就紧张起来，收音机每天报告某省市领导干部对"清污"问题发表意见；在荧光屏上文艺家轮流向观众表示清除污染的决心。我外表相当镇静，每晚回到病房却总要回忆1966年"文革"发动时的一些情况，我不能不感觉到大风暴已经逼近，大灾难又要到来。我并无畏惧，对自己几根老骨头也毫无留恋，但是我想不通：难道真的必须再搞一次"文革"把中华民族推向万劫不复的深渊？仍然没有人给我一个明确的回答。小道消息越来越多。我仿佛看见一把大扫帚在面前扫着，扫着。我也一天、两天、三天地数着，等着。多么漫长的日子！多么痛苦的等待！我注意到头上乌云越聚越密，四周鼓声愈来愈紧，只是我脑子清醒，我还能够把当时发生的每一件事同上次"文革"进展的过程相比较。我没有听到一片"万岁"声，人们不表态，也不缴械投降。一切继续在进行，雷声从远方传来，雨点开始落下，然而不到一个月，有人出来讲话，扫帚扫不掉"灰尘"，密云也不知给吹散到了何方，吹鼓手们也只好销声匿迹。我们这才免掉了一场灾难。

1984年5月在日本东京召开的47届国际笔会邀请我出席，我的发言稿就是在病房里写成的。我安静地在医院中住满了第二个半年。探病的客人不断，小道消息未停，真真假假，我只有靠自己的脑子分析。在病房里我没有受到干扰，应当感谢那些牢牢记住"文革"的人，他们不再让别人用他们的血在中国的土地上培养"文革"的花朵。用人血培养的花看起来很鲜艳，却有毒，倘使花再次开放；哪怕只开出一朵，我也会给拖出病房，得不到治疗了。

经过半年的思考和分析，我完全明白：要产生第二次"文革"，并不是没有土壤，没有气候，正相反，仿佛一切都已准备妥善，上面讲的"不到一个月"的时间要是拖长一点，譬如说再翻一番，或者再翻两番，那么局面就难收拾了，因为靠"文革"获利的大有人在……

我用不着讲下去。朋友和读者寄来不少的信，报刊上发表了赞同的文章，他们讲得更深刻，更全面，而且更坚决。他们有更深切的感受，也有更惨痛的遭遇。

"千万不能再让这段丑恶的历史重演，哪怕一星半点也不让！"他们出来说话了。

建立"文革"博物馆，这不是某一个人的事情，我们谁都有责任让子子孙孙，世世代代牢记十年惨痛的教训。"不让历史重演"，不应当只是一句空话。要使大家看得明明白白，记得清清楚楚，最好是建立一座"文革"博物馆，用具体的、实在的东西，用惊心动魄的真实情景，说明二十年前在中国这块土地上，究竟发生了什么事情？！让大家看看它的全部过程，想想个人在十年间的所作所为，脱下面具，掏出良心，弄清自己的本来面目，偿还过去的大小欠债。没有私心才不怕受骗上当，敢说真话就不会轻信谎言。只有牢牢记住"文革"的人才能制止历史的重演，阻止"文革"的再来。建立"文革"博物馆是一件非常必要的事，唯有不忘"过去"，才能做"未来"的主人。

《死而无憾》　　　　　　　　　　　麦绥莱勒（1954）

没有自我尊重，就没有道德的纯洁性和丰富的个性精神。对自身的尊重、荣誉感、自豪感、自尊心——这是一块磨练细腻的感情的砺石。

——苏霍姆林斯基

光荣的一日

权力①

◎ 牟丕志

牟丕志，编辑、学者、作家。

权力能带来财富、带来荣耀和满足，但常常，权力也是一个陷阱。稍有不慎，就会致人于死地。

黑熊、灰狼、狐狸组成一个强盗团伙，常常肆无忌惮地袭击山羊群，使山羊群不得安宁。

羊群中的头羊决定采取分化瓦解的办法，对付这伙强盗。于是采取进谗言、挑拨离间等办法，但是没有成功，因为黑熊、灰狼、狐狸团结得很紧密，它们并不相信谣言。

后来头羊死了。死前，它把位置交给一位年轻的羊。这位年轻的羊并没有直接上任，而是提出了一个令大家十分吃惊的计划。它说，要请黑熊、灰狼、狐狸其中的一个来担任羊群的头领。

对此，大家都坚决反对。但是被授以重任的年轻山羊却坚持自己

---

① 选自《社区》2008年第5期。

的主张。它把这一决定传递给黑熊、灰狼、狐狸。这使它们都十分兴奋，这样谁要是当上羊群的头羊，就意味着拥有整个羊群的指挥权，这里的好处太多了。

可是，由谁当这个羊群的头领呢？

黑熊想：我在团伙中力气最大，做的贡献也不小，这羊群的头领应由我来当。

灰狼想：我在团伙中最为凶猛，咬死的山羊最多了，论贡献我最大，这羊群的头领理应由我来当。

狐狸想：我在团伙中是智多星，很多点子都是我想出来的，我起作用是最大的，这羊群的头领应由我来当。为此它们便争执起来，当然谁也不服谁。大家就这样僵持起来，火气越来越浓。于是，黑熊首先起了杀机。它决定用武力除掉灰狼和狐狸。这样自己就自然会成了羊群的头领了。

黑熊趁灰狼不备忽然向它发起了攻击，一下子就咬断了狼的脖子。

黑熊还准备向狐狸下手。

狐狸看出黑熊的心思。它处处防备着黑熊。同时，准备除掉黑熊。

它找到了一个猎人的经过伪装的陷阱，陷阱上面只有一层树枝。于是，它便躺在上面假装睡觉。因为狐狸身体轻，并没有陷下去的危险。

黑熊发现有了动手的机会，于是它猛地扑向了狐狸，可狐狸却迅速地躲开了。黑熊却一头栽进了陷阱里。

剩下的只有狐狸了。它已对羊群构不成威胁。

这时，众羊才知道，权力原来是一个陷阱。

辛辛纳图斯的故事①

◎ 詹姆斯·鲍德温

詹姆斯·鲍德温(1924—1987),美国当代著名小说家、散文家、戏剧家和社会评论家。

在离罗马城不远的一个小农场上住着一位名叫辛辛纳图斯的人。他曾经很富有,并且曾担任该地区的最高长官;但出于某种原因,他失去了所有的财富。他现在变得如此的贫穷,不得不亲自耕作农场。但在那些年代里,耕作被视为一种高贵的行为。

辛辛纳图斯十分睿智,每个人都信任他,并且时常向他请教问题。有人遇上麻烦而不知如何解决时,他的邻居就会对他说:"去找辛辛纳图斯,他会帮助你的。"

当时在离罗马不远的群山中住着一个好斗的半开化部落,他们一直与罗马为敌。他们说动了另一个勇猛的部落和他们合作,而后一路烧杀抢掠,直指罗马。他们声称能够撕破罗马的城墙,烧毁房屋,屠杀百姓,将妇女和儿童掠做奴隶。

十分自信且勇敢的罗马人一开始并不觉得有多危险。罗马城的每

---

① 选自《美德书》,(美)贝内特主编,何吉贤等译,中央编译出版社2000年版。

个男子都是战士，与强盗作战的军队是全球最出色的军队。罗马城里只剩白发苍苍的"元老"，他们是罗马城的法律制订者，另外还有一小队人守卫城墙。每个人都认为把山地部族赶回老家是件很容易的事情。

但一天早晨，5名骑兵从山那边沿路疾驰而归。他们骑行的速度极快，人和马都沾满了尘土和血迹。城门的守卫认出了他们，在他们飞奔进城时大声问他们：为什么跑得这样着急？罗马军队怎么了？

辛辛纳图斯（前519？—前439？），古罗马政治家、独裁官，据历史传说，前458年被推举为独裁官，率军援救被埃魁人围困的罗马军队，打败敌军后，即放弃权力，解甲归田。

他们没有回答他，而是沿着寂静的街道继续向城里狂奔。大家都跟着他们跑，想知道究竟发生了什么事。罗马当时并不是一个很大的城市，很快他们就抵达了白发的元老们所在的市场。他们跳下马说明了情况。

他们说："就在昨天，当我们的军队正穿过两座陡峭的高山间的一条狭窄山谷时，突然一千来个野蛮人从我们面前和头顶的岩石后跳了出来。他们堵住了去路，而在这样狭窄的山谷里我们无法战斗。我们试图掉头，但他们把我们的后路也切断了。这些好斗的山地部族把我们前后围住，还从我们的头顶往下扔石块。我们陷入了埋伏。而后我们10个人快马加鞭往外冲，但只有5个人冲出了包围圈，另外5个人被他们用投枪击中落马。哦，罗马的元老们！赶快派人援救我们的军队，否则所有人都将被屠杀，我们的城市将被占领。"

白发的元老们问："我们该怎么办？除了守卫和男孩，我们还能派谁去？有谁能有足够的智慧来领军拯救罗马？"

大家都摇头，面色凝重，因为一切似乎都毫无希望。过了一会儿,有人说:"去找辛辛纳图斯,他能帮我们。"

被派来找辛辛纳图斯的人急匆匆地赶到他的家时,他正在田里犁地。他停下手中的活,和气地跟他们打招呼,等着他们开口。

他们说:"穿上你的斗篷,辛辛纳图斯,听候罗马人民的吩咐。"

辛辛纳图斯不知道他们什么意思。他问道:"罗马没事吧?"他让他的妻子回家取他的斗篷。

她取来了斗篷,辛辛纳图斯用手掌和手臂拂去了上面的尘土,将它披在肩膀上。而后几位信使向他讲述了他们的使命。

他们告诉他,由全罗马最优秀的士兵组成的军队在山谷中陷入埋伏。他们告诉他罗马现在的处境有多么危险。而后他们说:"罗马人民任命你做他们的统治者和罗马的统治者,你可以自由行事。元老们请求你立即动身前去抗击我们的敌人——那些好斗的山地部族。"

于是辛辛纳图斯把犁扔在了田里,急急赶往罗马城。当他经过街道,颁布行动命令时,一些人很担心,因为他们知道,他掌握了罗马的一切权力,可以为所欲为。但他将守卫和男孩武装起来,亲自带领他们前去抗击好斗的山地部族,将罗马军队从他们陷入的埋伏中解救了出来。

几天后,罗马城里一片欢欣鼓舞,因为辛辛纳图斯带来了好消息。山地部族被他们击败,遭受了巨大的损失。他们被赶回了老家。

辛辛纳图斯率领着罗马军队与男孩和守卫一起凯旋而归。他拯救了罗马。

辛辛纳图斯本可以自任国王,因为他的话就是法律,没有人胆敢冒犯他一丝一毫。但在人民还没来得及感谢他所做的一切时,他把权力还给了罗马的元老们,回到他的小农场上继续扶犁耕作。

他只当了16天罗马的执政官。

最后关头的民主[1]

◎ 李金声

　　这最后关头，体现出民主是平民百姓已经养成的生活方式，没有一生的习惯，就不会在最后一分钟以那样谦卑和自然的口气说：我们投票决定。

——朱学勤

　　新闻事件："9·11"恐怖事件中被劫持的第四架飞机上，为是否站出来和歹徒搏斗，机上的全体乘客进行了表决。

　　"9·11"事件已经过去一个多月了，现在想起在电视上目睹纽约世贸大厦轰然倒塌的那一幕，心脏仍然有被电击的感觉。上周阅读《南方周末》上学者研讨"9·11"事件的文章，从中发现一个惊人的细节，这个细节几天来在我的脑海里盘旋，挥之不去，沉甸甸的。

---

[1]　选自《南方周末》2001年10月18日。

细节的详情是这样的:"9·11"这天,恐怖分子在美国上空劫持了四架民航飞机。其中的两架先后撞击了纽约的世贸大厦,另一架也扑向美国国防部所在地五角大楼。第四架飞机被劫持以后,机上的乘客已经得知上述恐怖行为,面对就要降临的灾难,全体乘客进行了一次是否要和歹徒进行搏斗的表决,表决的结果是飞机上的大多数男人赞成和歹徒进行搏斗。这一细节由于当时飞机上一个美国男青年的冷静,用手机陆续将这些情况告诉地面上正在焦急地等待着他的女友,从而没有随着飞机的坠毁而淹没,从而成为世界各种文字的报纸引用最多的一段新闻情节。

在现代社会里投票表决是一件很平常的事情,但是为什么唯独这次表决会给我以无比的震撼?这是因为这次表决充分证明了人类的理性。可能有人会说这架飞机上的乘客过于迂腐,是否和歹徒搏斗这样千钧一发的事情还要通过表决来进行,不是明摆着书生之举吗?采取表决的方法是不是因为贪生怕死?用传统观念来看待这一行为的确会得出这样的结论。多少年来我们一直片面地宣扬英雄主义,培养了不少英雄也造成了一些无谓的牺牲,特别是一些英雄在自己奋不顾身的时候并没有考虑到自己的行为是否会给别人带来什么不利?是否会侵犯别人的什么权利?飞机是一个特定的场合,和劫机歹徒搏斗极有可能机毁人亡。这个时候献出的可能不仅仅是搏斗者本人的生命,还包括飞机上所有人的安全。因此反抗者仅有自己的不怕死精神还是不够的,还必须充分考虑自己的不怕死能换来的是什么?要考虑别人对你的这一举动持什么意见?因为这涉及到他们的人身权利,尊重众多人的权利所能采取的最好办法就是民主表决。"9·11"事件中的第四架飞机最终没有逃脱坠毁的命运,这不是乘客们缺乏勇气和果敢,更不是反抗的必然结果,而是由于恐怖分子的残暴才造成的。但是我们完全有理由推断,由于进行了表决使大家空前地团结起来，男乘客们齐心合力与歹徒搏斗这才防止了第三幢大楼被撞，才使成百上千的无辜者免于死难。

　　民主是一个能够给人类带来福祉的制度，但是建设它却需要极强的理念。这个理念在并不紧要的时刻需要，在千钧一发的关键时刻更无法弃舍。它并不总能代表最好的结果，但是依靠它人类就一定能够越来越好！

苏珊·安东尼①

◎ 乔安娜·斯特朗　汤姆·B.莱奥纳德

乔安娜·斯特朗，美国作家。
汤姆·B.莱奥纳德，美国作家。

"该死的，你们在这里干什么？"桌旁的男人大声喊道，"你们女人回家干你们自己的事情。回家刷碗去。如果你们不快点从这里出去，我就要报警把你们抓走！"

房子里的每一个人都停了下来，听着。一些男人转过身，冷笑着。其他人轻蔑地看着这15名妇女，狞笑着。有人提高了嗓门："快溜吧，夫人们。你们的孩子弄脏了。"听着这话，所有的男人都捧腹大笑起来。

但这种戏弄并未惹恼一位身材高大、举止庄重的女士，她手中拿着一张纸，站在其他14人前面，丝毫未动。

"我来此是为了选举美利坚合众国的总统，"她说，"他既是你们的总统，也是我们的总统。我们是生育这个国家保卫者的女人。我们将是替你们看家、为你们烤面包、给你们生儿育女的女人。我们女

---

① 选自《美德书》，（美）贝内特主编，何吉贤等译，中央编译出版社2000年版。

人同你们一样，也是这个国家的公民，我们将坚持在此选举出即将成为政府领袖的人。"

她的话如铃声一般清脆，而且字字令人心颤。没有人敢动一动。刚才吓唬她们的那个大个子现在呆若木鸡。接着，在静默而庄严的气氛中，苏珊·安东尼大步走向投票箱，投下了自己的选票。其他十四名妇女每人都投了票，屋里的其他男人们都站在那里呆呆地看着她们。

这是1872年，妇女生来具有的权利已经被剥夺得太久。她们忍受不公的法律——让她们只能成为男人财产的法律——太久了。

妇女能够赚钱，但她们不能拥有它。如果一名妇女婚后去工作，那么她所赚的每一分钱都将成为她丈夫的财产。在1872年，男人被视为当然的一家之主，他的妻子不能自己办自己的事情。妻子被认为是不能清晰明辨的傻子，因此法律仁慈地为她指定一名监护人来保护她——当然是一名男性监护人——来照看她所幸拥有的任何财产。

像苏珊·安东尼这样的妇女对这种不公正深感痛苦不安。苏珊找不出任何她的性别应受到歧视的理由。"为什么只能由男人来制定法律？"她呐喊。"为什么男人就应该打造出束缚我们女人的锁链？不！"她高呼。"现在我们女人应该起来为自己的权利而斗争了。"于是她发誓她将一直斗争下去，只要上天赐予她力量让她看到妇女在法律面前与男人平等。

她的确在斗争。苏珊·安东尼是美国女权运动的第一人。她不停地从一个国家游历到另一个国家。她发表了数以千计的演讲，与男人辩论，努力使妇女行动起来为她们的权利而斗争。她写了几百种宣传册和抗议书。她开始的斗争是艰难的，因为反对她的人会毫不犹豫地向她和她的跟随者们说各种各样的脏话和不实之词。"正经的女人决不会这样讲话。文雅的女人决不会混在法官面前和男子协会中间，还要喋喋不休。她是一个下流胚!"

许多妇女知道苏珊·安东尼是个文质彬彬、充满智慧和勇敢的女人,但她们害怕那么说,她们害怕自己也会受到鄙视。但渐渐地,她们开始喜欢上了她,并努力帮助她。

过了一段时间,许多家庭主妇从她的身上受到了鼓舞。接着,在一次次的集会上,数以千计的妇女加入到她的行列。许多男人开始改变自己的观念,因为他们的妻子在苏珊·安东尼的鼓舞下,让他们感到不公平地对待妇女是可耻的。慢慢地,伟大的苏珊·安东尼在削弱着男人们的顽固不化。

就在1872年那个重要的日子,她和她忠实的追随者们投了她们选举总统的第一票。尽管投票站的男人们在那一刻受到了触动,但他们的思想并未因此开放。几天后,苏珊遭逮捕,被带到法官面前,她被指控非法进入投票站。

"你如何辩解?"法官问道。

"有罪?"苏珊喊道,"难道努力推翻你们男人加在我们女人身上的奴役,是有罪?难道让你们明白我们女人母亲对这个国家来说同男人们一样重要,也有罪?难道努力提高妇女地位让你们男人自豪地看着自己妻子的公众意识在提高,还是有罪?"

当法官还未从这一阵突然袭击中缓过劲来,她又接着说:"但是,尊敬的法官大人,难道违背美利坚合众国的宪法是无罪的?宪法中说,任何人不得被剥夺在法律面前的平等权利。平等权利!"她大声疾呼,"难道,只让你们男人拥有制定法律的权利,拥有选举你们自己代表的权利,拥有只让儿子接受高等教育的权利,难道这能说我们女人也拥有平等的权利?你们,你们目光短浅的男人,已经成为自己母亲和妻子的奴隶主!"

法官被镇住了,这些观点在他面前从未被如此有力地表达出来

苏珊·安东尼（1820—1906），19世纪美国女权主义者、社会活动家，对争取美国妇女参政权贡献卓著。

过。"但毕竟法律还是法律！"法官说话时毫无底气，"我不得不罚你100美元。"他说道。

"我不会给的！"苏珊·安东尼说道，"记下你的话，法律会改变的！"说完，她大步走出法庭。

"要不要追上去，把她抓回来？"书记官问法官。

"不用了，让她去吧，"老法官回答道，"我害怕她是对的，害怕不久法律就要改变。"

苏珊依然遍布美国各地继续自己的改革运动，在每一个落脚之地，在每一份宣传册中，呼吁提高妇女地位。

今天，妇女的选举权已成为法定的事实。妇女能够保留自己的收入，不管婚否，她们都能拥有自己的财产。妇女理所当然地可以上大学，可以按照自己的选择从事各行各业。但是妇女现在所享有的这些权利，是经过众多妇女自由斗士们的英勇努力才获得的，伟大的苏珊·安东尼就是其中一员。

苏格拉底之死①

◎ 柏拉图

> 柏拉图（前 427—前 345 或 347），古希腊哲学家、散文家。他师承苏格拉底，发展和完善了苏格拉底提出的理念论，主要著作有《理想国》等。

这时太阳已快落山了，苏格拉底在屋子里已和我们讨论了很长时间。他来到我们这儿坐下，由于刚沐浴过而容光焕发。没说上几句话，典狱官就进来了。他走到苏格拉底跟前说："苏格拉底，无论如何我不愿意冒犯你而招致厌恶和咒骂，我在执行政府的命令迫使其他人服毒时，的确遭到厌恶和咒骂。在这段时间中，我开始明白你是最高尚、最伟大、最勇敢的人，这样的人以前从未到过这儿。尤其是现在，我已经确信你不会生我的气，而是厌恶那些官高权重的人，因为你深知谁应负责。现在我不得不对你说：永别了，请你尽可能轻松地承受必须发生的事情。"说着他已经泣不成声，然后转身离去了。

苏格拉底抬头看着他说："再见，朋友，我会按你说的那样去做的。"然后继续对我们说："多么可爱的人！这段时间他总是来看望我，有时还和我讨论一些问题；对我的态度极为友好。他多么慷慨地

① 选自《苏格拉底的最后日子》，（古希腊）柏拉图著，余灵灵、罗林平译，上海三联书店 1988 年版。

同我洒泪告别！克里托①，请你过来，让我们按照他所说的去做吧。有劳哪位去看看毒药准备好了没有，如果准备好了最好把它端来，如果还没有准备好就告诉负责此事的人把它准备好。"

"苏格拉底，"克里托说，"太阳仍高悬在山头尚未落下。此外我还知道，通常临行的人还要吃正餐和品酒，得到警告后还要长时间和他们所喜爱的人相伴，很晚才服毒药。不必着急，时间还多的是。"

"克里托，"苏格拉底说，"你提到的那些人自然会采取这种方式，因为他们认为这样做对他们有利。我当然不能这样做，因为我相信，推迟服毒对我没有什么好处。如果我留恋和惋惜已经无意义的生命，只能使我在自己眼中变得很可笑。好了，请按照我说的那样去做吧，不要再寻找借口了。"

这时克里托向站在旁边的仆人示意，仆人走了出去，过了很长时间才同负责给人服毒的那个人一起返回，这个人把毒药放在杯子中端了进来。苏格拉底看到他后说道："伙伴，你精通此道，我应该怎样去做？"

"喝了它吧，"这个人说，"然后去散步，你感到腿有点儿发沉就躺下，这时药性就发作了。"

他边说边把杯子递给苏格拉底。厄刻克雷特斯②，苏格拉底兴致勃勃地接过杯子，丝毫没有慌乱，脸色和表情也没有丝毫改变。他抬眼用惯常的沉稳目光看着杯子说："以这杯毒药作奠祭，你意下如何？这样做是否能被允许？""我们只能准备按规定去做，苏格拉底。"那个人说。

"我明白，"苏格拉底说，"但我想，我被允许或不如说必须祈求

---

① 克里托：苏格拉底的好友，曾计划营救困在牢狱中的苏格拉底。他们二人的狱中对话充满了哲理和思辨，体现了苏格拉底的法律观。这段精彩的文字收录在柏拉图所著的《克里托篇》中。

② 厄刻克雷特斯：苏格拉底及柏拉图的好友。

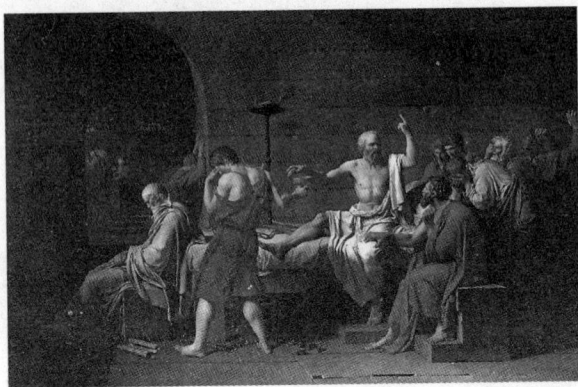

苏格拉底（前469—前399），古希腊哲学家，他生于雅典，因"腐蚀青年，不信奉雅典城邦的神和发明新神"的指控而被判处死刑。

众神保佑，使我从这个世界顺利地移居到另一个世界。这是我的祈祷，希望它能被接受。"说着，他平静地、没有丝毫厌恶地把这杯毒药一口气喝光。

在此之前，大多数人都一直强忍眼泪，但眼看着苏格拉底喝下了毒药，的的确确把毒药喝了下去，我们再也无法忍住自己的眼泪了。我的眼泪如泉一般地涌出，不禁心肝俱碎地掩面哭泣。这不是因为他的死，而是因为我不幸失去这样一位朋友。克里托甚至在我之前就绝望了，由于忍不住眼泪而走了出去。阿波罗多汝斯①一直在不停地哭着，此刻他更是动情地失声痛哭。除了苏格拉底以外，屋子里的每一个人都受到了他的感染而痛哭。苏格拉底因此说道："朋友们，请你们千万别这样。我之所以要把妇女打发走，就是因为要避免这种干扰，因为我被告知一个人应该精神镇定地迎接他的末日。请你们平静下来，坚强一点儿吧。"

这番话使我们都感到羞愧，逐渐地抑制住了自己的泪水。苏格拉底慢慢地走着，不久就说他的腿有点儿发沉，然后按服侍他服毒的那个人的建议仰面躺下。那个人把手放在苏格拉底身上，过了一会就去检

———————————
① 阿波罗多汝斯：古希腊画家，苏格拉底的好友。

查苏格拉底的腿和脚。他用力捏苏格拉底的脚，问他是否有感觉。苏格拉底说没有感觉了。接着他又用力捏苏格拉底的腿，并以同样的方式依次往上移。我们看到苏格拉底逐渐地变冷和僵硬了。一会儿，他又去触摸苏格拉底，并说药力达到心脏时苏格拉底就去了。

僵冷扩展到苏格拉底的腰部时，他揭开了盖在脸上的东西（他刚才把脸遮住了），并说："克里托，我们应该还给阿斯克勒皮俄斯一只公鸡，记住这件事，千万别忘了。"这是苏格拉底所说的最后几句话。

"忘不了，我们会按你的吩咐去做的。"克里托说，"你确信再没有任何事情了吗？"苏格拉底没有回答。稍过了一会儿他又动了动，那个人揭开了盖在他脸上的东西。他的眼睛已经发直了。克里托看到后，替苏格拉底合上了嘴和眼睛。

厄刻克雷特斯，这就是我们的伙伴的死。我可以公正地说，在我们这个时代，他是我所认识的人中最勇敢，也是最有智慧和最正直的人。

老人与海（节选）[1]

◎ 海明威

海明威（1899—1961），美国小说家。著有《老人与海》、《丧钟为谁而鸣》等。

"不过人不是为失败而生的，一个人可以被毁灭，但不能被打败。"老人圣地亚哥在遭到鲨鱼袭击时这样想。那时有一团生命之火从他内心燃烧起来，他不惧厄运，通过自己的搏斗，谱写了一曲英雄的赞歌。虽然老人最后拖着大鱼的残骸回到家，但他却在精神上获得了胜利，并梦见了狮子，这比任何东西都重要。

老人看见它游过来，看出这是条毫无畏惧而为所欲为的鲨鱼。他准备好了渔叉，系紧了绳子，注视着鲨鱼向前游来。绳子短了，缺了他割下用来绑鱼的那一截。

老人此刻头脑清醒、正常，充满了决心，但并不抱有多少希望。光景太好了，不可能持久的，他想。他注视着鲨鱼在逼近，抽空朝那条大

---

① 选自《老人与海》，（美）海明威著，吴劳译，上海译文出版社 2006 年版。

鱼望了一眼。这简直等于是一场梦，他想。我没法阻止它来袭击我，但是也许我能弄死它。登多索鲨，他想。你他妈交上厄运了。

海明威被誉为美利坚民族的精神丰碑，并且是"新闻体"小说的创始人，他的笔锋一向以"文坛硬汉"著称。

鲨鱼飞速地逼近船艄，它袭击那鱼的时候，老人看见它张开了嘴，看见它那双奇异的眼睛，它咬住鱼尾巴上面一点儿的地方，牙齿咬得嘎吱嘎吱地响。鲨鱼的头露出在水面上，背部正在出水，老人听见那条大鱼的皮肉被撕裂的声音，这时他用渔叉朝下猛地扎进鲨鱼的脑袋，正扎在它两眼之间的那条线和从鼻子笔直通到脑后的那条线的交叉点上。这两条线其实是并不存在的。只有那沉重、尖锐的蓝色脑袋，两只大眼睛和那嘎吱作响、吞噬一切的突出的两颚。可是那儿正是脑子的所在，老人直朝它扎去。他使出全身的力气，用糊着鲜血的双手，把一支好渔叉向它扎去。他扎它，并不抱着希望，但是带着决心和十足的恶意。

鲨鱼翻了个身，老人看出它眼睛里已经没有生气了，跟着，它又翻了个身，自行缠上了两道绳子。老人知道这鲨鱼快死了，但它还是不肯认输。它这时肚皮朝上，尾巴扑打着，两颚嘎吱作响，像一艘快艇划破水面。海水被它的尾巴拍打起一片白色浪花，它四分之三的身体露出水面，这时绳子给绷紧了，抖了一下，"啪"地断了。鲨鱼在水面上静静地躺了片刻，老人紧盯着它，然后它慢慢地沉下去了。

"它吃掉了约莫四十磅肉。"老人说出声来。它把我的渔叉也带走了，还有整条绳子，他想，而且现在我这条鱼又在淌血，其他鲨鱼也会来的。

他不忍心再朝这死鱼看上一眼，因为它已经被咬得残缺不全了。鱼遭到袭击的时候，他感到就像自己遭到袭击一样。

可是我杀死了这条袭击我的鱼的鲨鱼，他想，而它是我见到过的最大的登多索鲨。天知道，我见过好些大的哪。

光景太好了，不可能持久的，他想，但愿这是一场梦，我根本没有钓到这条鱼，正独自躺在铺着旧报纸的床上。

"不过人不是为失败而生的。"他说，"一个人可以被毁灭，但不能被打败。"不过我很痛心，把这鱼给杀了，他想。现在倒霉的时刻要来了，可我连渔叉也没有。这条登多索鲨是残忍、能干、强壮而聪明的，但是我比它更聪明。也许并不，他想，也许我仅仅是武器比它强。

"别想啦，老家伙。"他说出声来，"顺着这航线行驶，事到临头再对付吧。"

但是我一定要想，他想，因为我只剩下这件事可干了。

"想点开心的事儿吧，老家伙。"他说，"每过一分钟，你就离家近一步。丢了四十磅鱼肉，你航行起来更轻快了。"

他很清楚，等他驶进了海流的中部，会发生什么事。可是眼下一点办法也没有。"不，有办法。"他说，"我可以把刀子绑在一支桨的把子上。"

于是他胳肢窝里挟着舵柄，一只脚踩住了帆脚索，就这样干了。

"行了。"他说，"我照旧是个老头儿，不过我不是没有武器的了。"

这时风刮得强劲些了，他顺利地航行着。他只顾盯着鱼的上半身，恢复了一点儿希望。

不抱希望才蠢哪，他想。再说，我认为这是一桩罪过。别想罪过了，他想，麻烦已经够多了，还想什么罪过，何况我根本不懂这个。

但是他喜欢去想一切他给卷在里头的事，而且因为没有书报可看，又没有收音机，他就想得很多，只顾想着罪过。你不光是为了养活自己、把鱼卖了买食品才杀死它的，他想，你杀死它是为了自尊心，因为你是个渔夫。它活着的时候你爱它，它死了你还是爱它。如果你爱它，杀死它就不是罪过。也许是更大的罪过吧。

"你想得太多了，老家伙。"他说出声来。

但是你很乐意杀死那条登多索鲨，他想，它跟你一样，靠吃活鱼维持生命。它不是食腐动物，也不像有些鲨鱼那样，只知道游来游去满足食欲。它是美丽而崇高的，见什么都不怕。

"我杀死它是为了自卫。"老人说出声来，"杀得也很利索。"

再说，他想，每样东西都杀死别的东西，不过方式不同罢了。捕鱼养活了我，同样也快把我害死了。那孩子使我活得下去，他想，我不能过分地欺骗自己。

他把身子探出船舷，从鱼身上被鲨鱼咬过的地方撕下一块肉。他咀嚼着，觉得肉质很好，味道鲜美，又坚实又多汁，像牲口的肉，不过不是红色的。一点筋也没有，他知道在市场上能卖最高的价钱。可是没有办法让它的气味不散布到水里去，老人知道糟糕透顶的时刻就快来到了。

风持续地吹着。它稍微转向东北方，他明白这表明它不会停息。老人朝前方望去，不见一丝帆影，也看不见任何一只船的船身或冒出来的烟。只有从他船头下跃起的飞鱼，向两边逃去，还有一摊摊黄色的马尾藻。他连一只鸟也看不见。他已经航行了两个钟点，在船艄歇着，有时候从大马林鱼身上撕下一点肉来咀嚼着，努力休息，保持精力，这时他看到了两条鲨鱼中首先露面的那一条。

"Ay,"他叫出声来。这个词儿是没法翻译的，也许不过是一声叫喊，就像一个人觉得钉子穿过他的手，钉进木头时不由自主地发出的声音。

"加拉诺鲨!"他说出声来。他看见另一片鳍在第一片背后冒出水来，根据这褐色的三角形鳍和甩来甩去的尾巴，认出它们正是铲鼻鲨。它们嗅到了血腥味，很兴奋，因为饿昏了头，它们激动得一会儿迷失了嗅迹，一会儿又嗅到了。可是它们始终在逼近。

老人系紧帆脚索，卡住了舵柄。然后他拿起上面绑着刀子的桨。他尽量轻地把它举起来，因为他那双手痛得不听使唤了。然后他把手张开，再轻轻捏住桨，让双手松弛下来。他紧紧地把手合拢，让它们忍受着痛楚而不致缩回去，一面注视着鲨鱼过来。他这时看得见它们那又宽又扁的铲子形的头，和尖端呈白色的宽阔的鳍。它们是可恶的鲨鱼，气味难闻，既杀害其他的鱼，也吃腐烂的死鱼，饥饿的时候，它们会咬船上的一把桨或者舵。就是这些鲨鱼，会趁海龟在水面上睡觉的时候咬掉它们的脚和鳍状肢，如果碰到饥饿的时候，也会在水里袭击人，即使这人身上并没有鱼血或黏液的腥味。

"Ay，"老人说，"加拉诺鲨。来吧，加拉诺鲨。"

船长的勇气①

◎ A. 梅尔休斯

很多年前，在辛辛那提州，我偶然走进一家书店，看到一个男孩在问老板是否有地理书出售。他大约12岁，看上去眉清目秀，可是衣衫褴褛。

"多极了。"营业员说。

"多少钱一本？"

"一美元，我的小家伙。"

"呀，对不起，我不知道书会这么贵。"他转过身，向门口走去。脚刚迈出门槛，忽然又转过身，走了回来。

"我口袋里只有62美分。"他说，"先生，我赊账行吗？过几天，我就来还清不足的部分。"

小家伙多么渴望得到一个肯定的回答啊！当营业员断然拒绝了他

---

① 选自《外国儿童文学名作导读——小说卷》，曹文轩主编，广西教育出版社2001年版。

的请求时,他显得那么沮丧!这一脸失望的小家伙抬起头,苦笑着看了看我,脚步沉重地走出了书店。

"你准备怎么办呢?"我问。

"我到别的地方再试试,先生。"

"我也去,看看你最后是怎么成功的,你不会介意吧?"

"不会。"

我跟他连续进了四家书店,我们在四处碰了壁。小家伙的脸上布满了失望的阴云。

"你还要试试吗?"我问。

"不错,先生,我要到所有的书店里都去试一试,说不定我会成功的!"

我们来到第五家书店,小家伙勇敢地走到书店老板面前,讲明了自己的请求。

"你十分需要这本书吗?"老板问。

"是的,先生。十分需要。"

"为什么?"

"学习,先生。我没钱上学,一有空,我就在家自学。学校里每个学生都有书,假如我没有,会落后的。再说,我父亲是个水手,我想知道他去过哪些地方。"

"你父亲还出海吗?"

"他已经死了。"男孩的头低下了,眼里淌出一串泪珠,"我长大了也要当水手。"

"是吗,孩子?"老板盯着他,惊讶地问。

"是的,先生,只要我还活着。"

"呃,小家伙,我告诉你我要怎么做。这本新书现在就给你,至于不够的部分,你什么时候来还都可以。或者。我给你一本旧的,只要50

美分……"

男孩付款时。老板用探询的目光看着我，于是，我把前面发生的事一股脑儿倒了出来。老板在给男孩书的同时，又给了他一支崭新的铅笔，外加一沓雪白的纸。

"至少，小家伙，你这种不屈不挠敢于尝试的精神，会使你出名的。"老板最后对男孩说。

"谢谢您，先生，您太好了。"

"你叫什么名字，小伙子？"我又问。

"威廉·哈特雷。"

"你还需要什么书吗？"

"当然，越多越好。"他迟疑地说。

我给他两美元，说："这点钱给你吧。"

只见两行快乐的泪水从他的眼睛里流了出来。

"我可以用这钱给我妈妈买本书吗？"

"当然可以。"

他的眼泪流得更欢了。他说："你真好，我得好好谢谢你。我希望将来有一天能报答你。"他记下了我的名字。

几十年时间飞快地过去了。

我乘船到欧洲去。这是当时最好的一艘船，它曾经远航过大西洋。开始，绝大部分航程，天气好极了，可是到了后来，天公不作美，我们遇上一场罕见的风暴，它足以使任何有经验的船长束手无策。所有的桅杆全断了，船就像是煮沸的锅里的一片菜叶。更糟糕的是，船还漏水了，水不断地从一个大窟窿里涌进来。水泵一刻不停地转动着，可水仍然越积越多。舵几乎失去了作用。水手们全是体格强壮、意志坚强的男子汉，大副、二副也都是经验丰富的一流海员。但是，他们全都绝望了，离开了岗位，决定听天由命。

刚才一直研究着海图的船长，神态自若地走了过来，看看事情究竟糟到什么地步。

过了一会儿，他镇定地命令水手们回到自己的岗位上去。那些强壮的水手在船长强烈的信念面前不由得折服了。

船长经过我面前的时候，我问他，船是否还有得救的希望。他仔细地看了看我，说："有希望，先生，只要还有一英寸甲板露在水面上，那就有希望。你要相信，我决不会抛弃我的船，除非它不得不沉。我们正采取各种措施来挽救船。"他转过脸去，对所有围在旁边的旅客说："旅客们，大家都去排水!"

那天，我们多次失望了，然而，在船长的勇气、他的不屈不挠的精神、他的强烈的信念鼓舞下，我们又重新振作起来，比原来干得更猛。"我要带领你们每个人安全地到达利物浦港，"他说，"只要你们不愧是个人。"

他终于指挥着船安全到达了利物浦港。旅客们下船时，船长一动不动地站在渐渐下沉的船上，频频点着头，接受旅客们的祝贺。我经过他身边时，他拉住了我的手，问："普莱斯顿法官，您不记得我了?"我想了想，遗憾地摇了摇头。

"30多年前，在辛辛那提州，您曾经跟着一个男孩去买书，他多次碰了壁，您还记得起吗?"

"哦，不错，我记得很清楚，他的名字叫威廉·哈特雷。"

"我就是威廉·哈特雷，"船长说，"上帝保佑您!"

"上帝也保佑你，哈特雷船长，"我说，"你30年前买书的勇气拯救了我们全船人!"

流浪大海①

◎ 克里斯托夫·布哈德

　　56岁的塔瓦埃是个普普通通的波利尼西亚渔民。他的家正对着一条通向帕皮提港的水道。虽然家中陈设简单，但房间很大，足够塔瓦埃一家人舒舒服服地住在里面。自从妻子去世后，塔瓦埃独自一人担起了照顾7个孩子的重任。2002年3月15号是个星期五，塔瓦埃决定出趟海。趁着家里其他人还在熟睡中，塔瓦埃就起身了。他穿上一件T恤衫和一条短裤，又在外面套了件长袖衬衫，以便胳膊不致被白天海上强烈的阳光灼伤。收拾停当，塔瓦埃喝了杯咖啡，什么也没吃就出了门。

他的发动机突然熄了火

　　在浮桥的尽头，他的"TEHA2"静静地在那里等着他。这是条刚刚跑了一年的新船，尽管还有贷款要还，可塔瓦埃还是非常喜欢它。上了船，塔瓦埃将内侧发动机打着，让船慢慢预热。没过多一会儿，塔瓦

① 选自《世界新闻报》2002年8月5日。

埃便将船驶出水道进入帕皮提港。黎明时分，他已经到达了自己的"狩猎场"。

这天，他并没有像往常一样到塔西提岛东部海域去，渔民的直觉引导他将船开到了莫雷阿岛的西部海域。5个小时后，塔瓦埃已经捕到了7条大大的鬼头刀鱼，他对自己一上午的收获非常满意。他打算从莫雷阿岛的北面返回帕皮提港，这样还能赶上下午4点的鱼市。正在盘算着，他忽然听出发动机的声音有些异常，机器运转似乎不太稳定，但塔瓦埃没有太注意。当把最后一条鱼清洗干净后，他准备返航了。可是发动机转速表的指针指向3800转后突然左右摆动了几下。塔瓦埃觉得不太对劲，他慢慢地将发动机转至空挡，可发动机发出一阵劈啪声后竟熄了火，再也没有任何声响。塔瓦埃冷静地掀开发动机的机罩，一股白烟呼地冒了出来。从没上过学的塔瓦埃除了懂得检查油量是否充足外，对机械知识一窍不通，他决定等发动机稍微凉一凉再说。他直起身子朝岸边的方向望去：他估计自己离莫雷阿岛最多不到15英里，因为就连岸边的椰子树也可以数得清清楚楚。待到发动机的温度降下来后，塔瓦埃又试着转动点火开关的钥匙。这次，起动装置虽然发动了，但发动机依然悄无声息。

塔瓦埃扭头向四周张望，海面上此时没有一条船。不过，他并不担心，偶尔在海上抛锚对渔民来说并不是什么可怕的事情。况且岛屿周围的海域总是有许多船只来往，总会有人发现他的。他试着用船上的无线电设备发出了求救信息，但却没有回音。天色渐渐暗了下来，塔瓦埃发现自己离莫雷阿岛越来越远：岸边的椰子树已经看不清楚了，他估计自己此时离岛大概有20英里左右。塔瓦埃在心中暗自将船里的物品逐一过了一遍：13瓶1.5升装的水、一截棍子面包、一盒馅饼，再加上白天钓的鱼。此外，还有以前准备的求救用的烟火。

夜幕慢慢降临，塔瓦埃一边在心中暗暗祷告，一边将所有耗电设备的电源切断。经验丰富的塔瓦埃知道，尽管可能很快就会有人发现他，但他必须为用于求救的无线电设备贮存电力，以防万一。天完全黑了下来，塔瓦埃向空中发射了一枚烟火求救。在等着有人能发现他的同时，塔瓦埃喝了几口水，他忽然想起，早上出门时，他将储藏鱼的冷藏柜里装满了冰，实在不行，还可以将冰融化了当水喝。尽管如此，他还是决定严格控制饮水量。这晚，塔瓦埃早早地躺下了。他裹上一件防水衣，又把一块塑料布盖在腿上，然后蜷缩在船头的一个角落里抵御夜间寒冷的海风。这一夜，塔瓦埃睡得很不踏实，他总害怕错过营救他的人。

两周的时间里他没有喝一滴水

第二天太阳还没跃出地平线，塔瓦埃就醒了。他猛地一下子站起身来向周围望去，但让他大吃一惊的是，莫雷阿岛已经消失得无影无踪。他不知道自己漂流了多远，但可以肯定的一点是他现在距离海岸绝对超出了60英里，这个距离已经超出了他的无线电求救设备的频率范围，而且，即使他再放出烟火，岛上的人也看不到了。此时的塔瓦埃只能寄希望于救援飞机能发现他，一整天，他都瞪大了眼睛望着天空。但一天下来，还是没有人来救他。晚上，塔瓦埃安慰着自己，强忍着又在海上度过了难熬的一夜……

不知不觉中，塔瓦埃已经在海上漂流了一个星期。他知道自己不能束手待毙，开始为长期漂流做准备。他拿起一根烟火，在外面包装的塑料纸上画下了一道记号，用这种方法记录自己在海上漂流的天数。他还开始考虑是不是要把捕来的鱼晒干以供食用。12天后，塔瓦埃意识到自己的处境越来越糟，他想自己的船说不定已经漂出有1000多英里了。还没来得及晒干的鱼渐渐呈现出一种奇怪的颜色，还散发着一股怪味儿。尽管给自己规定了严格的饮水量，但从陆地上带来的淡水早已经喝完了,就连趁海上下雨时收集的雨水也喝得差不多了。淡水成了一大问题。为了解决淡水问题,并保证自己的体力,塔瓦埃重新开始捕鱼。他决定吃一条捕一条。他将捕到的鱼剖开,把含脂肪最多的肝脏切成小块;再把含水分最多的紧贴鱼骨的鱼肉剔下,用肉裹着鱼肝一起吃下。这样,塔瓦埃的饮水量可以减少一半。每天,他都在烟火的外壳上划一道线,他已经在海上漂流了60天!所幸的是,他的健康状况还不错……然而最糟的情况还是来了,一场罕见的暴风雨持续了一个星期,塔瓦埃一个星期没有吃东西也没能合一下眼。更糟的是,筋疲力尽的他发现自己的淡水已经全部喝光,在暴风雨过后的两周里,塔瓦埃没有一点淡水可喝。

塔瓦埃在海上已经漂流了3个月。原先一头飘逸的长发现在就像混凝土做的头盔一样罩在头上。塔瓦埃决定将头发剪短。在医药箱里找剪刀的时候,他意外地发现了一面镜子。这是他在海上漂流了80天后,第一次照镜子。镜子里的那个人让他感到害怕,他简直不敢相信那是自己,一头黑发已经全部变白,整个人也开始浮肿起来。但坚信自己能够活着回家和亲人团聚的信念一直支撑着他。

在海上的四个月里他的体重掉了21公斤

一天,塔瓦埃发现在他右边隐隐约约有几座"环礁"。他的船正顺流朝着"环礁"的方向漂去。距离越近,塔瓦埃越觉得那好像不是环礁,倒更像岛屿上起伏的山脉。他目不转睛地盯着还看不太清楚的轮廓,在心中竭力告诉自己那确实是座小岛,而不是幻觉。第108天时,一座岛屿呈现在塔瓦埃的眼前,终于看到了陆地!他在心中暗暗庆幸自己竟能坚持下来。他决定当船顺流靠近岛边的暗礁时,不惜任何代价也要登上暗礁,再从那里登上陆地。要知道,就算是一个完全健康的人,要想安全越过暗礁也是非常困难的,更何况他已经精疲力竭!洋流渐

人生本来就是一次艰难的航行，潮起潮落，绝不会一帆风顺，唯有永往直前、不轻言放弃，才能驶向胜利的彼岸。

渐地把塔瓦埃和他的船送向暗礁方向，这里距离海滩只有几百米。塔瓦埃打定主意，准备第二天试试自己的运气。头天晚上，塔瓦埃缩在救生衣里沉沉地睡去。

第二天一大早，拍击礁石的海浪声就把他叫醒了，现在他发现自己离礁石只有十几米远了。正如他头天晚上预料的那样，他的船很快被礁石撞得打了个横。塔瓦埃勉强站在船边，仔细观察着海浪的进退。当一个大浪从后面打过来时，在海浪和礁石的共同作用下，船头一下子改变了方向，直直地朝着礁石的方向冲去，塔瓦埃瞅准时机，顺势将船舵转向礁石，整条船一下子冲上了礁石，停在那儿，第一步成功了！

接着还要游过从暗礁到达海滩的300多米距离。塔瓦埃靠在鱼叉上歇息片刻，便卸下冷藏柜的门，准备用做冲浪板。尽管浑身冷得发抖，塔瓦埃还是伏在冷藏柜的柜门上跳进水中，朝岸边划去。在用尽了最后一丝力量的时候，塔瓦埃终于登上了陆地，至此，他已经在海上漂流了118天。不远处，一群游客正在野餐，塔瓦埃蹒跚地走向那群游客。看到满身污垢的塔瓦埃，游客们吓了一跳。塔瓦埃用波利尼西亚语问道："这是什么地方？"带队的女导游听懂了他的问话，便走到他身旁问道："你从哪里来？""塔西提岛，我在海上漂流了近4个月。"听了他的话，女导游和游客们都惊讶地睁大了眼睛，要知道塔瓦埃登陆的这座岛屿属于摩克群岛的一部分，距离塔西提有一千多英里！

　　后来，塔瓦埃被送入当地一家医院接受治疗，在海上漂流的118天里，他靠生鱼和雨水为生，体重减轻了21公斤，但凭着和家人团聚的信念，他坚强地活了下来！

震撼一国的农夫①

每年，澳大利亚都会举行一场悉尼至墨尔本的耐力长跑，全程875公里，被认为是世界上赛程最长、最严酷的超级马拉松。这项漫长、严酷的赛跑耗时5天，参赛者通常都是受过特殊训练的世界级选手。

1983年，耐力长跑赛场上，出现了一个名叫克里夫·杨的家伙。起初，谁也没在意他，大家都以为他是去那儿看比赛的。毕竟，克里夫·杨已经61岁了，穿着条工装裤，跑鞋外面套了双橡胶靴。

人人都认为克里夫·杨不过是个头脑发热，想在公众面前出彩的家伙。但媒体却颇感好奇，当克里夫拿到他的"64号"号码布，走进那群身着专业、昂贵长跑行头的运动员中时，照相机镜头对准了他，记者们开始发问：

"你是谁？是做什么的？"

"我叫克里夫·杨。来自一个很大的农场，在墨尔本郊外放羊。"

---

① 选自《意林》2006 年第 23 期。

他们又问:"你真的要参赛吗?"

"是的。"克里夫点点头。

"有人赞助你吗?"

"没有。"

"那你不能参赛。"

"不,我可以。"克里夫·杨说,"你知道吗?我出生在一个农场,家里买不起马匹和四轮车。每次暴风雨快来的时候,我都得跑出去聚拢羊群。我们有2000头羊,2000英亩地。有时候我得追着羊群跑两三天,虽然费工夫,但我总能追上它们。"

马拉松开始了,穿着套鞋的克里夫·杨被专业选手们甩在了后面。观众席上发出阵阵笑声,因为他甚至不懂得正确的跑姿。他好像不是在赛跑,而是悠哉悠哉,像个业余选手那样拖着碎步小跑。

现在,这位以种马铃薯为生的没牙农夫开始在这场艰苦卓绝的赛跑中跟世界顶尖选手展开较量。全澳大利亚通过电视直播收看比赛的人们都在心中不住祈祷,有人能把这个疯老头儿从场上劝下来,因为人人都相信:不等跨越半个悉尼,他就会累得气绝身亡。

所有专业选手都很清楚,为了拼完这场耗时5天的比赛,你得每天跑18小时,休息6小时。可现在,老头儿克里夫·杨竟然对此一无所知!

清晨,当有关赛况的新闻播报出来时,又着实让人们吃了一惊。克里夫·杨仍在比赛,迈着碎步跑了一整夜。

他不停地跑着。每天晚上,他只能与领先的第一团队拉近一丁点儿距离。到最后一晚,他超过了所有顶尖选手。到最后一天,他已经跑在了最前面。他以61岁的高龄跑完了悉尼至墨尔本的整个赛程,不仅没有一命呜呼,还捧走了冠军奖杯,以提前9小时的成绩打破了纪录,成了国家英雄!举国上下的人们立刻爱上了这个种植马铃薯的61岁农夫,因为他以5天15小时4分的成绩跑完了这场长达875公里的比赛,成功地击败了世界上最优秀的长跑运动员。而他并不知道比赛当中允许睡觉。

1997年，75岁的克里夫·杨再露头角，力图成为年龄最大的环澳长跑选手，为无家可归的儿童募集资金。整个赛程16000公里，他跑完了6520公里，后来因母亲生病而被迫退出了比赛。

他对长跑的热爱从未消减。2000年，他在一项1600公里比赛中跑完了921公里，一星期后在他的家中病倒，从此再也没有力气跑了。轻度中风结束了他英雄般的长跑生涯。

2003年11月2日，久病之后的克里夫·杨，这位长跑运动史上的传奇人物与世长辞，享年81岁。

如今，悉尼至墨尔本马拉松赛中几乎没有人睡觉了。要赢得这场比赛，你必须像克里夫·杨那样，日夜不停地奔跑。或许要赢得人生的马拉松，也正需要克里夫·杨的精神——打破常规，拼搏不息。

用尊严和坚韧的心站立①

◎ 段炼

　　1992年8月3日，身穿英国代表队队服的德里克·雷蒙德，又一次站在了巴塞罗那奥运会男子400米跑的起跑线上。

　　这一次，雷蒙德一心要获得一枚奥运会的奖牌，无论这枚奖牌是什么颜色。

　　雷蒙德也可以算是当时田坛上最不幸的运动员之一了。从他在汉城奥运会上因伤退出比赛以后。他一共做过5次手术，1次是在脚趾上，4次是在跟踺上。甚至有人说：雷蒙德在这4年里花在训练场上的时间不会比花在医院的时间更多。

　　和之前的许多次比赛一样，雷蒙德的父亲吉姆·雷蒙德也和儿子一起来到了巴塞罗那。此时他正坐在65000名观众之间，坐在体育场看台的最高一层。

---

① 选自《奥运故事365精选》，北京电视台"奥运故事365"节目组编写，世界知识出版社2008年版。

发令枪响了，8名选手一起冲出了起跑线。

一切都是那么顺利，雷蒙德平稳地跑过了第一个弯道，而且保持着很好的位置，这样下去他非常有希望进入决赛。但就在这时，意外发生了。

"我就听到'噗'的一声，"雷蒙德说，"右腿一下子就没有力气了。"他的右腿跟腱又一次断掉。

雷蒙德一下子摔倒在地上，其余7名运动员瞬间就从他的身边跑了过去。

医务人员急忙抓起担架奔向倒在跑道上的雷蒙德，可此时最着急的，当然是他的父亲吉姆。他不是教练员，所以没有进入赛场的证件，但他早就忘记了这一切，一边推搡周围挡着他的人，一边疯了似的从看台上冲下跑道。

这时，比赛已经结束。来自美国的史蒂夫·刘易斯以44秒50获得这个组的第一名。但在这样的一个时刻，比赛的结果已经没人在意了。全场65000名观众都把目光聚集在了跑道的一侧。已经被扶出跑道的雷蒙德挣扎着站了起来，用自己的一条左腿一蹦一蹦地试图回到跑道上。"雷蒙德靠着自己，靠着自己的尊严和坚韧的心站立了起来。"欧洲体育电视节目网这样评价道。

慢慢地，全场先是变得安静，然后渐渐响起了掌声，响起了欢呼声，大家一起为雷蒙德加油。

这时，吉姆·雷蒙德终于冲进场里。他一边跑，一边推开阻止他的人："那是我的儿子，我要去帮助他！"

在越来越响的呼喊声和助威声中，雷蒙德一步一步在向终点线挪着——只能用这个词才能形容他的速度。

吉姆跑到儿子身边，抱住了他的腰，看到他被痛苦扭曲的脸上，泪水和汗水混在一起向下滴着。而此时，看台上的大多数观众眼里，也开

随着时间的流逝，巴塞罗那奥运会比赛的冠军会渐渐被我们淡忘。但是我们会记住雷蒙德。因为他拼尽全力完成了比赛，也因为他有一个如此爱他的好爸爸。雷蒙德无疑是纯粹、勇敢和坚决的代名词，他的精神激励着无数人奋勇向前，不向命运低头。

始被泪水充盈了。

吉姆对儿子说："你没有必要这样做。"

雷蒙德当时并没有意识到这个人就是自己的父亲。他只记得对这个抱住自己的人说："把我弄到第五跑道去，我是在那里开始比赛的，也必须在那里完成比赛。"

父亲的头上戴着一顶帽子，写着"只管去做"，而在他的T恤的胸前写着这样一句话："今天你善待你的脚了吗？"

"好吧，"父亲抱着儿子对他说，"我们是一起开始的，就让我们一起来完成吧。"父子俩手握手，相互扶持着一步一步地走向终点，而随着他们迈出的每一步，场上的观众都发出欢呼声。"我不管人们怎么看我，不管他们认为我是白痴还是英雄，我只想完成我应该完成的事情。"雷蒙德说。

在距离终点还有几步远的地方，父亲放开了儿子的手，让他自己向着终点前进，完成整个比赛。在雷蒙德通过终点的第一时间里，父子俩再次拥抱在一起，流下了泪水。

"我非常非常骄傲。"吉姆说，"甚至比他赢得了奥运会的金牌还要骄傲！

伟大的失败[1]

◎ 佚名

在1968年墨西哥奥运会的马拉松比赛中，有一个最后到达终点的选手，一直存在于人们的记忆里。他的行为不仅仅被誉为"当代奥林匹克历史上最伟大的时刻"，记录他的那些镜头，更是反复出现在人们的眼前，用来诠释奥林匹克精神。

夜幕已经降临，漫长的道路上，只有他一个人孤独的身影，陪伴他的，是来自摄影师手中的微弱的光线——这一切都只是偶然，因为没有人预计到会出现这样的一幕。这个运动员的名字叫约翰·阿赫瓦里，来自非洲的坦桑尼亚。

他一瘸一拐地跑着，简单包扎过的绷带上还在不停地渗出血水，他的腿受伤了。

此时，距离比赛开始已经4个多小时了，距离马拉松比赛的冠军冲过终点赢取金牌，也已经过去一个多小时了。

---

[1]　选自《润·文摘》2009年第1期。

"我的祖国从7000英里的远方把我送到这里，不是让我开始比赛的，而是让我完成比赛的。"受伤的约翰·阿赫瓦里躺在病床上如是说。其实，人生当中很多事情看似平凡，但是只要认真努力、百折不挠地去做，就会变得非常有意义。

这是一场有44个国家超过70名运动员参加的奥运会马拉松比赛，阿赫瓦里是其中的一员。

1968年的时候，坦桑尼亚刚刚独立并成立联合共和国不久，这是他们第一次以坦桑尼亚的名义参加奥运会。所以，这次来墨西哥参加奥运会的3名队员，每个人都为自己能够代表国家来参加奥运会感到骄傲。

在马拉松比赛之前，阿赫瓦里的两名队友——一位参加的是拳击比赛，一位参加的是400米跑——都已经完成了赛事，但都没有取得出色的成绩。

而阿赫瓦里就不同了，30岁的他是坦桑尼亚这次参加奥运会的一个希望，一个被认为可以第一次为他们的国家赢得奖牌的优秀选手。

当体育场里的观众已经走得差不多的时候，一阵由远而近的警报器声引起了还留在体育场内的人们的注意，而这些人绝大部分都是留在场里做着赛后的收尾工作的工作人员和裁判员。

因为很久以前大家就以为全部的运动员都已经完成了比赛，所以，就连通向体育场内环形跑道的大门都已经关起来了。

这时候，在墨西哥城已经是晚上7点多钟了。体育场入口处的大门缓缓地打开，阿赫瓦里跌跌撞撞地跑进了——不如说是走进了——体育场。在场的人都被他的状态惊呆了!

近乎蹒跚的步履，脸上痛苦的表情，绷带和血迹——这一切，在暮色中，在灯光下构成了一幅画面，而这幅画面几乎是用语言无法形容的。

就在这天的午后，阿赫瓦里和70多名参赛选手一起开始了奥运会马拉松的比赛，在这个行列里有曾经蝉联过奥运会马拉松金牌的埃塞俄比亚选手阿贝贝，还有后来获得本次比赛冠军的沃尔德，肯尼亚名将纳夫塔利。

比赛一开始，大家都跑得很正常，但到了11公里以后，超过2200米的海拔让许多运动员感到了高原的威力，本来就有伤的卫冕冠军阿贝贝第一个退出了比赛。

到了18公里的时候，一直在低海拔高度训练和比赛的阿赫瓦里也开始难受了："我们所有的人都觉得头晕，"他后来回忆说："那种条件导致人疲劳，他们开始晕倒。"

阿赫瓦里感到肚子痛，而且一阵一阵地抽筋，运动医学上叫痉挛。缺氧导致他失去了方向感，除了要尽力向前跑以外，他还要尽力保持身体的平衡。就这样又跑了一公里多，他终于坚持不住摔倒了，结果是右腿严重受伤。

他的教练赞比看到他受伤了，赶紧跑过去为他进行了紧急包扎，用绷带裹住了他的伤口，并且问他还能不能比赛，阿赫瓦里一边因为痛而皱着眉头，一边毫不犹豫地说："可以。"在耽误了许多时间以后，他又开始跑了起来。

但是跑了没多久，赞比就看出来了，他的这个队员无法再进行比赛了。于是他开始说服阿赫瓦里放弃，到最后甚至开始强迫。

但此时的阿赫瓦里却不这样想。他后来说："我知道大家都已经结束比赛了，我知道我做得已经够好的了，我的教练也在对我说，放弃吧。但我却在心里对自己说，要继续！"

迈着艰难的步伐，一步一步地就像挪进体育场一样，阿赫瓦里感动了当时在场的所有人，工作人员、裁判，还有那些为数不多的观众。当他们明白了阿赫瓦里的状况时，全部都停下了手中的事，站在自己的位置上，一起为这位来自非洲的运动员鼓起掌来。而阿赫瓦里则一面继续慢慢地跑向终点，一面有礼貌地向所有给他鼓励的人回礼。

这一幕被当时的拍摄者誉为"奥林匹克史上最伟大的一幕"。

终于到达了终点，此时的终点门已经被拆掉了，但响在体育场各个角落的掌声，变成了对阿赫瓦里最好的奖励。

刚刚通过终点，他就精疲力竭地倒在了地上。被送进医院以后，一直修养了两周的时间。在医院里，他对媒体说："我的祖国从7000英里的远方把我送到这里，不是让我开始比赛的，而是让我完成比赛的。"

这句话，在当时成为了媒体的热点，而在后来，则变成了激励成千上万人的信念。

牺牲①

◎ 裘山山

裘山山（1958—），著名军旅作家。著有长篇小说《我在天堂等你》，小说集《一路有树》等。

从雪山下来，还是在雪山上。

站在山腰往山下看，视野里依然是皑皑白雪，再往远处看，皑皑白雪波浪般起伏。那不是海，那仍是山，白色的山。

白色，视野里全是白色，白到了极致，纯洁到了单调，没有赤橙黄绿青蓝紫，没有一丝色彩，就是红太阳照到这儿也变成了耀眼的白色光芒。平日里常听人说喜欢白色，不知那些喜欢白色的人如果生活在这里，会作怎样选择？如果是我，我会重新选择说，我喜欢大红大绿，我渴望浓烈的五颜六色。

忽然想，藏族人民真的很了不起。他们生活在这白色世界里，生活在这白到了残酷的环境中，并没有被白色吓着，他们依然崇尚白色。他们最珍贵的哈达是白色的，他们心中最庄严的宫殿布达拉宫，墙的主体也是白色的。在他们的心目中，白色象征着幸福、纯洁、和平、安

① 选自《当代》2006年第1期。

光荣的一日 167

宁,白色就是他们心中的五颜六色。

不过,他们的衣着、身上的饰品,还有房屋的门窗,却非常鲜艳。我常常在路上看见身着大红衣服的藏族同胞,不光是姑娘,也有大男人、老人,他们渴望将自己从这白茫茫的世界里凸显出来。

我抬头,看见在比我更高的一处山顶上,站着两个绿色的身影,他们是这白色世界里唯一的色彩,他们也以色彩的方式从这白茫茫的雪世界里凸显出来,那是我们的兵。他们与藏族人民一样,终年生活在雪的世界里。与白色共存不是他们的选择,是他们的责任。

忽然就想到了好几位在大雪中牺牲的人。

那空军的一家3口,那6个探亲回来的年轻军官,那4个背年货回连队的X站的兵,还有许许多多我尚不知道的人,风雪毫不留情地要了他们的命,不管他们情愿与否,都将他们留在了白色世界里,雪山处处埋忠骨。

还有一位乃堆拉的指导员,都要回去休假了,走的头天晚上他一个班一个班去告别。一是因为新兵刚下连他不放心嘱咐,他们不能感冒了,二也是兴奋,他已经两年没休假了,本来儿子出生前他就要回去的,没走成,现在儿子满月了,他急着赶回去当爸爸。他跟战士们一一叮嘱,一一告别,还答应给他们带儿子满月的糖回来。走完最后一个班返回宿舍时,已是凌晨,天空飘起了雪花,他一脚踩空,掉下悬崖。第二天早上发现时,人已冻僵。

指导员姓穆,叫穆忠明,在他死后的两个月,家里的一封信寄到了哨所,里面有一张儿子满月的照片。那是一个永远失去了父亲的儿子,一个西藏军人的后代。

他的父亲长眠在了雪山脚下。他要在许多年后上学读书才会懂得,那叫牺牲。

牺牲,我想起了许许多多牺牲在西藏的人——张贵荣司令员、张国华司令员、高明诚团长、任致逊和马景然。还有杜永红，他们牺牲在岗位上，死得让人景仰。

还有那对探亲路上出车祸的军官妻子，两位在那曲军分区病故的年轻女军官，两位去岗巴营探亲患脑水肿死在那里的军属，他们死在寻常的日子里。死得让人心痛。

牺牲的情形各不相同，但都是牺牲。

古时候，牺牲这个词是名词，专门用在祭祀中，指的是献给神的供品。我不想这样来解释我们的官兵，无论是什么样的神，他们都没有资格拿走我们官兵的生命。但他们也是牺牲，他们把自己供奉给了这个雪世界，供奉给了他们的理想、他们的责任、他们自己心中的神。

西藏军区每年非正常死亡人数很多，而在这些故去的人中，有些情形是你完全不能想象的。比如巡逻途中，被山上滚下来的石头砸死，或者被泥石流冲下河淹死，甚至在原始森林中被突然断裂的枯枝砸中身亡；还有年轻轻的，正在打篮球，猝然倒地而死；还有，在高海拔哨所中站哨，被雷电击中而死；还有在蔬菜大棚中劳动，被强烈的阳光暴晒中暑而死；还有下大雨，电线漏电触电而死：还有去机场接自己的妻子，翻车而死。有4名战士的死因更让人心痛；他们在水库中抢修电站机组，两个玩耍的孩子不知情，将水闸打开放水。4个战士无一幸免……太多太多了，多到我不忍心细写。

军人的职业原本就有牺牲的意味，而坚守在高原上的军人令这种牺牲更多了一分悲壮。即使不在战时、灾时，他们也需要付出生命，他们也需要时刻做好牺牲的准备。那是一种默默无闻的牺牲。

我手头有一份西藏军区这10年来的牺牲情况。从1995年到2005年，10年间，据不完全统计，仅仅因车祸而亡的就有近百人，占死亡人数的35%，因各种疾病及冻亡的也有几十人，占32%。就是说，仅仅这两项就占了近70%之多。我可以肯定，这两项的百分比一定超过了其他军区，不因为别的，就因为他们在高原。

我还发现，各分区伤亡的情况都各有特点，比如日喀则分区和山南分区因寒冷而死亡的特别多，林芝分区、昌都分区以及驻守在那里的部队因各种车祸在路途中牺牲的特别多，而那曲分区因为海拔太高，患各种疾病死亡的特别多，包括猝死。由此不难看出，他们的牺牲和他们所在的位置有着非常大的关联。

我的朋友吴斌役也在那曲，他告诉我，从他调到那曲，他们分区每年都有人因高原疾病死亡。他本人的身体也明显差了，调进去之前他去体检，46项指标全部合格，但半年后再体检，毛病全出来了：心脏肥大，心动过速，血压偏高，后来又出现了心脏闭合不全，血液轻度回流。

对他们来说，牺牲不是一句豪言壮语，是实实在在的生活；牺牲不是一种选择，而是一种必须。当他们走向高原时，在他们的心里，就已经做好了这样的心理准备。

C大校曾跟我说过这样一句话，对军人的最大考验不是战争而是和平。在和平时期依然能站直了不趴下，那才是真正的军人。

我把我所知道的西藏边关的艰苦和牺牲告诉大家，我不指望每一位读者能理解，或被感动。我只希望，在大家舒适的日子里，在大家氧气充足的生活中，能偶尔想起他们来，想起那些站在世界屋脊、雪山顶上的官兵，想起那些被寒冷和寂寞包围着的官兵，想起那些长眠在雪世界永不归来的官兵。

为他们祈祷，为他们祝福。

那一刻，爱披着欺骗的外衣①

◎ 陶洁

　　在美国亚利桑那州一个叫切尼格乐斯的镇上，发生了一起银行抢劫案，劫匪被机警勇敢的保安困在银行里面。案发当时，懵懂无知的五岁小男孩乔治正巧和妈妈露西在这家银行内，并且刚好离那个劫匪最近。劫匪上前一把打掉小乔治手里的太空人玩具，像抓一只猴子一样把他拎到胸前，用枪顶在小乔治的脑袋上，把小乔治当做人质。

　　那一瞬间，小乔治也似乎知道发生了什么，拼命地在劫匪怀里挣扎哭喊，而他的母亲，已经被保安强迫疏散到外边。空荡荡的大厅里，只剩下小乔治和那个凶悍的劫匪。闻讯赶到的警察已经把银行团团围住，劫匪插翅难逃。小乔治成了劫匪的最后一根救命稻草，对峙中他扬言，如果得不到五万美金和一辆福特汽车的话，他会杀死人质。

　　无助的小乔治望着近在咫尺的警察，绝望地哭喊着，他似乎预感到了死神的到来。可怜的露西眼含泪水，却不敢发出一点儿响动，怕稍

① 选自《视野》2007年第21期。

不留神激怒了匪徒,使小乔治的处境更加危险。警方不会答应劫匪的任何条件,稍微松口,就是对犯罪者作案动机的一个不大不小的鼓励。但小乔治在他手上,劫匪手指只需轻轻一动,小乔治顷刻之间就会命丧黄泉。

及时赶来的谈判专家尼尔森建议由他作为人质,以替换下未成年的小乔治。精明狡猾的劫匪断然拒绝,他知道,关键时刻,一个小孩比一个训练有素的谈判专家更好控制。人们对小孩的关注和同情,会加大他逃跑的把握。谈判暂时陷入僵局,警方安慰劫匪说钱和车都在准备中。尼尔森的首要任务就是尽量与劫匪周旋,让他保持平静,最大限度地保护人质的安全,以争取狙击手到达既定位置上的时间。

这时,劫匪似乎看出来警方根本没有诚意,神情开始焦躁不安起来。他用枪管顶着小乔治的头做了最后一次喊话,说如果三分钟之内他看不到车和钱,那么,小孩就会先于他去见上帝。

近乎崩溃的小乔治在劫匪的怀里撕心裂肺地哭着,凄厉的叫喊声击碎了在场每一个人的心。银行外边善良的人们透过玻璃,紧张地望着这个不幸的孩子,谁也不清楚结局会是什么样子。多事的媒体已经在现场请教心理专家,问劫案对小乔治的将来会产生什么样的影响。专家断言,即使他得救,惊心动魄的这一幕也会在他心里留下挥之不去的阴影,对他的健康成长产生不可估量的负面影响,并很有可能伴其终生。

外边围观的人越来越多,都在焦急地等待着事件的最新进展。狙击手也已经各就各位,他们在静候着一声令下,扣动扳机。劫匪会在一秒之内死去,没有一点还手反抗的机会。小乔治会被安然无恙地解救下来。

一切都准备就绪。就在劫匪决定鱼死网破杀害小乔治之前,警方果断下令击毙他。"砰"的一声,几乎是在同时,不同角度的三颗子弹精准地击中了劫匪的头部。如警方事先预想的一样，他还没有来得及做出反应就倒在了猩红色的地毯上。

小乔治从劫匪的胸口滑落下来的一瞬间，鲜血溅满了他的身体。血人一样的小乔治被眼前景象吓得目瞪口呆，不知所措地呆立在那儿，傻了一样。离他最近的谈判专家尼尔森迅速跑了过去，把小乔治高高地抱了起来。面对着蜂拥进来的人群和无所不在的媒体，尼尔森突然高声喊了一句："演习结束!"

所有人都愣在那里，盯着他，一时都不明白尼尔森话里面的意思。"是的，演习结束了，这仅仅只是一场演习。"他认真对着人们和媒体大声地说。

"真的是演习吗？"噩梦初醒的小乔治半信半疑地盯着尼尔森问。

"当然，就因为事先没有预兆，所以你才能表现得如此逼真。现在，我宣布，演习圆满结束。"尼尔森小心地安慰着他。

小乔治的妈妈露西已经挤上前来，喜极而泣地紧紧抱着儿子。

"妈妈，这只是一次演习吗？"小乔治瞪着一双迷茫的大眼睛，望着露西。

尼尔森趁他不注意，对着露西挤了一下眼。露西哽咽着说："是的，乔治，这是一次劫持人质的警事演习。"

几个领会了尼尔森意思的警察也上前赞扬了小乔治，说他表现得非常好，应该获得警局颁发的勇敢奖章。这时，所有的人似乎都明白是怎么一回事了，全都表扬小乔治刚才的表现实在是太好了。

"真的吗？可我还是吓哭了。"小家伙苍白的脸终于显出了红润的颜色，鼻翼两侧的几粒小雀斑因为兴奋和害羞而显得格外清晰。

第二天，切尼格乐斯当地的媒体集体失声，对银行案只字未提。

不久，露西带着小乔治离开小镇，去了旧金山。走之前，小乔治还在惦记着那枚警局一直没有颁发的奖章。

多年以后，有人找到了已经年迈退休的尼尔森，提起这件陈年旧事，问他当时怎么会想起说那样一句话。他说："枪响的时候，我在想，这孩子完了，他有可能一辈子都走不出恐怖事件所留下的心理阴影。但当我走近他的一瞬间，上帝给了我一个启示，让我说出了'演习结束'这句话。我很感谢在场的所有人，他们和我一起导演了一个天衣无缝的骗局，让那个孩子相信这只是一场事先没有通知的警事演习。让人感到神奇的是，小家伙居然相信了。"

是的，镇上所有的人"合谋欺骗"了可爱的小乔治。灾难没有给他留下不良烙印，他能健康成长，比什么都重要。

真话比整个世界的分量还重

在古代中国,"秉笔直书"虽是历代史家所遵循和推崇的万世作史之准绳,但史官写史大多讲究春秋笔法,"为尊者讳耻,为贤者讳过,为亲者讳疾",这种习气流毒至今。1978年,说假话成风的"文革"刚刚结束,75岁的巴金从重新握起笔的那天起,就宣称今后所有的写作都只为一个目的:讲真话!他说,"只有讲真话,人才能有尊严,才能认真活下去!""只有真的声音,才能感动中国的人和世界的人;必须有了真的声音,才能和世界的人同在世界上生活。"有价值的真话要承受风险、付出代价,需要拥有极大的勇气,但是,"只要我的良心和我那微弱的心声还在让我继续向前,我就要把通向真理的真正道路指给人们,绝不顾虑后果。"因为,"一句真话能比整个世界的分量还重"!

皇帝的新装①

◎ 汉斯·克里斯蒂安·安徒生

> 汉斯·克里斯蒂安·安徒生（1805—1875），丹麦作家、诗人，因为童话故事而世界闻名。他最著名的童话故事有《丑小鸭》、《卖火柴的小女孩》等。

许多年前，有一个皇帝，为了穿得漂亮，不惜把所有的钱都花掉。他既不关心他的军队，也不喜欢去看戏，也不喜欢乘着马车去游公园——除非是为了去炫耀一下他的新衣服。他每一天每一点钟都要换一套衣服。人们提到他，总是说："皇上在更衣室里。"

有一天，他的京城来了两个骗子，自称是织工，说能织出人间最美丽的布。这种布不仅色彩和图案都分外美观，而且缝出来的衣服还有一种奇怪的特性：任何不称职的或者愚蠢得不可救药的人，都看不见这衣服。

"那真是理想的衣服！"皇帝心里想，"我穿了这样的衣服，就可以看出在我的王国里哪些人不称职；我就可以辨别出哪些是聪明人，哪些是傻子。是的，我要叫他们马上为我织出这样的布来。"于是他付了许多钱给这两个骗子，好让他们马上开始工作。

---

① 选自《安徒生童话》，（丹）安徒生著，叶君健译，四川少儿出版社2006年版。

他们摆出两架织布机，装作是在工作的样子，可是他们的织布机上连一点东西的影子也没有。他们急迫地请求发给他们一些最细的生丝和最好的金子。他们把这些东西都装进自己的腰包，只在那两架空织布机上忙忙碌碌，直到深夜。

　　"我倒很想知道衣料究竟织得怎样了。"皇帝想。不过，想起凡是愚蠢或不称职的人就看不见这布，心里的确感到不大自然。他相信自己是无须害怕的，但仍然觉得先派一个人去看看工作的进展情形比较妥当。全城的人都听说这织品有一种多么神奇的力量，所以大家也都渴望借这个机会测验一下：他们的邻人究竟有多么笨，或者有多么傻。

　　"我要派我诚实的老大臣到织工那儿去。"皇帝想，"他最能看出这布料是什么样子，因为他很有理智，就称职这点说，谁也不及他。"

　　这位善良的老大臣来到那两个骗子的屋子里，看见他们正在空织布机上忙碌地工作。

　　"愿上帝可怜我吧！"老大臣想，他把眼睛睁得特别大，"我什么东西也没有看见！"但是他没敢把这句话说出口来。

　　那两个骗子请他走近一点，同时指着那两架空织布机问他花纹是不是很美丽，色彩是不是很漂亮。可怜的老大臣眼睛越睁越大，仍然看不见什么东西，因为的确没有东西。

　　"我的老天爷！"他想，"难道我是愚蠢的吗？我从来没有怀疑过自己。这一点决不能让任何人知道。难道我是不称职的吗？不成！我决不能让人知道我看不见布料。"

　　"哎，您一点意见也没有吗？"一个正在织布的骗子说。

　　"哎呀，美极了！真是美极了！"老大臣一边说，一边从他的眼镜里仔细地看，"多么美的花纹！多么美的色彩！是的，我将要呈报皇上，我对这布料非常满意。"

"嗯，我们听了非常高兴。"两个骗子齐声说。于是他们就把色彩和稀有的花纹描述了一番，还加上些名词。老大臣注意地听着，以便回到皇帝那儿可以照样背出来。事实上他也这样做了。

这两个骗子又要了更多的钱，更多的生丝和金子，说是为了织布的需要。他们把这些东西全装进了腰包。

过了不久，皇帝又派了另外一位诚实的官员去看工作进行的情况。这位官员的运气并不比头一位大臣好：他看了又看，但是那两架空织布机上什么也没有，他什么东西也看不出来。

"你看这段布美不美？"两个骗子问。他们指着，描述着一些美丽的花纹——事实上它们并不存在。

"我并不愚蠢呀！"这位官员想，"这大概是我不配有现在这样好的官职吧。这也真够滑稽，但是我决不能让人看出来。"他就把他完全没看见的布称赞了一番，同时保证说，他对这些美丽的色彩和巧妙的花纹感到很满意。"是的，那真是太美了！"他对皇帝说。

城里所有的人都在谈论着这美丽的布料。

皇帝很想亲自去看一次。他选了一群特别圈定的随员——其中包括已经去看过的那两位诚实的大臣。他就到那两个狡猾的骗子那里。这两个家伙正在以全副精力织布，但是一根丝的影子也看不见。

"您看这布华丽不华丽？"那两位诚实的官员说，"陛下请看：多么美的花纹！多么美的色彩！"他们指着那架空织布机，他们相信别人一定看得见布料。

"这是怎么一回事呢？"皇帝心里想，"我什么也没有看见！这可骇人听闻了。难道我是一个愚蠢的人吗？难道我不够资格当皇帝吗？这可是最可怕的事情。""哎呀，真是美极了！"皇帝说，"我十分满意！"

于是他点头表示满意。他仔细地看着织布机，他不愿说出什么也没看到。跟着他来的全体随员也仔细地看了又看，可是他们也没比别人看到更多的东西。他们像皇帝一样，也说："哎呀，真是美极了！"他们向皇帝建议，用这新的、美丽的布料做成衣服，穿着这衣服去参加快要举行的游行大典。"这布是华丽的！精致的！无双的！"每人都随声

实际上，人的虚荣心是与生俱来的，但是，孩提时的虚荣心是单纯的，随着涉世的深入，虚荣心就越来越深地腐蚀着人们。安徒生的童话真诚地传递着这样一个消息：希望这世上的人们，不要为了一时虚荣的满足而放弃做人的原则，放弃那一颗真诚的心。

附和着。每人都有说不出的快乐。皇帝赐给骗子"御聘织师"的头衔，封他们为爵士，并授予一枚可以挂在扣眼上的勋章。

第二天早上，游行大典就要举行了。头一天夜晚，两个骗子整夜点起十六支以上的蜡烛。人们可以看到他们是在赶夜工，要把皇帝的新衣完成。他们装作从织布机上取下布料，用两把大剪刀在空中裁了一阵子，同时用没有穿线的针缝了一通。最后，他们齐声说："请看！新衣服缝好了！"

皇帝亲自带着一群最高贵的骑士们来了。两个骗子各举起一只手，好像拿着一件什么东西似的。他们说："请看吧，这是裤子，这是袍子，这是外衣。""这些衣服轻柔得像蜘蛛网一样，穿的人会觉得好像身上没有什么东西似的，这也正是这些衣服的优点。"

"一点也不错。"所有的骑士都说。可是他们什么也看不见，因为

什么东西也没有。

"现在请皇上脱下衣服,"两个骗子说,"好让我们在这个大镜子面前为您换上新衣。"

皇帝把他所有的衣服都脱下来了。两个骗子装作一件一件地把他们刚才缝好的新衣服交给他。他们在他的腰周围弄了一阵子,好像是为他系上一件什么东西似的——这就是后裙。皇上在镜子面前转了转身子,扭了扭腰。

"上帝,这衣服多么合身啊!裁得多么好看啊!"大家都说,"多么美的花纹!多么美的色彩!这真是贵重的衣服。"

"大家都在外面等待,准备好了华盖,以便举在陛下头顶上去参加游行大典。"典礼官说。

"对,我已经穿好了。"皇帝说,"这衣服合我的身吗?"于是他又在镜子面前把身子转动了一下,因为他要使大家觉得他在认真地观看他的美丽的新装。

那些托后裙的内臣都把手在地上东摸西摸,好像他们正在拾起衣裙似的。他们开步走,手中托着空气——他们不敢让人瞧出他们实在什么东西也没看见。

这样,皇帝就在那个富丽的华盖下游行起来了。站在街上和窗子里的人都说:"乖乖!皇上的新装真是漂亮!他上衣下面的后裙是多么美丽!这件衣服真合他的身材!"谁也不愿意让人知道自己什么也看不见,因为这样就会显出自己不称职,或是太愚蠢。皇帝所有的衣服从来没有获得过这样的称赞。

"可是他什么衣服也没穿呀!"一个小孩子最后叫了出来。

"上帝哟,你听这个天真的声音!"爸爸说。于是大家把这孩子讲的话私下里低声地传播开来。

"他并没穿什么衣服!有一个小孩子说他并没穿什么衣服呀!"

"他实在没穿什么衣服呀！"最后所有的百姓都说。皇帝有点儿发抖，因为他觉得百姓们所讲的话似乎是真的。不过他心里却这样想："我必须把这游行大典举行完毕。"因此他摆出一副更骄傲的神气。他的内臣们跟在他后面走，手中托着一条并不存在的后裙。

真话与假话 ①

◎ 马德

　　这个世界挺奇怪,说真话的人,有时卑琐得像个小人,而说假话的人,一本正经得像个君子。

　　说假话的人,面不改色心不跳;而说真话的人,有时张嘴先矮三分,启齿要看脸色,说不到几句,便面红耳赤,战战兢兢,仿佛说下去就会撕破了什么,而露了馅儿,伤了心,丢了人。

　　按理说,说假话是个技术活、累活。现在的窘境是,说真话需要技术,说真话比说假话还要累。当然了,这个世界最累的人,恐怕就是那些一阵子说真话,一阵子说假话的人,因为在三真两假中,他们已经迷失了自己。

　　假话有两种表现形式:一种是巧言令色,一种是言不由衷。巧言令色,一般是主动的,或取媚,或诓骗,干的是阿谀奉承、阳奉阴违、欺上瞒下的事,说话的人带着强烈的功利目的;言不由衷,一般是被

① 选自《杂文选刊·下旬刊》2011 年第 9 期。

动的，或人在权柄下委曲求全，或行走江湖间小心设防，不过是为生活所迫而说一些违心的话，为保护自己而说一些善意的谎言，说话的人往往不是出于功利目的，只是出于无奈。同样是假话，巧言令色心底是潜恶的，言不由衷心底是藏善的。也就是说，假话也分善意的和恶意的，也分可原谅的和不可原谅的。

经常说假话的人希望听到真话，但实际上，他们很难听到真话。因为，即便是再真的话，在他们怀疑的耳中，也会变为假话。在这些人的心中，他们更愿意相信：眼见为实，耳听为虚。他们用欺骗别人的方式，最后刁难了自己。

假话注定是甜美的、温软的、柔和的，至少不痛不痒；真话则往往是刺耳的、尖刻的、坚硬的，甚至还一针见血。假话凭借柔媚，战胜了真话的"粗糙"，轻松地占领了人需要体贴的内心。从这个角度看，假话更像是罂粟，越是听，越让人迷恋。假话说好了，会成全自己。真话说不好，会得罪别人。所以，说假话的人很多。

从长远看，假话最终赢不了真话。但假话会暂时混淆了视听，迷乱了判断，颠倒了是非，错辨了忠奸，影响了进退。到最后，即使真话赢了，但赢得太苦，或已遍体鳞伤。假话狂欢的时候，要相信，总有真话，像不倒的旗帜，在看不见的角落里，艰难而孤绝地突围。

讲真话①

◎ 王应春

课上，两个学生为"什么是诚实"争执不休，其中一人问："老师，说真话重要吗？"

"当然！"我答。

"那你会说谎吗？"

"会，常常。"

孩子们露出错愕的神色。我想起朋友小孩的一篇周记，便找出来念给他们听。

父亲在阅读一本书，名叫《死前要做的99件事》，其中一件是，过诚实的一天。我说："这有什么难的？"

父亲说："不难？那你明天试试吧！"

第二天一早，妈妈正准备送我上学，婆婆进来了，问妈妈："你看上去很累，昨晚睡得不好吗？"妈妈答："是的，昨晚看电视到

① 选自《南方人物周刊》2011年第38期。

很晚。"

我觉得妈妈不诚实，便告诉婆婆："不，爸妈昨晚吵架，所以很累。"妈妈瞪了我一眼。

这时，外公进来了，问："今天要我接小孩放学吗？"妈妈说："不用了，最近公司不忙，我去吧！"我觉得妈妈不诚实，便对公公说："不是，是你常常买东西给我吃，我太胖了，爸妈昨晚就是为这事吵架的。"

妈妈气愤地带我出门。经过管理处，管理员摸摸我的头，说："早上好！老朋友！"我忍不住诚实地说："走开！我不是你的老友，你身上有烟味，不要接近我！"妈妈忙赔不是："对不起！他今天不舒服！"

来到教室，得知今天会有一位督学来听课。老师说，他问问题时，希望同学们按照之前的吩咐积极举手——会答的举右手，不会答的举左手。我正在犹豫，督学经过我身旁，问："同学，你是否不舒服？"我说："不是！我只是在想，懂的举右手，不懂的举左手，这是不是不诚实的行为。"话音未落，校长发话："这位同学不舒服，老师，请带他到医疗室去。"

在医疗室里，护士小姐问我："同学，你哪里不舒服？"我诚实地回答："没有。"老师却向她使了一个眼色。护士立马应声："哎呀！你脸色很差！"就这样，我在医疗室度过了整个下午。

回家后，父亲问："诚实的一天过得容易吗？"

我放声大哭："原来这么难！"

故事讲完后，我问两位几乎笑岔气的学生："现在你们还觉得说真话容易吗？"他们面面相觑，不再作声。

我告诉他们，在成人世界里，基于礼貌、制度、权力等原因，大家每天都在不知不觉中说谎，这种不忠于内心的沟通甚至变成生活的一部分。要分辨真话中的假话、假话中的真话，不仅会让人难堪，更会把人累死，因此大家逐渐学会不再对言语认真。

我鼓励两位同学，虽然忠于内心是一种高贵的品格，但在一个人人说假话的世界，坚持说真话的人不是疯了，就是有超乎常人的勇气，因为，真话真有可能把身边的人吓死！

灵魂曝光①

◎ 马克·吐温

　　马克·吐温（1835—1910），美国幽默大师，小说家、作家、演说家。著有《百万英镑》、《汤姆索亚历险记》等。

　　在美国西部有一座叫赫德莱堡的小镇。这个镇上的人向来以诚实著称于世。这个名声保持了三代之久，镇上的每一个人都以此自豪，他们把这种荣誉看得比什么都宝贵。

　　镇上有位德高望重的理查兹先生。这天他有事出门，理查兹太太一人待在家里。忽然，有一个长得很高大的陌生人，背着一个大口袋进来，很客气地对理查兹太太说："您好，太太。我是一个过路的外乡人，到赫德莱堡是想了却我多年以来的一桩心愿。"说着，陌生人把袋子放在地上，"请您把它藏好，不要让其他人知道。现在我该上路了，也许以后您再也见不到我了，不过没关系，袋子上系着一张字条，一切都在上面写着。"说完，陌生人退出屋子走了。

　　理查兹太太感到很奇怪，见那个袋子上果然系着一张字条，忙

---

① 选自《名作故事——故事会爱好者丛书》，《故事会》编辑部编，上海文艺出版社2003年版。

解下来看，上面写着：

> 我以前是一个赌徒，有一次我赌输了钱走投无路，在途经贵镇时，有位好心人救了我，他给了我二十块钱。后来我靠那二十块钱在赌场里发了大财。现在我一心想报答那个曾经给了我钱的人，可我不知道他是谁。我只记得他对我说过的一句话，我相信他也一定记得那句话。眼下我麻烦您用公开登报的方式帮我寻找，谁要是说得出那句话的内容，谁就是我的恩人，袋里的金币就归他所有。我把那句话写在袋子里的一个密封的信封里，一个月以后的星期五，请贵镇的柏杰士牧师在镇公所进行公开验证。

理查兹太太看完字条，心怦怦直跳。金币，整整一袋金币，她和丈夫做梦也没见到过这么多钱！可谁是那个恩人呢？她想如果是自己的丈夫该有多好。她忙将袋子藏好，一心盼着丈夫快点回家。

当天夜里，理查兹先生一回到家，太太忙将发生的事告诉了他。理查兹听了大为惊疑。当他亲眼看到那些金灿灿的金币时，他相信了，他兴奋地摸着那些金币，嘴里喃喃自语："差不多要值四万块！"

忽然，他脑子里闪过一个念头：把字条和袋里的信封烧掉，到时候如果陌生人来追问的话，我们就说没这回事。但这个坏念头只在他脑子里一闪而过，最终他还是决定去找本镇报馆的主编兼发行人柯克斯。

这一夜，理查兹夫妇在床上翻来覆去不能入睡，他们绞尽脑汁地想：到底是谁给了那外乡人二十块钱呢？想来想去，在这个镇上，只有固德逊才可能做这样的事，但固德逊早就死了。一想到固德逊已死，理查兹太太不由埋怨起丈夫来，她说他不该这样性急，把事情告诉柯克斯。老两口说到这儿，立刻翻身下床，解开那袋子。望着价值四万块的金币，理查兹先生心动了，决定马上再去找柯克斯，让他别发那消息。

再说柯克斯回到家，把这件事告诉了妻子。他们也认为只有已故的固德逊会把钱给一个不相识的外乡人。想到这儿，夫妇俩沉默了。过了好一会儿，他妻子轻声说："这件事除了理查兹夫妇和我们，就……就再没有别人知道了吧？"丈夫先是微微一怔，接着神情紧张地看了看妻子，会意地点了点头，随即披衣下床，急匆匆向报馆跑去。

他跑到报馆门口，正好碰上了匆匆赶来的理查兹。柯克斯轻声问道：

虽然马克·吐温的财富不多，却无损他高超的幽默、机智与名气。他擅长写讽刺小说，融幽默与讽刺一体，既富有独特的个人机智与妙语，又不乏深刻的社会洞察与剖析，他被称为美国最知名人士之一，曾被推崇为"美国文坛巨子"。

"除了我们，再没别人知道这桩事吗？"理查兹也轻声回答："谁也不知道。我敢保证。""那还来得及——"两人走进报馆，找到发邮件的伙计。谁知那伙计为赶今天的早班车，已提前把报纸寄出了。柯克斯和理查兹大失所望，垂头丧气地各自回家了。

第二天，报纸上市了，整个美国都轰动了，人们都在议论这件事，都在急切地等待着事态的发展：人们要看看，那袋金币究竟归谁所有。许多记者也闻讯前来采访，一时间，赫德莱堡这个小镇的名字举世皆知。镇上十九位头面人物更是笑逐颜开，奔走相告。他们为镇里出了理查兹这么个诚实的人而感到自豪。

然而三个星期过去了，镇上没有人出来申请领取这袋金币，理查兹更加肯定那个人就是固德逊了。这天，理查兹夫妇正闷坐在家里唉声叹气，邮递员给他们送来一封信。他们懒洋洋地拆开一看，顿时高兴得高声叫了起来："天哪，我们要发财啦!"只见信上写着：

> 我是一个外国人，与您素不相识。我在报上看到了那条消息，而我是唯一知道这个秘密的人。让我来告诉您，那个给钱的人是固德逊。那天我和他一同在路上走，碰到那个倒霉的外乡人，固德逊给了他二十块钱，还对他说了一句话。记着，那句话是："你不是一个坏人，快去悔过自新吧。"也许您奇怪我为什么要告诉您这个秘密，因为固德逊曾经向我提起，说您帮过他一个大忙，他一直想回报您。现在他既然死了，那么这笔原该属于他的钱应该归您。

理查兹夫妇把这封信看了一遍又一遍，尽管他们谁也想不起来如何帮助过固德逊，但还是兴奋地紧紧拥抱在一起。

但是，可怜的理查兹夫妇万万没有想到，就在他们收到这封信的同一天，镇上其他十八位头面人物也收到了同样的信。信的内容相同，笔迹也一样，只是信封上收信人的名字不同而已。

星期五终于到了。这天，镇公所装扮一新，一大早，镇公所的大厅里、过道上都坐满了人。一些头面人物被邀请坐在主席台上，台下坐着从四面八方来的记者。

柏杰士牧师走上讲台，他先讲了一通赫德莱堡的光荣历史，又讲了一通诚实的可贵，然后他宣布进行公开验证。这时全场鸦雀无声，人们瞪大了眼睛。只见柏杰士打开装满金币的袋子，从那封死的信封中取出信纸，高声朗读道："那句话是：'你不是一个坏人，快去悔过自新吧。'"接着，柏杰士牧师从衣服口袋里拿出一封信。他举起这封信说:"我们马上就能知道真相了。这是毕尔逊先生给我的信,现在让我们看看他写了什么。"柏杰士拆开信封,拿出信,高声朗读起来:

"我对那位遭难的外乡人说的那句话是:'你不是一个坏人,快去悔过自新吧。'"

"哗——"全场一阵轰动,人们都用羡慕的眼神看着毕尔逊。大家想柏杰士应该宣布这袋金币归毕尔逊所有了,因此大家全都向前拥,想亲眼看看这一伟大的场面。

不料柏杰士牧师并没有马上宣布,他对大家说:"我现在还不能宣布,因为我口袋中还有十几封信没有念呢。"此话一出,大家被弄糊涂了:"什么。还有十几封?"于是一个劲地叫着:"快念,快念。"

柏杰士便一封一封地念起来,每封信都写着:"你不是一个坏人,快去悔过自新吧。"这些信的签名有银行家宾克顿、报馆主编柯克斯、造币厂老板哈克尼斯等,都是镇上赫赫有名的头面人物。人们终于明白,原来这是一场贪财的闹剧。会场里沸腾了,每当柏杰士念一封信,大伙就一起哄笑,这种哄笑在那些签过名的头面人物听来,简直比叫他们去死还难受。这时,可忙坏了台下的记者们,他们不停地写着,准备把这个特大新闻公之于众。

坐在场子里的理查兹紧张极了,眼看柏杰士已经念了十八封信,不由得想:"上帝呀,下一封该轮到我了!"他见柏杰士正伸手向衣袋里掏去,不禁害怕地闭上了眼睛。

可是,柏杰士在口袋里摸了半天,突然对大伙说:"对不起,没有信了。"理查兹夫妇听到这句话简直比听到福音还要激动:"上帝保佑,柏杰士把我们给他的信弄丢啦!"夫妇俩惊喜得连身子都发软了。

这时台下有一个人站起来说:"我觉得这笔钱应该属于全镇最诚实廉洁、唯一没有受到那袋金币诱惑的人——理查兹先生。"他的话音刚落，场下响起一片掌声，这掌声使理查兹夫妇羞得几乎无地自容。

柏杰士从钱袋里捧出一把金币看了看，突然他的脸色变了，忙低下头去仔细察看，还拿了一块金币放在嘴里咬了一下，然后抬起头对大家说："上帝，这哪是什么金币，全是镀金的铅饼！"全场一下子又变得鸦雀无声了，接着就有人咒骂："该死的外乡人，该死的赌徒，他是在欺骗我们，耍弄我们！"会场混乱起来。

"安静，安静。"柏杰士忙用小槌敲打桌面，"钱袋底下还有一张纸，让我们来看看上面写了什么。"说着，他双手展开字条，大声念道：

> 赫德莱堡的公民们，其实根本没有什么外乡人，也没有什么二十块钱和金币。有一天我路过你们这里，受到了你们的侮辱，我发誓要报复你们，报复你们整个镇的人。后来，我发觉你们并不像传说中那么诚实，而是到处隐藏着虚伪和欺诈，因此，我故意设了这个圈套，目的是让你们镇里最有名望的人出丑，让这个所谓诚实的镇在全国出丑。

柏杰士读到这里，不由得低下了头，说："他赢了，他的那袋假金币把我们全镇的人都打败了！"

"不，有一个人他没有打败，那就是理查兹先生。"

说话的人话音刚落，赫德莱堡的人突然像被注射了一针强心剂，一起高叫起来："理查兹万岁，万岁理查兹！"他们为镇上还有这么一位不受金币诱惑的公民而自豪。人们拥过来，把理查兹先生扛到了肩上。

柏杰士也从沉重的打击中清醒过来，说道："对，我们应该为理查兹先生庆功。我建议，我们立即当众拍卖这袋假金币，把拍卖所得的钱全部赠送给理查兹先生!"他的建议立刻得到大家的赞同。拍卖由一块钱起价,十二块,二十块,一百块,最后这袋假金币由造币厂老板哈克尼斯以四万块买去。

理查兹夫妇做梦也没想到,这袋不值几个钱的铅饼竟能卖到四万块,而且这钱还是归他们所有。散会后,人们唱着歌,把理查兹夫妇送到家中,当然还有那张四万块的现金支票。

理查兹夫妇得到这笔钱后,反而睡不好觉,吃不好饭。这天,柏杰士托人送来一封信。理查兹赶忙关上房门,拆开信来看:

> 那天我是存心救你,你的信我并没有丢失。我之所以这么做,是为了报答你曾经挽救过我的名誉。我是一个知恩必报的人。

理查兹看完这封信,顿觉天旋地转。他想,完了。自己的把柄落在了柏杰士的手里。他不是说"我是一个知恩必报的人"吗?这很明显是在暗示我要报答他。天哪,这该死的钱,该死的诱惑!

从此,理查兹夫妇时刻经受着悔恨和怕事情败露的双重折磨,不久就患重病去世了。赫德莱堡的人不禁叹息:"唉,可怜的理查兹夫妇没有福气啊,他们可是我们镇最诚实的人啊!"

真的与假的单纯①

◎ 弗朗索瓦·费奈隆

> 弗朗索瓦·费奈隆（1651—1715），法国著名神学家。1689年，路易十四委任他为自己孙子的教师，后被放逐。

单纯是灵魂中一种正直无私的素质；它与真诚不同，比真诚更高尚。许多人真心诚恳，却不单纯。他们只望别人按他们的本来面目认识他们，不愿意遭人误解。他们总在想着自己总在斟酌辞句、反省思量、审视行为。唯恐过头，又怕不足。这些人真心诚恳，却不单纯。他们不能和人坦然相处，别人对他们也小心拘谨。他们不坦率、不真诚、不自然。我们倒宁愿同不那么正直，不那么完美，也不那么矫揉造作的人相处。世人以此准则取人，上帝也以此作判断。上帝不愿我们用这样多的心思于自己，好像我们要时时对镜整理自己的容颜。

完全集中注意他人而不内省是某些人的一种盲目状态。这人全神贯注于眼前事物以及感官感受到的一切。这恰好是单纯的反面。以下是两种极端相反的例子：其一是不管为同类还是为上帝效力，均全

---

① 选自《名人演讲一百篇》，石幼珊译，中国对外翻译出版公司，商务印书馆香港分馆1990年版。

然忘我地投入；另一是自以为聪明含蓄，心中充满自我，只要自满的情绪受到丝毫干扰便心烦意乱。这是虚假的聪明；表面上堂而皇之，实际上跟纯为追求享乐的愚蠢行为同样荒唐。前者昏昏然陶醉于眼前看到的一切，后者陶醉于自认为内心已占有的一切。这两者都是虚妄的。一心只注意内心的冥思默想确比全神贯注于外界事物更有害，因为这样看来聪明而实则不然；我们不以此为，非不想改正，反引以为荣；我们肯定这种行为；它给我们一种不自然的力量；这是一种疯狂状态，我们却不自觉；我们病入膏肓却还自以为身体强健。

单纯存在于适度之中，我们在其中既不过分兴奋，也不过分平静。我们的灵魂不因过多注意外界事物而无法做必要的内省；我们也并不时刻考虑自己，使维护自己美德的戒备心理无限膨胀。我们的灵魂要是能够无羁无绊，直视眼前的道路，并不白白浪费时间于权衡研究脚下的步伐，或是回顾已经走过的道路，这才是真正的单纯。

真话比整个世界的分量还重 ①

◎ 亚历山大·索尔仁尼琴

> "我一生中苦于不能高声讲出真话。我一生的追求就在于冲破阻拦而向公众公开讲出真话。"
>
> ——摘自索尔仁尼琴的《牛犊顶橡树》

我由于意识到世界文学是由一个单独的巨大心脏组成而感到快慰，这是种十分重要的意识，因为世界文学把我们的世界的焦虑和烦恼搞清楚了，尽管这些焦虑和烦恼在世界的各个角落里被展现和被感知的方式不同。

除了年代久远的民族文学之外，甚至在过去的时代也存在着有关世界文学的概念，它是环绕着民族文学的高峰的选集，是文学间的相互影响的总和。但又出现了时间上的一种间隔：读者和作家只有在一段时间间隔之后才认识使用别的语言的作家，有时这个间隔持续

---

① 选自《大学新语文》，夏中义主编，北京大学2005年版。

索尔仁尼琴的伟大在于他并不将自己对祖国的爱盲同于爱政权。正是由于他毕生对苏俄政权采取那种批判、反思的态度，使他赢得了人民的尊敬。

数世纪之久，因而相互间的影响也延迟了，而民族文学的高峰的选集只显现在后人的眼前，而不是显现在同时代的人的眼前。

但是今天，在一个国家的作家和另一个国家的作家及读者之间有着一种交互作用，这种交互作用如果不是同时发生的话也是几乎如此。我本人就有这种体验。我的那些还没有在我的祖国印行的书，令人可叹，却很快就找到了易起反应的、遍及全球的读者，尽管译文是匆忙的，并且往往是拙劣的。像亨利希·伯尔这样的著名西方作家已对这些作品做了批评性的分析。在所有这些过去的岁月里，我的工作和自由还没有安身立命之地，与地球引力法则相反，它们就好像悬挂在空中一般，好像悬挂在虚无之中——悬挂在一种富有同情心的公众膜状物的看不见的无言的绷紧状态上；然后，我带着感激的温暖，而且也是完全出乎意料地得知，我得到了作家的国际兄弟之情的进一步的支持。在我五十岁的生日的时候，我吃惊地收到了来自西方著名的作家的祝贺。我所受到的一切压力并非无人注意。在我被开除出作家协会的那些危险的几周里，世界杰出作家所推进的防护墙保护了我，使我免遭更糟糕的迫害；而且挪威的作家和艺术家们在倘若我的被放逐付诸实施时，好客地为我准备了容身之地。最后，甚至我的获诺贝尔奖的提名也不是在我生活和写作的国度里被提出的，而是由弗朗索瓦·莫里亚克和他的同事提出的。再到后来，所有作家协会也表达了对我的支持。

这样我就理解了并且感到，世界文学不再是一部抽象的作品选集，也不是文学史家们所杜撰的一种概括；更准确地讲，它是某种公共的躯体和一种公共的精神，是一种反映了人类的成长着的团结的一种有生命力的、内心感受到的团结。国家的边界仍然在变得深红，那是被电网和喷发的机枪烧红的；形形色色的内务部长们仍然认为文学也是在他们管辖范围之内的"内部事物"；报纸的大字标题仍然醒目地排印着："无权干涉我们的内政！"可是在我们的拥挤的地球上却并没有剩下任何内政！人类的唯一的拯救就在于每一个人都把每一件事都当成他自己的事，在于东方的人民生命攸关地关切着西方在想着什么，而西方的人民又生命攸关地在关切着东方在发生着什么。文学是人类所拥有的最为敏感、最易起反应的工具之一，因而也就成为最早采纳、吸收并且抓住对人类的增长的团结的这种感觉的工具之一。因而我充满信心地转向今天的世界文学——转向成百上千位我从未见过本人而且可能永远也见不到的朋友。

朋友们，如果我们毕竟还有价值的话，那就让我们努力有所帮助吧！自太古以来，在你们的被不调和的政党、运动、社会等级和团体所撕裂的国家里，是谁构成了那种团结的而不是分裂的力量呢？然本质上讲那儿有着作家的位置：他们的民族语言的表达者——民族的主要凝固力，其人民所占据的土地本身的凝固力，尤其是其民族精神的凝固力。

尽管怀有偏见的人民和政党被灌输以种种思想和信仰，但我却相信，在人类的这些烦恼的时刻里，世界文学有帮助人类的力量，有看清人类的真相的力量。世界文学有力量将浓缩了的经验从一个国家传送到另一个国家，这样我们也就不再分裂和惶惑，不同的价值标准也就有可能得以取得一致，一个国家能正确而概括地学习另一个国家真正的历史，而且好似它也有同样经历般似的，以这样的承认和痛苦的意识的力量来学习，这样一来它也就得以不再重复那些相同的残酷的错误。也许在这种情况下，我们这些做艺术家的也就将能够在我们自身之内培育出一种拥抱整个世界的视野；当位于中央时我们就像任何其他人一样观察就近的事物，而当处于边缘时我们将开始把在世界的其他地方发生的事情拉进来。而且我们将相互关联，我们将观察宏大的世界。如果不是作家的话，那又是要谁去做出判断呢？这不仅仅是对他们的不成功的政府做出判断（在某些国家这是挣得面包的最轻而易举的方式，是任何一个不是懒汉的人的职业），而且也是对人民自身做出判断，在人民的怯懦的谦卑或者自我满足的软弱之中对人民自身做出判断。又要谁去对青年人的力不胜任的长跑冲刺做出判断，对挥舞着大刀的年轻海盗做出判断呢？

我们将被告知：针对公开的暴力的无情猛攻，文学又有可能做些什么呢？但是我们不要忘记，暴力并不是孤零零地生存的，而且它也不能够孤零零地生存：它必然与虚假交织在一起。在它们之间有着最亲密的、最深刻的自然结合。暴力在虚假中找到了它的唯一的避难所，虚假在暴力中找到了它的唯一的支持。凡是曾经把暴力当作他的方式来欢呼的人就必然无情地把虚假选作他的原则。暴力在出生时就公开行动，甚至骄傲地行动着。但一旦它变得强大，得到了牢固的确立，它就立即感受到它周围的空气的稀薄，而且倘若不自贬成一团谎言的浓雾又用甜言蜜语将这些谎言包裹起来的话，它就不能够继续存在。它并非总是公开使喉咙窒息，也并不是必然使喉咙窒息，更为经常的是，它只要求其臣民发誓忠于虚假，只要求其臣民在虚假上共谋。

而一个纯朴而又勇敢的人所采取的简单的一步就是不参与虚假，就是不支持虚假的行动！让它进入世界，甚至让它在世界上称王称霸——但是却没有得到我的帮助。但是作家和艺术家却能够做得更多：他们能够战胜虚假！在与虚假进行斗争中，艺术过去总是取得胜利，而且现在也总是取得胜利！对每一个人来说这都是公开的，无可辩驳的！在这个世界上虚假能够抵御许多东西，但就是不能抵御艺术。

而且一旦虚假被驱散，那么赤裸裸的暴力就会立即显露出它的一切丑恶——而暴力也就变得老朽，将会死亡。

我的朋友们，我之所以相信我们能够在世界的白热的时刻帮助世界，其原因也就在此。而这并不是靠着为不拥有武器制造借口，不是靠着使我们自己沉溺于一种轻浮的生活——而靠的是参战！

在俄语中有关真理的格言是被人们所深爱的，它们稳定地、有时又是引人注目地表达了那种并非微不足道的严酷的民族经验：

一句真话能比整个世界的分量还重。

正因为如此，在这个想象的，亦即违反质量守恒和能量守恒原理的怪念头上，我既为我本人的行动也为我对整个世界的作家的呼吁找到了基础。

拒绝谎言的忠告 [1]

◎ 陈仓

陈仓，青年学者、作家。

2008年8月3日，有"俄罗斯的良心"之誉的诺贝尔文学奖得主索尔仁尼琴逝世。俄罗斯总理普京为索老送行。全世界文坛不约而同地以各种方式纪念这位先哲、这位全世界良心作家的榜样。索老驾鹤西去，他为后世留下了大量珍贵的文学艺术与精神遗产，其中著名的随笔《莫要靠谎言过日子》值得我们经常温习。在这篇三千多字的随笔中，索老为我们开列了一份拒绝谎言的"清单"，其中包括九条让我们免入谎言陷阱的忠告。

索老说："决不以任何方式书写、签署和发表我认为歪曲真相的只字片言。"所以，当我们提笔书写、开口说话的时候，一定要做到心中有数。当有关一个事件的信息不对称、资料不完整、背景很复杂、专业不对口时，最好不要发表评论。

索老说："不论是私人谈话，还是有许多人在场，都绝对不说这

---

① 选自《杂文月刊》2008 年第 10 期。

样的（假）话，自己不做，也不怂恿旁人，不鼓动，不宣传，不讲解，不炫耀。"作为作家，违心的话不要说，违心的事不要做，可以长期装病避免说谎，绝不可长期带"病"坚持说谎。

索老说："在绘画、雕塑、摄影、技术处理和音乐中不捏造、不涉及、不传播任何虚假的思想、任何歪曲事实之处。"赵本山在小品《卖拐》中使用的"忽悠"一词为什么会迅速成为当代流行语？关键是这个词深刻、简洁、明快地揭示了当下司空见惯的商业欺诈和混淆视听、歪曲事实真相的说谎行为。

索老说："既不在口头上，也不在书面上，为了迎合上面、为了增加保险系数、为了自己工作的顺利而援引'领导'言论，如果被援引的思想你不完全赞同或者文不切题的话。"有些人援引"领导"讲话不仅仅是溜须拍马、讨好上级，更严重的问题是拉大旗作虎皮，仗势欺人，指鹿为马，推卸责任，掩盖弄虚作假行为，达到其不可告人的目的。我们既不能随便援引讲话，又要防止骗子援引讲话欺骗听众。

索老说："不参加莫名其妙的会议，如果这样的会议与其意愿相反……"公众人物的公信力是读者和观众用真情、常识和信任聚合起来的，千万不能滥用。公众人物接到一些集会邀请时，一定要冷静地想一想，人家为什么请你去？千万不要参加有损公信力的活动，不要被说谎者当招牌使用，要对得起公众的信任。

索老说："不举手赞成不真心同意的提案，既不公开也不秘密投票赞成不称职或不可靠的人。"真正的知识分子要拒绝或避免出席那些有损人格尊严、丧失科学良心、违背实事求是原则的研讨会、评审会、协商会和座谈会等。

索老说："不让人赶着去参加颠倒黑白地讨论问题的会议。"现在不再会有专家被迫发言论证"亩产万斤"的事情了，但要警惕我们服从荒唐命令、保全"帽子"和饭碗的职务行为。

索老说："听到发言者的谎言、荒诞无稽的空论，立刻离开会场、讲堂、剧院和电影院。"谎言重复千遍就成为真理，因为谎言有一种潜移默化的污染作用。污水倒进清水，无论浓度大小，清水即成为污水。

索老说："不订阅也不购买报道失实的报刊。"阅读常识告诉我们，我们身边确有少数报刊是缺乏公信力的，最好不要浪费时间阅读。

品读索老的九条忠告，不难看出，长期一贯地拒绝谎言是一件不容易、不轻松的事情，需要高度的科学理性、足够的道德勇气、坚韧的求实态度，以及一以贯之的人文主义思想修养。

独白下的传统（节选）①

◎ 李敖

李敖（1935—），台湾作家、中国近代史学者、文化专家。著有《李敖大全集》、《李敖五十年》等多部著作。

"秉笔直书"是我国宝贵的史学传统，是历代史家所遵循和推崇的万世作史之准绳。不仅能使"乱臣贼子惧"，也是古代中国对皇权进行制约的力量。只可惜到了清代，大规模的文字狱使中国人秉直书写历史的态度为之改变，这种习气一直流毒至今。

直笔——"乱臣贼子惧"

孔夫子活的时候，天下大乱了，其实天下永远是大乱的。

孔夫子听说，有的做儿子的，居然杀了父亲！

孔夫子又听说，有的做臣子的，居然杀了皇上！

孔夫子气了！

---

① 选自《独白下的传统》，李敖著，人民文学出版社1989年版。

孔夫子瞪了眼睛，吹了胡子。

孔夫子拿起了一支钢笔，噢，不对，那时候没有钢笔；拿起了一支毛笔，噢，也不对，那时候也没有毛笔；孔夫子拿起了的是———一把刀！

呀！孔夫子怎么会拿刀？孔夫子斯斯文文的圣人，拿刀干什么？杀他父亲吗？不是！杀他皇上吗？当然也不是！杀那杀父弑君的凶手吗？好像有点是了。

其实孔夫子不是拿刀去杀任何人，孔夫子太老了，孔夫子杀不死任何人；孔夫子是儒者，孔夫子不会杀人。

但是有人不是说吗？孔夫子当鲁国的司寇（司法行政部长兼警备司令），大权在握，第三天就杀了他的政敌"少正卯"，孔夫子不是杀人吗？

但有人说这事是假的。即使是真的，孔夫子也不必亲自操刀，因为有刽子手老爷和刽子手老爷的鬼头刀。

那么，孔夫子拿刀干什么？

孔夫子拿刀并不是要杀人，而是吓唬人。

孔夫子拿起刀来，朝一块竹片刻去，刻了一片又一片，刻了许多字。最后，刻满了一大堆的竹片。

这些竹片，就是孔子时代的书。

孔子时代没有笔和纸，只有刀子和竹片，刀子刻在新砍下来的青竹片上，一刻上去，竹片直冒水，像是流"汗"一样，所以叫做"汗青"。

所以，古人一提到"汗青"，就象征着书籍，也象征着历史。古人的诗说："留取丹心照汗青"、"独留青史见遗文"，就是这个缘故。

孔夫子"汗青"九个月，完成了一部"青史"。

这部"青史"，是中国第一部有系统的历史书，它的名字叫《春秋》。

《春秋》一共16572字，每8个字，刻在一块竹片上，你说刻了多少片?

孔夫子写《春秋》的目的,并不是要杀乱臣贼子,而是要乱臣贼子害怕。

什么是乱臣贼子?凡是不守臣子的本分的,都是乱臣贼子。

什么是臣子的本分?臣子的本分是要乖乖地听话,要在自己的岗位上,小心翼翼地做事,不要做一点分外的事。不该你做的事,你不该管闲事。管闲事就是"越俎代庖"。

孔夫子写《春秋》,目的就是要大家个个都在自己岗位上做事,该做什么的,就做什么,不要不守本分!

可是,怪事就出在这儿,写这本《春秋》劝人守本分的人,自己就不守本分!

因为孔夫子的本分,不是"写历史的官"——史官,他没有资格写历史,《春秋》不该是他写的,就好像耗子虽讨厌,狗却不可抓耗子。

可是,孔夫子老了,他不管三七二十一,他还是写了。

他不但写,还不许别人参加意见,他的学生"子夏"站在旁边,两眼瞪着,一个屁也不敢放,只能帮忙搬竹片、磨刀。

孔夫子太伟大了,伟大得使学生"不能赞一辞"!

孔夫子把《春秋》写好了,双手一拍,向学生说:他知道他不该写这部书,可是希望大家原谅他。看了这部书,了解他的人,可以根据这部书了解他;骂他的人,根据这部书,也有足够的理由骂他。他自问凭良心写,管不了那么多、管不了那么多、管不了那么多。

但是,糟糕的是,孔夫子自己却没完全凭良心——孔夫子在《春秋》里,竟做了好多好多的手脚。

孔夫子是春秋时代鲁国人,在《春秋》所记的两百四十年中,鲁国的皇帝,四个在国内被杀,一个被赶跑,一个在国外被杀,这样六件重大的事,孔夫子竟在《春秋》里,一个字也不提。这哪里是写真相呢? 这不是有意说谎吗?

正因为孔夫子在有意说谎, 所以, 他的学生们也就跟着造谣, 竟说: "鲁之君臣, 未尝相弑!" 意思是说: "我们鲁国呀, 没有家丑。皇帝和臣子之间, 没有凶杀案!"

像这一类有意说谎的例子, 还多着呢!

如狄国灭了卫国, 孔夫子为了替齐桓公遮盖, 竟把这样一件大事一笔带过, 写也不写。

又如晋国诸侯竟传见周朝的皇帝, 这是很不成体统的事, 孔夫子为替晋文公遮盖, 特意改变一种写法, 与事实的真相差了十万八千里。

孔夫子为什么要做这些有意说谎的行为呢? 研究他的原因, 乃是由于孔夫子主张——

　　为尊者讳
　　为亲者讳
　　为贤者讳

换成白话, 是——

　　为所尊敬的人瞒瞒瞒
　　为亲人瞒瞒瞒
　　为贤者瞒瞒瞒

孔夫子写书的目的, 本是要把那些他看不惯的人的行为, 记入青史的; 但是人总是有缺点的, 连孔夫子所尊敬的人和他的亲人、贤者也不例外, 竟也有使人看不惯的行为出现, 如果孔夫子不管三七二十一, 把这些看不惯的行为, 一古脑儿写进了, 那么人家一看到，对"所尊敬的人"、对"亲人"和"贤者"的敬意，也就大打了折扣。所以，孔夫子呀，宁愿说谎。这种在历史上说谎，有一个专名词，叫做"曲笔"。"曲笔"就是该直着说的话，要把它歪曲了来说。相反的，有什么，就说什么；该怎么说，就怎么说的做法，也有一个专名词，叫做"直笔"，就是正直的笔。

孔夫子写《春秋》，本来是要用"直笔"来使"乱臣贼子"害怕的，但是写来写去，他竟写出那么多的"曲笔"，可见写"直笔"是多么不容易！

孔夫子主张写"直笔"的意思，并不是他发明的，在孔夫子以前，中国早就有了这种传统。中国字历史的"史"字，最早的写法是上面是"中"字，下面是"又"字，就是"手"字。用"手"把持住"中"字，是什么意思，你就不难明白。

这个"史"字，一开始的意思不是指"历史书"，而是指"史官"。"史官"在上古时候，是地位很重要的一种官，他掌管天人之间的许许多多的事，像天时、历法、预言等等，做史官的，都脱不了分。后来史官的权力渐渐缩小，缩小到只记录国家大事。史官的名目很多，像"大史"、"小史"、"内史"、"讲史"、"左史"、"右史"，记录的范围从日月星辰变化，直到内政外交，皇帝的一举一动，都逃不过史官的刀尖（不是笔头）。

现在举一个"皇帝的一举一动，都逃不过史官的刀尖"的例子：周朝成王小时候，曾跟他的弟弟叔虞一块玩，成王用树叶刻了一块"珪"（"珪"是刻图章用的一种玉，皇帝给别人官做，要给印，就是"珪"），然后随手把这片树叶送给他弟弟，说："拿这个封你！"这时候史官在旁边，一听就记下来了。后来史官请成王真正去封他弟弟，成王奇怪了，问为什么？史官说某月某日，你拿树叶刻图章给你弟弟，不是说要封他吗？成王说，我是开玩笑的！史官说："天子无戏言，言，则史书之、礼成之、乐歌之。"这样一来，成王只好封他弟弟了。

这个故事发生在两千年前，成王的弟弟被封后，成立了一个新国家，就是晋国。

现在流行的口号是"司法独立"，"教育独立"，古代若有流行的口号，该是"历史独立"。在古代的史官，他们的地位可说是相当独立的；不但独立，还可以照史官的意思，来写他判断的事实。最有名的例子是文天祥《正气歌》中所说的"在齐太史简，在晋董狐笔"。

公元前607年，晋国的灵公，被赵盾的弟弟赵穿杀死了。晋国的史官叫董狐，他竟在史书上写道：

> 赵盾弑其君。

赵盾跑过来，质问董狐说："董先生，你写错了吧？明明是我弟弟赵穿杀了皇帝，你怎么写我呢？"董狐说："你是朝廷大员，这件事情发生的时候，你躲在外面，可是没出国门；你回来了，又不追究凶手。你还脱得了干系吗？杀皇帝的不是你，又是谁呢？"于是赵盾心虚了，只好让董狐这样写，没法子。（当时赵盾真可以杀董狐一刀或一百刀，开始他太"笨"，没想起来干涉历史，所以就背着恶名，一背两千五百多年！）

董狐的例子，就是上面所说的史官"不但独立，还可以照史官的意思，来写他判断的事实"。

孔夫子就称赞过董狐，说他"书法不隐"，就是直笔写历史，不隐瞒什么。只可惜孔夫子自己，却是个"书法每隐"的家伙！

董狐这件事情过后五十九年，齐国又发生了皇帝被杀事件。凶手是大臣崔抒。于是史官又来了，史官叫太史，他写道：

> 崔纾弑庄公。

崔纾可没有赵盾那种好脾气，他光火了，立刻把史官杀掉！可是，事情却没完。史官的弟弟来了，还是这样写：

　　崔纾弑庄公。

崔纾又气了，又杀了一个。可是，事情还没完。史官的弟弟的弟弟又来了，又这样写：

　　崔纾弑庄公。

崔纾更气了，又杀了史官的弟弟的弟弟。

可是，事情还没完。史官的弟弟的弟弟的弟弟又来了，又这样写：

　　崔纾弑庄公。

于是，崔纾不气了，泄气了，他只好认输，不杀了，让史官随便写吧！（史官到底兄弟多，所以他们赢了！这样看来，兄弟少的，最好别干这一行。）

如果崔纾不泄气，硬是要把史官的兄弟都杀光，那可怎么办？别忙，史官还是有办法，齐太史只是"北史氏"，当时还有"南史氏"。南史氏听说崔纾杀史官，立刻跑去，也要歪着脖子，接着写直笔。后来看到齐太史家的老四成功了，南史氏才打道回府。

由此可见，史官的"人海战术"也满可怕，它教你来个杀不杀由你、写不写由我，看你拿武士刀的，把我这拿刻竹刀的怎么办！

又由此可见，史官不但是独立的，并且还是家族企业的，父亲传儿子的。

历史上为直笔而使脑袋搬家的，并不少见。前赵昭武皇帝（匈奴人）时候，公师就因写国史被杀；北魏道武皇帝（鲜卑人）时候，崔浩

李敖生平以深厚学问做护身，博闻强识。以嬉笑怒骂为己任，自誉为百年来中国人写白话文翘楚。著作等身，主要以散文和评论文章为主，著有《传统下的独白》、《独白下的传统》、《胡适评传》等。

也因为写国史被杀。但尽管有这一类干涉历史的例子，究竟不能算是"正宗"。在正宗上，皇帝还是要尊重史官的。公元6世纪的一个皇帝，就向一个著名的史官魏收说："我后代声名，在于卿手。"又一个皇帝，也向魏收说："好直笔，勿畏惧！我终不做魏太武（北魏道武皇帝）诛史官。"这些都是皇帝尊重史官的说话。

本来，在制度上，史官的独立，使皇帝都不能看他写的历史（历史是要留给后人看的）。凡是尊重制度的皇帝，没有不守这道行规的。甚至汉朝最凶狠的皇帝汉武帝，也不看史官司马迁写的《史记》，所以《史记》中才能批评他。到了后汉时候，王允就埋怨"武帝不杀司马迁，使谤书（指《史记》）流于后世"。其实王允不知道：光就这一点，说明了汉武帝的尊重史官、遵守制度。

这种制度，到唐朝以后，开始动摇。唐朝的一些皇帝，总忍不住要看史官写些什么（看看骂老子没有？）。这么一来，慢慢的，史官就不敢直笔了。

在史官的历史发生问题以后，在民间，有一些"野史"出来，表现直笔。当朝的皇帝虽一再警告、查禁，可是总不能斩草除根。"若想人不知，除非己莫为。"统治者做了坏事，要瞒，是瞒不了的；要烧，是烧不光的。"流芳"呢？还是"遗臭"？历史总不会放过他。

提倡写"直笔"的孔夫子，当他竟也骗人，写了"曲笔"的时候，历史上，也留下他的纪录。历史是不讲感情的，讲感情便不是真历史。历史只讲求真相，由求真的人，不断的、千方百计的记载它的真相。古往今来，许多坏蛋们想逃过历史、改变历史，可是他们全部失败了。历史是一个话匣子，坏蛋们怕人说话，可是历史却说个没完。坏蛋们真没法子。

谏诤——"宁鸣而死，不默而生！"

"宁鸣而死，不默而生"出自于范仲淹的《灵乌赋》，本是提倡勇于向皇帝谏诤的大无畏勇气，后来成为了历代知识分子不悔不惧追求人格独立、思想自由的信念。

中国古代的政府是专制政府，专制政府的代表人是皇帝。

皇帝是被尊为"天子"的人，"天子"是上天的、老天爷的儿子，来头极大，大家都怕他。

皇帝的权力很大，大到有时候连他自己也弄不清有多大。因为连他自己也弄不清，所以，他常常要试试看，看自己的权力到底有多大。所以，他要做很多事，要对付很多人，甚至要代表老百姓，跟"鬼神"和"自然"打交道。关于最后一项，皇帝的权力就显得很小很小，因为"鬼神"和"自然"并不买他的账。比如说，天不下雨了，皇帝的表现就是向"鬼神"和"自然"求雨，求呀求的，碰到他运气好，雨来了，于是老百姓就说皇帝很行；若碰到运气不好，任凭你怎么求，雨还是不来，皇帝也无所谓，他还是照样做他的皇帝——绝不让你做。

所以，在历史上，很多人做了皇帝，很多人想做皇帝。因为做皇帝太过瘾了，做皇帝权力很大。

皇帝由于权力很大，当他做一件对的事的时候，他会把一件事做得很好很好；当他做一件错的事的时候，他会把一件事做得很坏很坏。

一般傻头傻脑的小百姓都以为：皇帝的身份，既是上天的儿子，一定有一种"天纵之圣"，有一种天才与聪明，可以把一切事都做得很对。

对这种情形，不但傻头傻脑的小百姓以为如此，就是一些皇帝自己，也以为如此。他们真的以为他们是天才的化身，他们不会做错事。于是，做呀做的，结果许多错事竟做出来了！于是，为了使皇帝少做一点错事，一种制度便慢慢冒出来了，这种制度，叫做"谏官"制度。

"谏"，是一种劝告，"谏官"，是一种专门管劝告皇帝的官。这种官劝告皇帝不要做错事，劝告皇帝在做一件事前多想想，再想想。他们整天跟在皇帝身边，到处找皇帝的错。找到错以后，便提醒皇帝。

这种谏官，有许多种。有的叫"拾遗"，意思是把皇帝"遗"忘的东西"拾"起来，免得因遗忘而做错了事。

唐朝有一个大诗人，叫杜甫，他就做过这种"拾遗"的小官。

"拾遗"真是小官。为什么要把拾遗设计成小官呢？因为拾遗要给青年人做，青年人有火气，比较不老油条，看不惯的，就要说出来。一说出来，"谏官"的目的就达到了。因为谏官一类的职务，本来就是有话就要说的官，本来就是张开嘴巴哇哇说话的官。为了使谏官肯说话、敢说话，不怕一切后果和损失，所以给他们的职位，便愈小愈好，一个人做了小官，便不在乎得失，大不了不干，不干就不干，一点也不会有恋栈惋惜的心情。官愈小，便愈敢说话，所以谏官都是小官。

除了"拾遗"以外，还有一种小官叫"补阙"，表示要替皇帝弥补过失；还有一种小官叫"司谏"，表示专门管谏诤的事；还有一种小官叫"正言"，表示向皇帝说正确的话。总之，这一类的小官们，名目很多。不管什么名目，他们的使命，统统都是向皇帝进忠告；他们的做法，统统都是挑皇帝的错。

当然，古代傻瓜们挑皇帝的错，并不止于"谏官"、"拾遗"、"补阙"、"司谏"、"正言"这一类小官，一般大臣们，他们也可以劝皇帝。

劝得成功，大家都高兴；劝得不成功，他一个人倒霉。

就人之常情而论，没有人喜欢在他做一件事的时候，旁边插了个多嘴的人来捣蛋，何况这个多嘴的人还是要你给他薪水的。做皇帝的也不例外。做皇帝的有大权力，他本可以把向他多嘴的人杀掉或赶跑，或者按在地上打屁股，但他要忍耐着不这样做，这种忍耐，的确需要一点功夫。

古代皇帝中愈有忍耐功夫的，愈会被人称赞，他们接受臣子们劝告，或者虽不接受，但有耐心听听，就会被称为是好皇帝。他们这种作风，就被称为"纳谏"，翻成白话，是接"纳""谏"言；如果皇帝不接受臣子们的劝告，也有一个名词，叫做"拒谏"，翻成白话，是"拒"绝"谏"言。谏言拒绝多了，或者因为谏言而发脾气、赶人、打人、杀人，这种皇帝，历史上就叫做"昏君"，是坏皇帝。

中国历史上最早的"拒谏"传说，是殷朝的比干的故事，比干因为劝皇帝，皇帝气起来了，下命令挖掉他的心，当时的皇帝叫商纣，所以以后一提到"拒谏"的坏皇帝，大家就说商纣考第一（有一次，汉朝的高祖被大臣周昌骂做商纣，可是他没生气，他没生气，就表示他不是商纣）。中国最有名的"纳谏"例子，是皇帝唐太宗和谏官魏征。魏征在唐太宗生气的时候，也不怕，也要劝他，在这种"紧要关头"（紧要关头是指有的皇帝就要因忍耐不住而赶人、打人、杀人的关头），唐太宗却常常把气按住，不生了。

唐太宗和魏征之间，常常有一些有味儿的故事：

有一次，唐太宗要到南山去，都准备好了，刚要出发，魏征来了，唐太宗立刻装做没事的样子，因为他知道魏征是反对他去南山的。但是魏征很直爽，他问："听说皇上要去南山，怎么没走呢？"唐太宗说："本来是要走的，因为怕你生气，所以决定不走了。"

又有一次，唐太宗正在玩一只鸟，正好魏征进来了，唐太宗怕给魏征看到他在玩，不好意思，赶忙把鸟藏在胸前的衣服里。魏征说了一大堆话才走，唐太宗赶紧把衣服解开，可是鸟已经闷死了。

关于魏征的故事，后代的人都很向往。有一天，元朝的英宗跟大臣拜住说："我们这个时代，可还有像唐朝魏征那样敢说话的人吗？"拜住回答说："什么样的皇帝，才有什么样的大臣。一个圆的盘子，水放进去，是圆的；一个方的杯子，水放进去，是方的。因为唐太宗有度量肯'纳谏'，所以魏征才敢说真话、才肯说真话。"元英宗听了，不以为然。

所以，还是皇帝重要，碰到一个坏皇帝，你乱多嘴，脖子不挨刀，那才怪！

有一部古书，它是中国的"十三经"之一，叫《礼记》，里面有一段话，是告诉做臣子该如何劝皇帝的。《礼记》说：

对皇帝，你要劝他；他不听，再劝他，再劝不听，第三次劝他。第三次劝他他还不听，你就逃掉算了；但是对你的爸爸妈妈，你的态度就要不同了。对父母，你要劝他；他不听，再劝他；再劝不听，第三次劝他。第三次劝他他还不听，你不能逃掉，你要哭哭啼啼地跟着他，到他听了你的话为止。

《礼记》这一段指示，其实许多古人都没听它。古人中有的劝皇帝，劝一次皇帝不听，就吓得不敢再劝了；有的劝三次不听，他还是要劝，甚至要哭哭啼啼起来。

宋朝光宗的时候，他忽然不想上朝了。可是大臣们去请他，请得没法，他只好出来，走到门口，忽然皇后把他拦住，说："天好冷啊！我们喝酒去嘛！"皇帝一听，就又不朝前走了。这时候，有一个大臣叫傅良的，立刻跑上前去，不管三七二十一，伸手拉住皇帝的衣服，不让他回去喝酒。皇后气起来了，大骂说："你是不是要找死？"傅良听了，立刻哭哭啼啼地说："君臣如同父子，儿子劝父亲不听，一定要哭哭啼啼地跟着他!"

这个故事,说明了古代劝皇帝的人,并没有一定的中央标准局劝法,并不如《礼记》所要求的,劝三次不听,就逃掉。有些古代的臣子们,他们劝皇帝,常常采取激烈的法子。有的拉皇帝衣服;有的拉皇帝的马;有的要表演自杀;有的拼命磕头,磕得满脸是血。有的皇帝对劝他的人很讨厌,为了怕人劝他做某件事,干脆在做某件事之前,先来个声明,声明的文字常常是——

有谏即死,无赦!(翻成白话是"不要劝我呀!谁劝我我就宰谁,绝不饶他!")

敢有谏者,斩!(翻成白话是:"谁敢劝我,我砍谁的脑袋!")

做皇帝的,本以为这样"有言在先",应该不再有人多嘴了,应该把那些长舌头的男士们吓唬住了,这样一来,应该少去不少麻烦了。可是呀,没用,还是没用,还是有一些敢死队前来冲锋,来把脖子朝皇帝的刀下塞。例如楚国的庄王,说了谁谏就杀谁的,可是苏纵还是要去劝他;又如晋国的灵公,也说了谁谏就杀谁的,可是孙息还是要去劝他。做皇帝的,简直气得没法。

有些大臣看到皇帝做错事,劝他不听,常常要用无赖的方法去阻止。汉朝光武帝本来要出去玩玩的,刚上车,大臣申屠刚劝他不要去,申屠刚的理由是:天下还没平定,你皇帝大人怎么好去玩?光武帝不听,下令开车,申屠刚见皇帝不听,立刻趴在地上,把头塞在车轮子里,意思是说:"你要不听我的,我就不要活了!你干脆用车把我压死算了!你压呀!你压呀!"这么一来,光武皇帝服了,只好不去玩了。

宋朝徽宗的时候,有一次大臣陈禾向皇帝说话,皇帝听得不耐烦,气得站起来了,陈禾立刻跑过去,拉住皇帝的衣服,说:"请听我讲完。"皇帝不听,硬是要走,陈禾非要他听,硬是拉住不放,结果裂帛一声,皇帝的衣服被撕破了,皇帝大骂:"你看,你把我衣服弄破了!"陈禾说:"你为了不听我的话,不在乎衣服;我为了使你听我的话,也不在乎脑袋!"

像这类当作纪念品,当作一种鼓励和象征的事,宋徽宗是有根据的。汉朝成帝的时候,一个叫朱云的,本是陕西地方的一个小官,但他要求见皇帝。在大庭广众之间,皇帝接见了他。朱云说:"现在朝廷的大臣,都是占着职位吃白饭、不管事的,都不能帮皇帝的忙,我请求皇帝给我一把剑,杀个坏大臣,好给这些人一点警告。"皇帝一听,气起来了,说:"这个小官,居然在朝廷上侮辱大臣,杀掉他!"于是左右的人跑来抓朱云,朱云用手攀住宫殿的栏杆,死不肯放,别人用力一拉,结果连坚固的栏杆都给弄断了。朱云大叫说:"我这回可跟比干等忠臣一起到地下去云游了,只不知道你们可怎么办!"这时候,将军叫辛庆忌的,立刻跑到皇帝前面,磕起头来,他说:"这个小官太直爽了,如果他的话说得对,不该杀他;如果说得不对,我们应该包容他。我愿意以一条老命,来为朱云争取他的命!"话说完了,辛庆忌就梆梆梆梆磕起头来,磕个没完,磕得满头是血。于是,皇帝气消了,说算了。后来木匠要来换栏杆,皇帝说:"不要换了,补一补就好了!就让它那个样子,作为一种鼓励、一种象征。"

还有一种情形,表面上,皇帝准许臣子可以有话直说,原因却不是由于皇帝度量大,而是怕外国人知道了,不好看。明朝仁宗时候,大臣戈谦劝他不听,旁边有人拍皇帝马屁,知道皇帝讨厌戈谦,特进马屁要求把戈谦赶走,皇帝同意了。这时候,一名叫杨士奇的,立刻劝皇帝说:"现在外国人来朝见皇帝的很多,这件事若传到外国去,洋鬼子们就要说我们没有度量、没有自由了,这是不好的。"于是皇帝就算了。

另外一种情形,皇帝宽大是为了怕历史,怕历史家记他的不好。宋朝的太祖赵匡胤,喜欢打鸟(那时候没有猎枪,用的是弹弓)有一天，玩得高兴，左右报告说，有大臣为了急事来求见，皇帝叫人把这个大臣叫进来听报告，听了半天，只是普通的事情。宋太祖气了，他问："为什么这种普通的事现在来报告？"那大臣答说："我认为这种事并不普通，至少比打鸟还重要！"皇帝更气了，立刻拿家伙打这大臣的嘴，结果门牙两颗，打掉在地下。那个大臣一句话也不说，只是弯下腰来，把门牙捡起，往口袋里一放。皇帝奇怪了，问他说："你捡门牙，是不是要到法院告我？"那大臣说："我怎么敢告皇帝？这件事，自然会有历史家去写！"皇帝一听，笑起来了，下令送这大臣许多钱，表示抱歉。

历史上关于臣子劝皇帝的故事，很多很多。为劝皇帝而挨刀流血的，也很多很多。可是一些不要命的臣子们，还是要一个接一个，劝个没完。宋朝一位做过谏官的，叫做范仲淹，他曾有过"先天下之忧而忧，后天下之乐而乐"的名言，他还做过一篇《灵鸟赋》，高叫作为知识分子的人，要——

　　宁鸣而死，
　　不默而生！

表示一个人只有为"鸣"不计一切，才算是一个人。一个人要宁肯为"鸣"而死，也不要因沉默而活。在中国历史上，向皇帝谏诤的人，理由并不见得正确，目标也不见得远大，但是他们的基本精神则是一致的，那基本精神就是：

　　看到坏的，我要说；
　　不让我说，不可以！

　　（附记）有人拿谏诤事实与制度，来比拟言论自由的事实与制度，这是比拟不伦的。谏诤与言论自由是两回事。甚至谏诤的精神，和争取言论自由的精神比起来，也不相类。言论自由的本质是：我有权利说我高兴说的，说的内容也许是骂你、也许是挖苦你、也许是寻你开心、也许是劝你，随我高兴，我的地位是和你平等的；谏诤就不一样，谏诤是我低一级，低好几级，以这种不平等的身份，小心翼翼地劝你。

沉默的大多数 ①

◎ 王小波

王小波（1952—1997），当代著名学者、作家。无论为人、为文都颇有特立独行的意味，其写作标榜"智慧""自然的人性爱""有趣"，作品别具一格，深具批判精神。

二十多年前，我在云南当知青。除了穿着比较干净、皮肤比较白晰之外，当地人怎么看待我们，是个很费猜的问题。我觉得，他们以为我们都是台面上的人，必须用台面上的语言和我们交谈——最起码在我们刚去时，他们是这样想的。这当然是一个误会，但并不讨厌。还有个讨厌的误会是：他们以为我们很有钱，在集市上死命地朝我们要高价，以致我们买点东西，总要比当地人多花一两倍的钱。后来我们就用一种独特的方法买东西：不还价，甩下一叠毛票让你慢慢数，同时把货物抱走。等你数清了毛票，连人带货都找不到。起初我们给的是公道价，后来有人就越给越少，甚至在毛票里杂有些分票。假如我说自己洁身自好，没干过这种事，你一定不相信；所以我决定不争辩。终于有一天，有个学生在这样买东西时被老乡扯住了；但这个人决不是我。那位老乡决定要说该同学一顿，期期艾艾地憋了好半

① 选自《白话的中国：二十世纪人文读本》，严凌君主编，商务印书馆2003年版。

天，才说出：哇！不行啦！思想啦！斗私批修啦！后来我们回家去，为该老乡的话语笑得打滚。可想而知，在今天，那老乡就会说：哇！不行啦！五讲啦！四美啦！三热爱啦！同样也会使我们笑得要死。从当时的情形和该老乡的情绪来看，他想说的只是一句很简单的话，那一句话的头一个字发音和洗澡的澡有些相似。我举这个例子，绝不是讨了便宜又要卖乖，只是想说明一下话语的贫乏。用它来说话都相当困难，更不要说用它来思想了。话语圈子里的朋友会说，我举了一个很恶劣的例子——我记住这种事，只是为了丑化生活；但我自己觉得不是的。

我在沉默中过了很多年：插队，当工人，当大学生，后来又在大学里任过教。当教师的人保持沉默似不可能，但我教的是技术性的课程，在讲台上只讲技术性的话。下了课我就走人。照我看，不管干什么都可以保持沉默。当然，我还有一个终生爱好，就是写小说。但是写好了不拿去发表，同样也保持了沉默。至于沉默的理由，很是简单。那就是信不过话语圈。从我短短的人生经历来看，它是一座声名狼藉的疯人院。当时我怀疑的不仅是说过亩产三十万斤粮、炸过精神原子弹的那个话语圈，而是一切话语圈子。假如在今天能证明我当时犯了一个以偏概全的错误，我会感到无限的幸福。

我说自己多年以来保持了沉默，你可能会不信；这说明你是个过来人。你不信我从未在会议上"表过态"，也没写过批判稿。这种怀疑是对的：因为我既不能证明自己是哑巴，也不能证明自己不会写字，所以这两件事我都是干过的。但是照我的标准，那不叫说话，而是上着一种话语的捐税。我们听说，在过去的年代里，连一些伟大的人物都"讲过一些违心的话"，这说明征税面非常的宽。因为有征话语税的事，不管我们讲过什么，都可以不必自责：话是上面让说的嘛。但假如一切话语都是征来的捐税，事情就不很妙。拿这些东西可以干什么？它是话，不是钱，既不能用来修水坝，也不能拿来修电站；只能搁在那里臭掉，供后人耻笑。当然，拿征募来的话语干什么，不是我该考虑的事；也许它还有别的用处我没有想到。我要说的是：征收话语捐的是古已有之。说话的人往往有种输捐纳税的意识，融化在血液里，落实在口头上。在这方面有个例子，是古典名著《红楼梦》。在那本书里，有两个姑娘在大观园里联句，联着联着，冒出了颂圣的词句。这件事让

王小波的文学存在是一个异数，他的小说充盈着思考的力量和智慧，被包裹在一种简单明彻而有些黑色幽默的外衣下，信手拈来，处处生花。

我都觉得不好意思：两个十几岁的小姑娘，躲在后花园里，半夜三更作几句诗，都忘不了颂圣，这叫什么事？仔细推敲起来，毛病当然出在写书人的身上，是他有这种毛病。这种毛病就是：在使用话语时总想交税的强迫症。

我认为，可以在话语的世界里分出两极。一极是圣贤的话语，这些话是自愿的捐献。另一极是沉默者的话语，这些话是强征来的税金。在这两极之间的话，全都暧昧难明：既是捐献，又是税金。在那些说话的人心里都有一个税吏。中国的读书人有很强的社会责任感，就是缴纳税金，做一个好的纳税人——这是难听的说法。好听的说法就是以天下为己任。

我曾经是个沉默的人，这就是说，我不喜欢在各种会议上发言，也不喜欢写稿子。这一点最近已经发生了改变，参加会议时也会发

言，有时也写点稿。对这种改变我有种强烈的感受，有如丧失了童贞。这就意味着我违背了多年以来的积习，不再属于沉默的大多数了。我还不致为此感到痛苦，但也有一点轻微的失落感。开口说话并不意味着恢复了缴纳税金的责任感，假设我真是这么想，大家就会见到一个最大的废话漏子。我有的是另一种责任感。

　　几年前，我参加了一些社会学研究，因此接触了一些"弱势群体"，其中最特别的就是同性恋者。做过了这些研究之后，我忽然猛省到：所谓弱势群体，就是有些话没有说出来的人。就是因为这些话没有说出来，所以很多人以为他们不存在或者很遥远。在中国，人们以为同性恋者不存在。在外国，人们知道同性恋者存在，但不知他们是谁。有两位人类学家给同性恋者写了一本书，题目就叫做 Word is out。然后我又猛省到自己也属于古往今来最大的一个弱势群体，就是沉默的大多数。这些人保持沉默的原因多种多样，有些人没能力、或者没有机会说话；还有人有些隐情不便说话；还有一些人，因为种种原因，对于话语的世界有某种厌恶之情。我就属于这最后一种。作为最后这种人，也有义务谈谈自己的所见所闻。

无声的中国①

◎ 鲁迅

鲁迅（1881—1936），原名周树人，文学家、思想家。

——二月十六日在香港青年会②讲以我这样没有什么可听的无聊的讲演，又在这样大雨的时候，竟还有这许多来听的诸君，我首先应当声明我的郑重的感谢。

我现在所讲的题目是：《无声的中国》。

现在，浙江，陕西，都在打仗③，那里的人民哭着呢还是笑着呢，我们不知道。香港似乎很太平，住在这里的中国人，舒服呢还是不很舒服呢，别人也不知道。

发表自己的思想、感情给大家知道的是要用文章的，然而拿文章来达意，现在一般的中国人还做不到。这也怪不得我们；因为那文

---

① 本篇最初刊于香港报纸（报纸名称及日期未详），1927年3月23日汉口《中央日报》副刊转载。据《鲁迅日记》，这篇讲演作于2月18日。（鲁迅《三闲集》）
② 青年会即基督教青年会，基督教进行社会文化活动的机构之一。
③ 这里说的浙江陕西在打仗，指1926年末至1927年初北洋军阀孙传芳在浙江进攻与广州国民政府有联系的陈仪、周凤岐等部，和1926年12月冯玉祥所部国民军在陕西反对北洋军阀吴佩孚的战争。

字，先就是我们的祖先留传给我们的可怕的遗产。人们费了多年的工夫，还是难于运用。因为难，许多人便不理它了，甚至于连自己的姓也写不清是张还是章，或者简直不会写，或者说道：Chang。虽然能说话，而只有几个人听到，远处的人们便不知道，结果也等于无声。又因为难，有些人便当作宝贝，像玩把戏似的，之乎者也，只有几个人懂，——其实是不知道可真懂，而大多数的人们却不懂得，结果也等于无声。

文明人和野蛮人的分别，其一，是文明人有文字，能够把他们的思想，感情，藉此传给大众，传给将来。中国虽然有文字，现在却已经和大家不相干，用的是难懂的古文，讲的是陈旧的古意思，所有的声音，都是过去的，都就是只等于零的。所以，大家不能互相了解，正像一大盘散沙。

将文章当作古董，以不能使人认识，使人懂得为好，也许是有趣的事罢。但是，结果怎样呢？是我们已经不能将我们想说的话说出来。我们受了损害，受了侮辱，总是不能说出些应说的话。拿最近的事情来说，如中日战争①，拳匪事件，民元革命这些大事件，一直到现在，我们可有一部像样的著作？民国以来，也还是谁也不作声。反而在外国，倒常有说起中国的，但那都不是中国人自己的声音，是别人的声音。

这不能说话的毛病，在明朝是还没有这样厉害的；他们还比较地能够说些要说的话。待到满洲人以异族侵入中国，讲历史的，尤其是讲宋末的事情的人被杀害了，讲时事的自然也被杀害了。所以，到乾

---

① 中日战争指 1894 年（甲午）日本军国主义侵略中国而引起的战争。拳匪事件，指 1900 年义和团反对帝国主义侵略的斗争。民元革命，即 1911 年（辛亥）孙中山领导的推翻清王朝、建立民国的民主革命。

隆年间，人民大家便更不敢用文章来说话了①。所谓读书人，便只好躲起来读经，校刊古书，做些古时的文章，和当时毫无关系的文章。有些新意，也还是不行的；不是学韩，便是学苏。韩愈苏轼②他们，用他们自己的文章来说当时要说的话，那当然可以的。我们却并非唐宋时人，怎么做和我们毫无关系的时候的文章呢。即使做得像，也是唐宋时代的声音，韩愈苏轼的声音，而不是我们现代的声音。然而直到现在，中国人却还要着这样的旧戏法。人是有的，没有声音，寂寞得很。——人会没有声音的么？没有，可以说，是死了。倘要说得客气一点，那就是：已经哑了。

要恢复这多年无声的中国，是不容易的，正如命令一个死掉的人道："你活过来！"我虽然并不懂得宗教，但我以为正如想出现一个宗教上之所谓"奇迹"一样。

首先来尝试这工作的是"五四运动"前一年，胡适之先生所提倡的"文学革命"③。"革命"这两个字，在这里不知道可害怕，有些地方是一听到就害怕的。但这和文学两字连起来的"革命"，却没有法国革命④的"革命"那么可怕，不过是革新，改换一个字，就很平和了，

---

① 指清初统治者多次施于汉族人民的文字狱，其中较著名的有康熙年间的"庄廷钺之狱"、"戴名世之狱"，雍正年间的"吕留良曾静之狱"，乾隆年间的"胡中藻之狱"等。这些文字狱的起因，都是由于他们在著作中记载了汉族人民在历史上（特别是宋末和明末）反抗民族压迫的事实，或涉及了当时一些政治事件，因而遭到迫害和屠杀。
② 韩愈（768—824）字退之，河阳（今河南孟县）人，唐代文学家，著有《韩昌黎集》。苏轼（1037—1101），字子瞻，号东坡居士，眉山（今属四川）人，宋代文学家，著有《东坡全集》等。
③ 胡适之（1891—1962）名适，字适之，安徽绩溪人。他在"五四"时期是新文化运动右翼的代表人物。这里所说他提倡"文学革命"，是指他在《新青年》杂志第4卷第4号（1918年4月）上发表的《建设的文学革命论》一文。
④ 法国革命指1789年至1794年的法国资产阶级革命。这次革命摧毁了法国封建专制制度，促进了法国资本主义的发展，并推动了欧洲各国的革命。

我们就称为"文学革新"罢，中国文字上，这样的花样是很多的。那大意也并不可怕，不过说：我们不必再去费尽心机，学说古代的死人的话，要说现代的活人的话；不要将文章看作古董，要做容易懂得的白话的文章。然而，单是文学革新是不够的，因为腐败思想，能用古文做，也能用白话做。所以后来就有人提倡思想革新。思想革新的结果，是发生社会革新运动。这运动一发生，自然一面就发生反动，于是便酿成战斗……

但是，在中国，刚刚提起文学革新，就有反动了。不过白话文却渐渐风行起来，不大受阻碍。这是怎么一回事呢？就因为当时又有钱玄同[①]先生提倡废止汉字，用罗马字母来替代。这本也不过是一种文字革新，很平常的，但被不喜欢改革的中国人听见，就大不得了了，于是便放过了比较的平和的文学革命，而竭力来骂钱玄同。白话乘了这一个机会，居然减去了许多敌人，反而没有阻碍，能够流行了。

中国人的性情是总喜欢调和，折中的。譬如你说，这屋子太暗，须在这里开一个窗，大家一定不允许的。但如果你主张拆掉屋顶，他们就会来调和，愿意开窗了。没有更激烈的主张，他们总连平和的改革也不肯行。那时白话文之得以通行，就因为有废掉中国字而用罗马字母的议论的缘故。

其实，文言和白话的优劣的讨论，本该早已过去了，但中国是总不肯早早解决的，到现在还有许多无谓的议论。例如，有的说：古文各省人都能懂，白话就各处不同，反而不能互相了解了。殊不知这只要教育普及和交通发达就好，那时就人人都能懂较为易解的白话文；

[①] 钱玄同（1887—1939）浙江吴兴人，文字学家，"五四"时期新文化运动的积极参加者。他在 1918 年 1 月《新青年》第四卷第一号《论注音字母》一文中提出，"高等字典和中学以上的高深书籍，都应该用罗马字母记音"；在同年 4 月《新青年》第四卷第四号《中国今后之文字问题》的"通信"中，提出"废灭汉文"，代以世界语的主张。

至于古文，何尝各省人都能懂，便是一省里，也没有许多人懂得的。有的说：如果都用白话文，人们便不能看古书，中国的文化就灭亡了。其实呢，现在的人们大可以不必看古书，即使古书里真有好东西，也可以用白话来译出的，用不着那么心惊胆战。他们又有人说，外国尚且译中国书，足见其好，我们自己倒不看么？殊不知埃及的古书，外国人也译，非洲黑人的神话，外国人也译，他们别有用意，即使译出，也算不了怎样光荣的事的。近来还有一种说法，是思想革新紧要，文字改革倒在其次，所以不如用浅显的文言来作新思想的文章，可以少招一重反对。这话似乎也有理。然而我们知道，连他长指甲都不肯剪去的人，是决不肯剪去他的辫子的。

因为我们说着古代的话，说着大家不明白，不听见的话，已经弄得像一盘散沙，痛痒不相关了。我们要活过来，首先就须由青年们不再说孔子孟子和韩愈柳宗元[①]们的话。时代不同，情形也两样，孔子时代的香港不这样，孔子口调的"香港论"是无从做起的，"吁嗟阔哉香港也"，不过是笑话。

我们要说现代的，自己的话；用活着的白话，将自己的思想，感情直白地说出来。但是，这也要受前辈先生非笑的。他们说白话文卑鄙，没有价值；他们说年青人作品幼稚，贻笑大方。我们中国能做文言的有多少呢，其余的都只能说白话，难道这许多中国人，就都是卑鄙，没有价值的么？至于幼稚，尤其没有什么可羞，正如孩子对于老人，毫没有什么可羞一样。幼稚是会生长，会成熟的，只不要衰老，腐败，就好。倘说待到纯熟了才可以动手，那是虽是村妇也不至于这

---

① 孔子（前551—前479）名丘，字仲尼，春秋末期鲁国陬邑（今山东曲阜）人，儒家学派创始人。他的主要言行记载在《论语》一书中。孟子（约前372—前289），名轲，字子舆，战国中期邹（今山东邹县）人，继孔丘之后儒家的代表人物。他的重要言行记载在《孟子》一书中。柳宗元（773—819），字子厚，河东（今山西运城）人，唐代文学家，著有《柳河东集》等。

样蠢。她的孩子学走路，即使跌倒了，她决不至于叫孩子从此躺在床上，待到学会了走法再下地面来的。

青年们先可以将中国变成一个有声的中国。大胆地说话，勇敢地进行，忘掉了一切利害，推开了古人，将自己的真心的话发表出来。——真，自然是不容易的。譬如态度，就不容易真，讲演时候就不是我的真态度，因为我对朋友，孩子说话时候的态度是不这样的。——但总可以说些较真的话，发些较真的声音。只有真的声音，才能感动中国的人和世界的人；必须有了真的声音，才能和世界的人同在世界上生活。

我们试想现在没有声音的民族是哪几种民族。我们可听到埃及人的声音？可听到安南，朝鲜的声音？印度除了泰戈尔①，别的声音可还有？

我们此后实在只有两条路：一是抱着古文而死掉，一是舍掉古文而生存。

_____

① 泰戈尔（1861—1941），印度诗人，著有《新月集》、《飞鸟集》和长篇小说《沉船》等。

伽利略与他的学生 [①]

◎ 魏得胜

魏得胜，学者、教授。

　　17世纪的欧洲，处于宗教专制的顶峰期，对于非传统的学术观点，或者说对神学构成威胁的论述，统统被视为"异端思想"。在当时，凡违禁者，不是被囚于阁楼抑郁而死，就是被施以火刑处死。1632年，意大利天文学家、物理学家伽利略因出版《关于托勒密和哥白尼两大宇宙体系的对话》，而被罗马宗教裁判所传讯。次年5月底，伽利略被羁。在看守所里，伽利略承受了巨大的精神压力，他决定向当局妥协。这意味着，伽利略要放弃他的地动说，亦即放弃真理。

　　1633年6月22日下午5点，对于罗马宗教当局，对于渴望真理的人们，形成一个对立的尖峰时刻。换句话说，如果在这一刻，圣·马库斯教堂的大钟被敲响，则意味着伽利略向当局、同时也是向荒谬低了头。随之，宗教法庭将宣读伽利略的悔罪书。教堂的广场上聚集了很多人，其中就有伽利略的学生安德雷亚。此时此刻，他的心情比任何

---

① 选自《2007 中国杂文年选》，鄢烈山编选，花城出版社 2008 年版。

人都沉重。我们知道，在安德雷亚还是个孩子的时候，他的母亲就把他带到了伽利略身边，母亲给伽利略做女佣，他则情随事迁地给伽利略做了一个小学生。因朝夕相处，伽利略与安德雷亚的关系，不仅是师生的，还有形同父子的。对于伽利略的悔罪，安德雷亚自然有着与他人不同的感情因素。

我们注意到，当伽利略置身人生的十字路口时，安德雷亚已成人，他对时局有着自己的判断。5点即将来临时，他情绪焦躁地捂住了耳朵。通过这个动作，我们知道，伽利略的荣

伽利略（1564—1642），意大利物理学家、天文学家和哲学家，近代实验科学的先驱者。其成就包括改进望远镜和其所带来的天文观测，以及支持哥白尼的日心说。

与辱，已成为安德雷亚的一部分。这种情感，已远远超出单纯的师生关系。时针指向5点03分，钟声没响。安德雷亚情绪激动，他伸开双臂紧紧拥住伽利略的助手费德尔佐尼，不住地高呼："他顶住了，他顶住了！这就是说：愚蠢被战胜了！这就是说：人不怕死！"

然而，安德雷亚话音未落，圣·马库斯教堂的大钟便轰然鸣响，众人瞠目结舌，呆若木鸡。安德雷亚的情绪一落千丈，他歇斯底里地叫道："没有英雄的国家真不幸！"安德雷亚并没有察觉，就在他说这句话的时候，他的老师伽利略已神情沮丧地走近他。血气方刚的安德雷亚丧失理性，乃至怒不可遏："酒囊饭袋！保住一条狗命了吧？"伽利略多少有些如释重负，他平心静气地说："不。需要英雄的国家真

不幸。"伽利略的意思是,如果一个国家需要英雄,说明这个国家正处在某种灾难之中。伽利略没有充当救真理于火的角色,而是选择了屈服。也就是他的学生安德雷亚所说的"保住了一条狗命"。

伽利略的命是保住了,但他并没有获得人身自由。1633—1742,整整八年时间,伽利略作为宗教法庭的囚犯,被软禁在佛罗伦萨城郊的一所农舍里,直至去世。伽利略在被软禁期间,凭借微光所写的关于力学与落体定律的《对话录》,费时六个月抄下其副本,最终由他的学生安德雷亚偷偷带出意大利境内。这也就是一首诗里所说的,"知识越过国境线"。不过,我们这里感兴趣的却是安德雷亚与伽利略的一段狱中对话。见到被软禁中的老师伽利略,安德雷亚仿佛变了一个人,他说:"我们说,您的双手有污点(指悔罪——作者注)。您说:有污点比双手空空要好些。"伽利略说:"这话听起来很现实,很像我说的话。"安德雷亚接着又说:"您还说过:'考虑到种种障碍,两点之间最短的线可能是一条曲线',您赢得了闲暇时间来写只有您才写得出来的科学著作。倘若您在火刑柱烈焰的灵光中了此一生,那人家就是胜利者了。"

不料,伽利略却说:"他们是胜利者。没有什么科学著作是只有某一个人才写得出来的。"这句话令安德雷亚十分费解:"那么当年您为什么要悔罪呢?"伽利略坦率地说:"因为我害怕皮肉之苦。"这样的话,不啻为一个惊天霹雳。不要说当时,就是在人类文化史上,负有盛名的科学家以及其他学科的带头人,又有几人敢如此赤裸裸地承认内心的鄙琐呢?伽利略的坦诚,并没有损害他在学生面前的形象,因为他的这个学生,历经风雨,已经懂得了很多很多。安德雷亚深情地说:"怕死是人之常情!人的弱点和科学毫无关系。"从骂老师为"保住一条狗命的酒囊饭袋"到"人的弱点和科学毫无关系",安德雷亚这种思想认识上的飞跃,可以说是伽利略在默默承受屈辱的岁月里，"送给"学生的一份礼物。

　　伽利略的不同就在于，当学生懂得什么更为重要的时候，当一切暂趋缓和的时候，他又回到了大师原有的位置上来，并开始自责："有数年之久，我和当局一样强大。但我却把我的知识拱手交给当权者，听任他们为了自己的目的决定用或不用或滥用。我背叛了我的职业。一个人做出我做过的这种事情，是不能见容于科学家行列的。"也就是说，伽利略至死并没有原谅自己的懦弱，尽管这是他的权利。一个矛盾的伽利略，一个未经掩饰的伽利略，才是一个真实的伽利略。我们不怕科学家没成就，也不怕科学家性情文弱，就怕科学家缺乏说真话的勇气。

敢讲真话的两位老人 ①

◎ 薛峰

薛峰，文学专家、青年作家，《思维与智慧》签约作家。

正是这些真话才让我们看到最真实的社会，才会让我们看清楚未来。

在我心里，有两个老人是以敢讲真话而令人敬佩的。

第一个是吴冠中先生，已于2010年6月25日仙逝。吴先生一生献身艺术，是20世纪现代中国绘画最具代表的画家之一，一直以"讲真话"著称。

吴先生有着鲜明的个性，他把鲁迅树为自己的"精神之父"。他豁达开朗、心直口快，对人对事的看法有自己独特的见解，敢讲真话，从不敷衍塞责、隐讳观点。年轻时，他曾因在中央美术学院弘扬现实主义作品，讲授西方美术经典而被打上宣传资产阶级文艺的烙印，并且被调职。

----

① 选自《中国青年》2011 年第 16 期。

2007年3月，88岁高龄的吴冠中怀着对艺术的高度责任感和使命感，在全国政协文艺小组会上当着中央领导的面，一针见血地指出现在的"美协、画院如同衙门，养了好多官僚，是一群不下蛋的鸡"，呼吁取消美协、画院，建议对画家实行"以奖代养"。这一下，刺中了一些人的痛处，又一次引来众多的非议甚至指责……意犹未尽的吴冠中，后来写成了《奖与养》，话题涉及美协、画院民间化、美院扩招、公正评奖等。吴冠中痛陈利弊，他指出，当下很多画家千方百计地与美协官员拉关系，进入美协后努力获得一个头衔，再把画价炒上去。

面对非议，吴冠中说："整个社会都很浮躁，总有人要站出来讲真话的。我年纪大了，没什么顾忌了。"

与吴先生这句话相同的，还有一位老人的话："话要真实地讲，我已经74岁，也不能把我怎么样了。"这位老人是钟南山。

"钟南山"，这三个字成名于非典，在流行性疾病汹涌来袭时，他敢于向权威提出学术争论；面对错误疫情报告时，他又首当其冲揭开真相。他公开倡导与国际卫生组织密切合作，并排除非议，坚持用自己摸索的科学方法治疗患者，始终在最前线救死扶伤，积极奔赴各疫区指导开展医疗工作，被誉为"战斗集体的灵魂，病人心中的支柱"。他从此成为人们心目中"真相"的代名词。

2009年甲流来袭，他说，内地报告的甲流死亡病例数"我根本不信"。在接受媒体采访时他批评道，有个别地区为了说明该地甲流防控工作做得好，对甲流死亡病例隐瞒不报。他还炮轰保健品中的"假药"现象，不少商家在保健品中加入很多西药，事实上是把药变成了保健品，他在社会上大声疾呼。因为此，有人跟他讲：小心，你断了很多人的生计。"但怎么能不说呢？会出人命的。"他回应的理由还是只有一句话。2010年4月29日，在美国《读者文摘》杂志对中国名人受信任度进行的调查中，他和"杂交水稻之父"袁隆平得票最高。

就这样，有人把他比作敢说真话的"大炮"，还有人赞誉他是医学界的"良心"。但风口浪尖之时，他始终没有多于平常的表情。

有记者问："你坚持什么？"

"不唯书、不唯上、只唯实。"他一词一顿地解释说。

记者又问："讲真话会让您感觉孤独吗？"

"不会孤独。讲真话到哪儿都有很多人支持。"钟南山说，"讲真话，它的可贵之处，不在于它的对与错，而在于发自内心。要诚实，诚实的意思就是：你自己是怎么想的。我这样做，有时候的确会让领导为难，但是我得讲真话啊。我说真话不是太顾虑，一是有事实根据；二是自己也不是什么官，也不图什么；第三，我都74岁了，你也不能把我怎么样了。"

是的，整个社会太浮躁了，总要有人站出来说真话。正是这些真话才让我们看到最真实的社会，才会让我们看清楚未来；也正是因为有了这些说真话的人，才有了一股强大的真气和正气，来维持着我们最基本的道德底线。

他们值得整个社会尊敬。

白岩松：说真话只是新闻的底线[①]

◎ 刘子倩

刘子倩，《中国新闻周刊》记者。

穿过西客站附近一条小胡同，就到了白岩松工作的地方：一座不起眼的四层小楼。楼道昏暗，室内装饰简单，地板踩起来"咯咯"直响。很难想象，如此大牌的主持人，办公室竟然如此简朴。

身着蓝色衬衣，休闲裤，习惯性地将双臂交叉于胸前，并时不时用手轻扶一下黑框眼镜，屏幕下的白岩松依旧口若悬河，侃侃而谈。他曾说过，10年前只是姓白，而如今头发也都白了，见面之后方觉并非戏言。

当记者问他，在央视度过了18个年头，最为满意的是什么？他沉吟片刻，答案出人意料："《新闻1+1》还活着。"

"节目活着比什么都重要"

2008年，《新闻1+1》开播，不仅改变了传统电视评论刻板的说教

---

① 选自《东西南北》2012 年第 6 期。本文有删节。

方式，而且大胆触及有关国计民生的敏感话题。曾有人私下对白岩松说，且看这个节目能活多久。

4年过去了，这个节目不但还活着，而且在白岩松看来，它的锐气和精神还在，对新闻和社会的理解并未退步。"节目的媒体和公众关注度还在，'活着'比什么都重要。"

的确，活着并不容易。"如果只是报道事实，可能不一定特别难，但这是一个新闻评论，而且几乎是中央电视台唯一的评论节目，挑战当然是很大的。既有外在的环境问题，也有你自己的理解能力、反应速度、社会的传播过程中的分寸拿捏。这些东西，每天都是挑战。"白岩松坦言。

事实上，自从这个节目开播以来，关于白岩松的传闻不绝于耳。从2009年的"自杀"，2010年的"挂职"，再到2011年"辞职"，几乎每年网络上都会有一条关于他的传言。

对此，白岩松一笑而过。他坦言自己是一个在互联网上极不敏感的人，从未开过博客和微博，甚至也从未有人收到过他发的电子邮件。每每关于他的谣言在网上流传，他大多是几天后从同事处获知，哈哈一笑置之。

2011年，他再次"中枪"。温州动车事件发生后，白岩松在节目中批评时任铁道部新闻发言人王勇平："现在我不敢信，不能信……要不停地、不断地、永远说真话，直到大家的信心真正建立起来。"事后，这期节目的文字版被网友整理出来，在网上广为流传。

网上盛传他因此遭到批评，还写了检查。连同事都来向他求证，白岩松如以往一样大笑："我多么希望是真的啊！"

他确认，他并没有因为这件事辞过职或写过检查。

最近，他的一番话又被过度解读。在2011中国梦践行者致敬盛典上，当胡耀邦之子胡德平为白岩松颁奖时，白岩松说，作为一名1989

年毕业的大学生，与胡德平的家庭有着没有血缘的血缘关系。话音刚落，掌声雷动。

可在白岩松看来，这话再正常不过。"我是1989年大学毕业的，而且我们这代人对邓小平、胡耀邦充满了敬意，之前也看到中央领导写的纪念胡耀邦的文章，所以是一种很自然的情感表达。"

白岩松对于引起这么多的议论也有几分无奈，他说他不会把每个问题都想得那么周全。"那会太累，大家愿意怎么解读就怎么解读吧。"

央视代言人还是央视异类？

不管白岩松愿不愿意，每有大事，他的评论总会成为公众关注的热点，甚至会被解读为高层授意，至少是代表了央视的态度。

但白岩松自己却不喜欢这种"被代表"。"我们是在做新闻，不是在做某一种态度。"他说。

白岩松向记者详解了《新闻1+1》每天制作的流程：每天中午12点前，编辑会给他报两到三个选题，他选定一个后再跟领导碰头。确定选题之后，他与团队会有一个交流，然后各自准备。下午，他一般都是在准备晚上的直播内容，如果是不熟悉的问题，就会准备得更为仔细。不过，经过20年电视生涯的历练，少有他不熟悉的领域。

节目直播前，只有一个提纲，没有成文的稿子，甚至他自己事先都不确定节目上会具体说些什么。也就是说，上节目前，只有一个大体的方向和结构，更不存在所谓的领导授意。

矛盾的是，在被视为央视代言人的同时，敢说敢言的白岩松又常被一些人认为是央视庞大的传播机器中的一个异类，一个体制内的坚守者。但他自己并不同意这种看法："我是央视的一员。我所感受到的所有东西也是从央视得到的。"

他说，许多人痛骂央视，但对于柴静、崔永元等主持人极尽赞美之词。"最后发现表扬最多的还是央视的。10年前大事看凤凰，如今已是看央视。所以，大家只是借骂央视反映另外的社会情绪。"

在他看来，新闻向前走的过程中，本来就存在着各种各样的风险，所以"机缘巧合"出现了节目被取消的情况。"我能够去面对，这又不是唯一的一次，也不见得未来不会发生，这就是职业风险问题，否则全世界的新闻界就不会有开天窗这个说法了。"

带着理想，说有建设性的真话

在同事敬一丹眼中，白岩松是一个"不传播毋宁死"的家伙。"因为我比较傻还比较轴，所以才坚持到今天。"白岩松这样总结自己的新闻历程。

1985年，17岁的白岩松考上了北京广播学院新闻系，毕业后进入《中国广播报》工作，开始了记者生涯。1993年，他调入央视，成为《东方时空》的主持人，这成为他事业的第一个转折点。很快，凭借着出色的表现，他为电视观众所熟识。

4年之后，白岩松迎来了事业的第2个转折点。1997年香港回归，中央电视台第一次做大型直播节目，白岩松被选为节目的主持人。在事后的表彰大会中，他成为唯一获得一等奖的现场报道主持人。那一年，白岩松29岁。

随后的10多年中，面对着纷至沓来的各种荣誉，白岩松越来越从容和淡定。

如今，参加各种颁奖典礼前，白岩松都会问上一句："为何把奖给我呢？"对方的回答几乎是一致的："你说真话，坚持新闻理想啊。"起初，听到这话，白岩松都会很开心，可当虚荣心消退之后，他颇感脸红："真的是很不好意思。"

20多年前，他在大学课堂上学到的是，"说真话"是新闻的底线；而到了如今，"说真话"却成为获奖的理由。"说真话是全世界几百年以来新闻最基本的底线，从来就不是上线。就比如，你永远不能夸别人不偷东西便是好人。"白岩松感叹。

前几天，易中天问白岩松，"是梦想重要还是底线重要"。白岩松一如往常反应敏捷："首先我们要做的是制止底线的不断下滑，然后夯实底线，再慢慢抬高底线，站在抬高的底线上，你就会觉得离梦想近了一点。"

令他担心的是，在转型时期的中国，很多地方底线都变成了上线，报道新闻时说真话也成了巨大的优点。"我们有没有反过来想一想，如果新闻都不说真话，后果会怎样？"

他认为，后果就是，年轻一代失去危机感，公众失去了对真实社会的判断，很多年之后，今天的正面报道就会成为负面报道；相反，今天的负面报道，若是带着理想和建设性，很多年后回头看，它就是正面报道了，因为它促成了改变。

组画《理想》之一　　　　　　　　麦绥莱勒(1920)

公正是美好的,但真正的公道不是端坐在天平前面,静观两个秤盘上下晃动。正义之外没有平静,真理之外没有安息。一万种高调的理由,也抵不上一颗滚烫的良心。

人类良心的一刹那

我有一个梦想①

◎ 马丁·路德·金

　　马丁·路德·金（1929—1968），美国黑人牧师，著名黑人民权运动领袖。1964 年获诺贝尔和平奖，1968 年被种族主义分子枪杀。他被誉为近百年来八大最具有说服力的演说家之一。

　　美国南北战争期间，林肯政府颁布了《解放黑人奴隶宣言》，但并没有使美国黑人成为完全平等的公民。长期以来，美国黑人的公民权利受到层层约束和限制，成为一个严重的社会问题。20 世纪 50 年代中期至 60 年代中期，在青年牧师马丁·路德·金的领导下，美国黑人掀起了反对种族歧视和种族压迫，争取政治经济和社会平等权利的大规模群众运动。1963 年他领导二十五万人向华盛顿进军"大游行"，为黑人争取自由平等和就业。在游行集会上他发表了这篇著名演说。一位新闻记者指出，牧师的演讲"充满林肯和甘地精神的象征和圣经的韵律"。在民权运动的巨大压力下，美国国会于 1964 年通过《公民权利法案》，1965 年通过《选举权利法》，正式以立

────────────────

① 《我有一个梦想》是马丁·路德·金于 1963 年 8 月 28 日在华盛顿林肯纪念堂发表的著名演讲，内容主要关于黑人民族平等。

法形式结束了美国黑人在选举权和各种公共设施方面受到的
种族歧视和种族隔离制度。

　　一百年前，一位伟大的美国人签署了解放黑奴宣言，今天我们就
是在他的雕像前集会。这一庄严宣言犹如灯塔的光芒，给千百万在那
摧残生命的不义之火中受煎熬的黑奴带来了希望。它之到来犹如欢
乐的黎明，结束了束缚黑人的漫漫长夜。

　　然而一百年后的今天，我们必须正视黑人还没有得到自由这一悲
惨的事实。一百年后的今天，在种族隔离的镣铐和种族歧视的枷锁
下，黑人的生活备受压榨。一百年后的今天，黑人仍生活在物质充裕
的海洋中一个穷困的孤岛上。一百年后的今天，黑人仍然萎缩在美国
社会的角落里，并且意识到自己是故土家园中的流亡者。今天我们在
这里集会，就是要把这种骇人听闻的情况公诸于众。

　　就某种意义而言，今天我们是为了要求兑现诺言而汇集到我们
国家的首都来的。我们共和国的缔造者草拟宪法和独立宣言的气壮
山河的词句时，曾向每一个美国人许下了诺言。他们承诺给予所有的
人以生存、自由和追求幸福的不可剥夺的权利。

　　就有色公民而论，美国显然没有实践他的诺言。美国没有履行这
项神圣的义务，只是给黑人开了一张空头支票，支票上盖着"资金不
足"的戳子后便退了回来。但是我们不相信正义的银行已经破产。我
们不相信，在这个国家巨大的机会之库里已没有足够的储备。因此今
天我们要求将支票兑现——这张支票将给予我们宝贵的自由和正义
的保障。

　　我们来到这个圣地也是为了提醒美国，现在是非常急迫的时刻。
现在决非侈谈冷静下来或服用渐进主义的镇静剂的时候；现在是实
现民主的诺言的时候；现在是从种族隔离的荒凉阴暗的深谷攀登种

马丁·路德·金领导的非暴力抵抗运动，不但促成了美国国会通过民权法案，从法律上正式结束美国黑人的被歧视地位，而且影响了英国国会通过反种族歧视法和反性别歧视法。

族平等的光明大道的时候；现在是向上帝所有的儿女开放机会之门的时候；现在是把我们的国家从种族不平等的流沙中拯救出来，置于兄弟情谊的盘石上的时候。

如果美国忽视时间的迫切性和低估黑人的决心，那么，这对美国来说，将是致命伤。自由和平等的爽朗秋天如不到来，黑人义愤填膺的酷暑就不会过去。1963年并不意味着斗争的结束，而是开始。有人希望，黑人只要消消气就会满足；如果国家安之若素，毫无反应，这些人必会大失所望的。黑人得不到公民的权利，美国就不可能有安宁或平静。正义的光明的一天不到来，叛乱的旋风就将继续动摇这个国家的基础。

但是对于等候在正义之宫门口的心急如焚的人们，有些话我是必须说的。在争取合法地位的过程中，我们不要采取错误的做法。我们不要为了满足对自由的渴望而抱着敌对和仇恨之杯痛饮。我们斗争时必须举止得体，纪律严明。我们不能容许我们的具有崭新内容的抗议蜕变为暴力行动。我们要不断地升华到以精神力量对付物质力量的崇高境界中去。

现在黑人社会充满着了不起的新的战斗精神，但是我们却不能因此而不信任所有的白人。因为我们的许多白人兄弟已经认识到，他们的命运与我们的命运是紧密相连的，他们今天参加游行集会就是明证。他们的自由与我们的自由是息息相关的。我们不能单独行动。

当我们行动时，我们必须保证向前进。我们不能倒退。现在有人问热心民权运动的人，"你们什么时候才能满足？"

只要黑人仍然遭受警察难以形容的野蛮迫害，我们就绝不会满足。

只要我们在外奔波而疲乏的身躯不能在公路旁的汽车旅馆和城里的旅馆找到住宿之所，我们就绝不会满足。

只要黑人的基本活动范围只是从少数民族聚居的小贫民区转移到大贫民区，我们就绝不会满足。

只要密西西比仍然有一个黑人不能参加选举，只要纽约有一个黑人认为他投票无济于事，我们就绝不会满足。

不！我们现在并不满足，我们将来也不满足，除非正义和公正犹如江海之波涛，汹涌澎湃，滚滚而来。

我并非没有注意到，参加今天集会的人中，有些受尽苦难和折磨；有些刚刚走出窄小的牢房；有些由于寻求自由，曾在居住地惨遭疯狂迫害的打击，并在警察暴行的旋风中摇摇欲坠。你们是人为痛苦的长期受难者。坚持下去吧，要坚决相信，忍受不应得的痛苦是一种赎罪。

让我们回到密西西比去，回到阿拉巴马去，回到南卡罗来纳去，回到乔治亚去,回到路易斯安那去,回到我们北方城市中的贫民区和少数民族居住区去,要心中有数,这种状况是能够也必将改变的。我们不要陷入绝望而不可自拔。

朋友们,今天我对你们说,在此时此刻,我们虽然遭受种种困难和挫折,我仍然有一个梦想。这个梦想是深深扎根于美国的梦想中的。

我梦想有一天,这个国家会站立起来,真正实现其信条的真谛:"我们认为这些真理是不言而喻的:人人生而平等。"

我梦想有一天,在乔治亚的红山上,昔日奴隶的儿子将能够和昔日奴隶主的儿子坐在一起,共叙兄弟情谊。

我梦想有一天,甚至连密西西比州这个正义匿迹,压迫成风,如同沙漠般的地方,也将变成自由和正义的绿洲。

我梦想有一天,我的四个孩子将在一个不是以他们的肤色,而是以他们的品格优劣来评价他们的国度里生活。

我今天有一个梦想。

我梦想有一天,亚拉巴马州能够有所转变,尽管该州州长现在仍然满口异议,反对联邦法令,但有朝一日,那里的黑人男孩和女孩将能与白人男孩和女孩情同骨肉,携手并进。

我今天有一个梦想。

我梦想有一天,幽谷上升,高山下降,坎坷曲折之路成坦途,圣光披露,满照人间。

这就是我们的希望。我怀着这种信念回到南方。有了这个信念,我们将能从绝望之巅劈出一块希望之石。有了这个信念,我们将能把这个国家刺耳争吵的声音,改变成为一支洋溢手足之情的优美交响曲。

有了这个信念,我们将能一起工作,一起祈祷,一起斗争,一起坐牢，一起维护自由；因为我们知道，终有一天，我们是会自由的。

在自由到来的那一天，上帝的所有儿女们将以新的含义高唱这支歌："我的祖国，美丽的自由之乡，我为您歌唱。您是父辈逝去的地方，您是最初移民的骄傲，让自由之声响彻每个山岗。"

如果美国要成为一个伟大的国家，这个梦想必须实现。让自由之声从新罕布什尔州的巍峨峰巅响起来！让自由之声从纽约州的崇山峻岭响起来！让自由之声从宾夕法尼亚州阿勒格尼山的顶峰响起来！

让自由之声从科罗拉多州冰雪覆盖的洛基山响起来！让自由之声从加利福尼亚州蜿蜒的群峰响起来！不仅如此，还要让自由之声从乔治亚州的石巅响起来！让自由之声从田纳西州的瞭望山响起来！

让自由之声从密西西比的每一座丘陵响起来！让自由之声从每一片山坡响起来。

当我们让自由之声响起来，让自由之声从每一个大小村庄、每一个州和每一个城市响起来时，我们将能够加速这一天的到来，那时，上帝的所有儿女，黑人和白人，犹太教徒和非犹太教徒，耶稣教徒和天主教徒，都将手携手，合唱一首古老的黑人灵歌："终于自由啦！终于自由啦！感谢全能的上帝，我们终于自由啦！"

我控诉! ①

◎ 左拉

> 左拉（1840—1902），法国作家。自然主义文学流派的领袖，19世纪后半期法国重要的批判现实主义作家，自然主义文学理论的主要倡导者。一生写成数十部长篇小说，代表作为《萌芽》。

这是法国著名作家左拉致共和国总统费利克斯·福尔先生的一封信。1894年犹太裔法国军官弗雷德·德雷福斯被以间谍罪判为流放。后来虽然被查明是误判，但当局因怕损害自身威信而拒绝改判。左拉挺身而出，发表了《我控诉!》，无情揭露事实真相，痛斥军方和司法不公。不久，左拉被迫流亡，但他的控诉终于唤醒了民众的良知，1906年7月，最高法院宣布对德雷福斯的判决无效。一代文豪，不惜以自己的生命和安宁做代价，为一个素昧平生的小人物伸张正义，彰显了无与伦比的良知、勇气与大爱。正是以他控诉的姿态，使正义之光得到昭示，为自己的国家赢得了世界的声誉，他被誉为"人类良心的一刹那"。

---

① 本文来自互联网。文章原来的标题是《致共和国总统费利克斯·福尔先生的一封信》，主编克莱蒙梭以《我控诉!》作为标题发表在《震旦报》上。

总统阁下：

为了感激您接见我时的仁慈、亲切态度，您可否允许我对您应得的声誉表示关切？您可否允许让我告诉您，虽然您军徽上的军星数量正在攀升，却受到最可耻和难以磨灭的污点玷污，它正处于逐渐黯淡的危险中。

恶名诽谤并没有使您受损，您赢得了民心。您是我们崇拜的热力中心，因为对法国来说，与俄罗斯结盟是场爱国庆典。现在，您即将负责全球事务，这是个多么庄严的胜利，为我们这勤劳、真理与自由的伟大世纪加冕。不过，令人讨厌的德雷福斯事件玷污了您的名字（我正要说玷污了您的政绩）。军事法庭居然奉命判埃斯特哈齐这种人无罪，真理与公义被打了一记大耳光。现在一切都太迟了，法国已颜面尽失，而历史将会记载，这样一起有害社会的罪行发生在您的总统任期内。

既然他们胆敢这样做，非常好，那我也应无所畏惧，应该说出真相。因为我曾保证，如果我们的司法制度——这起事件曾通过正常渠道来到它面前——没有说出真相，全部的真相，我就会全盘道出。大声地说出是我的责任，我不想成为帮凶；如果我成为帮凶，在远方备受折磨的无辜者——为了他从未犯下的罪行而遭受最恐怖的折磨——的幽灵将会在夜晚时分纠缠着我。

总统阁下，我将大声向您说出令正直人士强烈反感的真相。基于您的信誉，我深信您尚未发觉事实的真相。您是法国的最高首长，除了您，我应该向谁痛斥那些真正犯罪的人？

············

我控诉帕蒂上校，因为他是司法误审中的凶暴主角（不知不觉地，我愿意相信），他更运用极荒谬与应受谴责的诡计，掩盖他过去三年的恶行。

人类良心的一刹那 251

···········

最后，我控诉第一次军事法庭，它违反法律，只依据一份目前仍为秘密的文件，即宣判被告有罪。我控诉第二次军事法庭，它奉命掩饰第一次军事法庭的不法行为，后来自己却明知故犯，判一个有罪的人无罪。

在提出这些控诉时，我完全明白我的行动必须受1881年7月29日颁布的有关新闻传布条例第三十及三十一条的监督。依据这些条例，诽谤是一项违法行为，我故意使我自己置身在这些法律下。

至于我控诉的人，我并不认识他们，我从未见过他们，和他们没有恩怨或仇恨。对我来说，他们只是一种实体，只是社会胡作非为的化身。我在此采取的行动只不过是一种革命性的方法，用以催促真理和正义的显露。

我只有一个目的：以人类的名义让阳光普照在饱受折磨的人身上，人们有权享有幸福。我的激烈抗议只是从我灵魂中发出的呐喊，若胆敢传唤我上法庭，让他们这样做吧，让审讯在光天化日下举行！

我在等待。

总统阁下，我谨向您致上最深的敬意。

让审讯在光天化日下举行！

左拉，1898年1月13日

左拉和左拉们[①]

◎ 林贤治

林贤治（1948—），诗人、学者、编辑，著有诗集《骆驼和星》、《梦想或忧伤》，评论集《守夜者札记》、《午夜的幽光》等。

1894年，法国陆军上尉，犹太人德雷福斯被法国军事法庭以泄密罪判处终身流放。1896年，有关情报机关查出一名德国间谍与此案有涉，得出德雷福斯无罪的结论。但是，战争部及军事法庭不但无意纠错，而且极力掩盖事实真相，调离该情报机关负责人，公然判处真正泄密的德国间谍无罪。为此，著名作家左拉挺身而出，接连发表《告青年书》、《告法国书》，直至致总统的公开信，即有名的《我控诉！》，由此引发整个法国争取社会公正的运动。军方以"诬陷罪"起诉左拉，接着判一年徒刑和三千法郎的罚金。左拉被迫流亡英国，一年后返回法国，继续与军方斗争。直到1906年，即左拉逝世四年后，蒙冤长达十二年的德雷福斯才获正式昭雪。

这就是历史上有名的德雷福斯事件。

左拉受到法国乃至全世界的赞誉是理所当然的。因为他是如此

---

① 选自《时代与文学的肖像》，林贤治著，人民文学出版社 2002 年版。

不遗余力地为一个与自己毫无瓜葛,同整个军队和国家相比实在渺小不足道的人说话,维护他的权利、名誉与尊严;因为他敢于以一己的力量向一个拥有强大权威的阴谋集团挑战,正是这个集团,利用现存的制度,纠集形形色色的邪恶势力,极力扼杀共和主义、社会正义和自由思想;还因为他不惜以抛弃已有的荣誉和安逸的生活为代价,不怕走上法庭,不怕围攻,不怕监禁和流放,而把这场势力悬殊的壮举坚持到最后一息,为维护法兰西精神而反对法兰西,这是不同寻常的。马克·吐温写道:"一些教会和军事法庭多由懦夫、伪君子和趋炎附势之徒所组成;这样的人一年之中就可以造出一百万个,而造就出一个贞德或者一个左拉,却需要五百年!"如果目睹了人类生命质量的差异之大,应当承认,这些话也不算什么溢美之辞。

但是,在左拉周围,有一个富于理性、知识、良知和勇气的知识者群体,和左拉战斗在一起的"左拉们",这是不容忽略的。正是因为有了卢梭和整个启蒙运动的思想滋养,有了法国大革命所培育的"自由、平等、博爱"的民族精神,才有了这样一个团结的坚强的精神实体。没有这个实体,未必能够产生这样一个勇敢而坚定的左拉;没有这个实体,左拉的单枪匹马的战斗将会因严重受阻而中断。唯其有了这个实体,在社会正义受到威胁的时候,就一定能从中产生出一个左拉,或不叫左拉的左拉。

事实上也是如此。在法国作家拉努的传记著作《左拉》中,有叙述说:事情开始时,埋头创作的左拉还处在犹豫不决的状态,他是被"德雷福斯派"的人物推举出来的;尤其重要的是,他是被一群记者、律师、历史学家说服的。周围的一群人物是如此优秀,他们完全因为一个犹太人的冤案而被吸引、凝聚到了一起。难得的是,其中如作家法朗士,报人克莱蒙梭,都是与左拉不同类型的人物,在有关专业或别的意见上并不一致,甚至相反,然而仅仅凭着"正义感"这东西，就把他们统一到一起来了。他们把左拉的斗争当成为自己的斗争，在斗争中，表现出一致的"团队精神"。像克莱蒙梭，他改组《震旦报》，倾全力支持左拉；左拉的檄文《我控诉！》的题目，也都是经他建议加上去的。他们陪左拉出庭，在左拉离开法国后仍然坚持由他开始的斗争；在正义因左拉蒙罪而使全国沮丧，法兰西的精神财富面临沉沦的危险时刻，他们便成了号角和旗帜，引导公民社会上升的头脑和力量。直到左拉死后，正是他们，将左拉未竟的事业进行到底。没有他们的集体斗争，德雷福斯事件的结局很难设想，至少昭雪的时间要因此而大大推迟。

一个国家，一个社会，有没有一个独立的知识分子群体的存在是很不一样的。这个群体，构成为一种民间势力而与统治势力相抗衡。从苏格拉底到布鲁诺和伽利略，甚至伏尔泰和雨果，他们所以被迫处死，受罪，始终孤立无援，都因为缺乏这样一个集体的缘故。他们被分切为若干个体，只能单独向社会发言，以致在同类中间也得不到回应。

法国当代知名作家雷威认为，在法国，只有从德雷福斯事件开始，知识分子才有了一个相当大的数目；也就是说，此时不是只有一个左拉，而是有了一个"左拉们"。"我们是知识分子！知识分子的党！在这喊声中有种挑战，有种逼人的傲慢……"雷威在一本题为《自由的冒险历程》的书中这样写道："这是一种方式，非常大胆的方式，将一个近乎侮辱性的称号作为一面旗帜来挥舞。"回顾知识分子的历史，他高度评价左拉的行动，以及由乔治·克莱蒙梭起草的《知识分子宣言》。在讨论"知识分子"命名时，他是把知识分子数目的多少作为其中的一个重要部分，也即作为一项标准来看待的。他写道："成百上千的诗人、画家、教授，他们认为放下手中的钢笔或画笔来参与评论国家的事务是他们分内的责任，与此同时他们修正了'知识分子'这个词的含义。甚至于那些反对者们，那些辱骂德雷福斯的人以及那些国家利益的支持者们，也随着时代的激流，不再沉默或赌气，不再掩藏他们的恼怒和信仰，面对挑衅者，不再坚持学院式的静默和泰然处之的传统，他们也使用同样的词语，同样的参与手段，并且也组成了各种各样的同盟和协会。是一种模仿？是一种狂热？可以这样说吧。但也可以这样记录下来：在思想的舞台上，出现了一种新型人物——如同教士、抄写员、诡辩家、博学家标志出其他时代一样，也是新鲜而有特定性的。"这新鲜而有特定性的一群，就是现代知识分子。他的意思是说，真正意义上的知识分子，只有到了现代才有可能出现。的确，知识分子与现代民主社会是互生的，互动的。倒过来说，没有产生一个像样的知识分子群体，这样的社会只能称作前现代社会；时间的推移并不能为它带来实质性的变化，不过徒增一点新世纪的油彩而已。

必须唤起民族的良知①

◎ 弗雷德里克·道格拉斯

> 弗雷德里克·道格拉斯(1817—1895),19 世纪最著名的人权领袖之一,南北战争时期任林肯总统顾问。在重建时期,为使被解放的奴隶获得充分公民权而坚决斗争,并有力地支持女权运动。

1852年,弗雷德里克·道格拉斯应邀到纽约罗彻斯特市举行的国庆大会发表演说,无情地谴责"奴隶制是美国最大的罪恶,最大的耻辱!"呼吁"民族的良知必须被唤起,国家的礼节必须受到激励,国家的伪善必须被揭露,背离上帝和人类的罪行必须加以禁止。"演讲充满了愤怒的控诉,尖锐的批判,辛辣的讽刺,字字血,声声泪,被认为是废奴主义演说的著名篇章。

公民们,请原谅,请允许我问一个问题:今天我为什么被叫到这里? 我和我所代表的人们与你们的国家独立有何关系? 独立宣言所体现的政治自由和生来平等的伟大原则是否适用于我们? 我之所以被叫到这里,是让我在民族的祭坛上献上我们卑微的礼物。承认因你们的独立给予我们的恩情,以及表达我们由此产生的感激之情吗?

---

① 选自《美德书》,(美)贝内特主编,何吉贤等译,中央编译出版社 2000 年版。

看在上帝的面子上，看在彼此的情分上，我们会对这些问题做出肯定地回答！

事实并非如此。我只好遗憾地讲到我们的区别。我不在伟大的百姓之列，你们至高无上的独立仅仅揭示了我们之间无法度量的距离。今天，你们享有的祝福、快乐，并不是所有人都充分享有的。你们父辈馈赠的公正、自由、繁荣、独立的丰富遗产由你们独享，而我们却一无所有。给你们带来光明和健康的太阳给我们带来的只是伤痕和死亡。7月4日①是你们的，不是我们的。你们在欢庆，我们在叹息。把一个身披枷锁的人拉入自由的光芒四射的殿堂，让他跟你们一起合唱欢乐的颂歌，这是惨无人道的嘲弄，也是亵渎神明的讽刺。

……公民们，今天，你们会用请我演讲的方式嘲笑我吗？如果是这样，你们的行为也一样残忍。让我警告你们一句，效仿这样一个民族是极其危险的，罪恶滔天，上帝的灵光会将其击倒，永远埋葬掉这个民族。

公民们，在你们举国上下欢欣鼓舞的日子里，我听到千百万人在痛苦地呻吟。他们昨日沉重而苦难的锁链在今天阵阵传来的节日的欢呼声中尤其显得忍无可忍。如果我忘掉了，如果我不能真诚地记得今天伤心流血的孩子们，也许我的右手会忘记她狡猾的伎俩，我的舌头会打开紧闭的双唇。忘掉他们，对他们的冤屈视而不见，去做大家都做的文章，那将是最为可耻、最令人发指的背叛，我将在上帝和世人面前受到惩罚。因此，我的题目是美国奴隶制。我将从奴隶的角度看待今天及它的普遍意义。站在美国奴隶的立场，把他们的冤屈当作我的不幸。我毫无犹疑地、满腔激愤地宣布：这个国家的品质和行为从没有像7月4日那样显得如此邪恶。不论是回想昨天的宣言，还是

---

① 7月4日是美国独立日，以纪念1776年7月4日大陆会议在费城通过《独立宣言》，宣告美国脱离英国独立。

今天的声明，美国的行为似乎都是那样骇人听闻，令人作呕。美国过去错了，现在错了，将来还会犯更大的错误。今天，站在上帝和惨遭蹂躏的流血的奴隶面前，我将以愤怒的人们的名义，已被桎梏的自由的名义，以遭受蔑视践踏的宪法和《圣经》的名义，我用我浑身的胆量向企图使奴隶制永久化的一切势力提出质问和谴责——奴隶制是美国最大的罪恶，最大的耻辱！

　　什么，我会去证明这些事实的对与错吗？把人当成牲畜，剥夺他们的自由，让他们干活而不付报酬，使他们与世隔绝，用棍棒打他们，用鞭子抽他们，用铁链锁他们，用猎狗追他们，在拍卖行卖他们，拆散他们的家庭，打掉他们的门牙，灼烧他们的皮肉，让他们饥肠辘辘地屈服于他们的主子。我会去争辩这样一种血腥的、肮脏的体制的对与错吗？不，不会！我最好还是节约时间和精力，这种无益的争辩没有任何意义。

　　那什么才要进行争辩呢？奴隶制不神圣吗？上帝没有建立这种制度吗？我们的神学博士出了差错吗？有这种想法都是亵渎神明的。不人道的就是不神圣的。谁会对这样的问题进行辩论呢？他们可以，我不可以。争论这样的问题已经过时了。

　　在今天这样的时刻，我们需要的是烧红的烙铁，而不是令人信服的争辩。噢，如果我有能力，如果我的声音能传到国人的耳朵里，我今天就会喷出一股狂流，带着刻薄的奚落、劈头盖脸的质问、辛辣的讥讽和严厉的申斥。因为我们需要的不是闪电，而是烈火，不是毛毛细雨而是滚滚惊雷。我们需要暴雨、旋风和地震。民族的感情必须经受震荡，民族的良知必须被唤起，国家的礼节必须受到激励，国家的伪善必须被揭露，背离上帝和人类的罪行必须加以禁止。

　　对美国奴隶来说，7月4日是怎样的一个日子？这一天比一年中的任何日子都更明白地向奴隶们展示了他一直都是邪恶和酷刑的牺牲品。对他来说，你们的庆祝是一场骗局，你们鼓吹的自由不过是邪恶的通行证。你们国家的伟大，不过是膨胀的虚荣；你们欢呼的声音是空洞的，残忍的；你们对暴君的谴责掩盖着你们的厚颜无耻；你们对自由、平等的呼喊只不过是无聊的把戏；你们的祈祷和赞歌，你们的训诫和感恩，伴随着你们家教的表演和威严，这对上帝来说，不过是装腔作势，欺世盗名，搞阴谋诡计亵渎上帝的虚伪行为。它不过是一块遮羞布，掩盖那即使野蛮民族亦为之汗颜的罪行。地球上没有哪个民族会比今天的美国人犯下更骇人、更血腥的罪行。

柏林墙边的演说①

◎ 约翰·肯尼迪

约翰·肯尼迪（1917—1963），美国政治家，美国第35任总统。

在欧洲土地上，有过一道修筑最为坚固但又最为短命的长城——这便是德国境内的"柏林墙"。这是第二次世界大战的产物。1961年8月12-13日夜间，东德政府筑起柏林墙把东西柏林分开。用来防止东德人逃往西德。柏林墙的建立，是二战以后德国分裂和冷战的重要标志性建筑。到1980年，围墙、电网和堡垒总长达1369千米。1989年下半年，东欧各国政局剧变。民主德国在向德国西部移民浪潮的冲击下，于同年11月9日，将存在28年零3个月的柏林墙推倒，柏林墙的倒塌被历史学家认为是东西方冷战终结的开始，也是东西柏林和东西德统一的标志。1990年10月3日，德意志民主共和国（东德）加入德意志联邦共和国，德国和柏林完成统一。

---

① 选自《美国读本》，〔美〕戴安娜·拉维奇编，陈凯等译，上海三联书店1995年版。

1963 年 6 月 25 日，时任美国总统的肯尼迪到访西德，在西德市政厅柏林墙前发表了《柏林墙边的演说》。"自由有许多困难，民主亦非完美，然而我们从未建造一堵墙把我们的人民关在里面，不准他们离开我们。"

两千年以前，最自豪的夸耀是 "Civit as Romanussum[①]" 今天，自由世界最自豪的夸耀是 "Ich bin ein Berlner[②]"。

世界上有许多人确实不懂，或者说他们不明白什么是自由世界和共产主义世界的根本分歧，让他们来柏林吧。有些人说，共产主义是未来的潮流，让他们来柏林吧。有些人说，我们能在欧洲或其他地方与共产党人合作，让他们来柏林吧。甚至有那么几个人说，共产主义确是一种邪恶的制度，但它可以使我们取得经济发展，"Lasst sie nach Benkom-men[③]"。

自由有许多困难，民主亦非完美，然而我们从未建造一堵墙把我们的人民关在里面，不准他们离开我们。我愿意代表我的同胞们——他们与你们远隔千里住在大西洋彼岸——说，他们为能在远方与你们

① 拉丁语，意为"我是一个罗马公民"。
② 德语，意为"我是一个柏林人"。
③ 德语，意为"让他们来柏林"。

共有过去18年的经历感到莫大的骄傲。我不知道还有哪一个城镇或都市被围困18年后仍有西柏林的这种生机、力量、希望和决心。全世界都看到，柏林墙最生动最明显地表现出一种失败。但我们对此并不感到称心如意，因为柏林墙既是对历史也是对人性的冒犯，它拆散家庭，造成妻离子散骨肉分离，把希冀统一的一个民族分成两半。

这个城市的事实也适用于整个德国——只要四个德国人中有一个人被剥夺了自由人的基本权利，即自由选择的权利，那么欧洲真正持久的和平便绝无可能实现。经过保持和平与善意的十八年，这一代德国人终于赢得自由的权利，包括在持久和平中善待所有的人民，实现家庭团聚和民族统一的权利。你们住在受到保护的一座自由之岛上，但你们的生活是大海的一部分。因此让我在结束讲话时请求你们抬起目光，超越今日的危险看到明天的希望；超越柏林市或你们的祖国德国的自由看到世界各地的进展；超越这道墙看到正义的和平来临的一天；超越你们自己和我们自己看到全人类。自由是不可分割的，只要一人被奴役，所有的人都不自由。当所有的人都自由了，那时我们便能期待这一天的到来：在和平与希望的光辉中这座城市获得统一，这个国家获得统一，欧洲大陆获得统一。当这一天最终来临——它必将来临时，西柏林人民将能对这一点感到欣慰：在几乎二十年时间里他们站在第一线。一切自由人，不论他们住在何方，皆是柏林市民，所以作为一个自由人，我为"Ich bin ein Berliner"这句话感到自豪。

昂山素季①

◎ 亚历山大·阿里斯

亚历山大·阿里斯（1973—），昂山素季长子。

国王陛下，阁下们，女士们，先生们：

今天我站在你们面前代表我母亲昂山素季②来接受这个奖励中的最伟大的奖励——诺贝尔和平奖。由于情况不允许我母亲亲自前来这里，我将尽我的努力来传达我相信是她将会表达的情感。

首先，我知道她会说她不是以她自己的名义，而是以缅甸全体人民的名义接受诺贝尔和平奖。她会说这个奖励不属于她自己，而是属于那些男人、女人和儿童。这些人，就在我此刻说话时，仍在牺牲着他们的生活、他们的自由和他们的生命，以此来追求一个民主的缅甸。他们的这些就是这一荣誉，他们的这些，将成为缅甸争取和平、自

---

① 选自《诺贝尔获奖者演说文集：和平奖（1971—1995）》，王毅译，上海人民出版社2000年版。

② 昂山素季（1945—），缅甸提倡非暴力民主的政治家。1990年带领全国民主联盟赢得大选的胜利，但选举结果被军政府作废。其后21年间，她被军政府断断续续软禁于其寓所，长达15年。2010年11月13日终于获释。

由和民主长期斗争的最终胜利。然而，作为她的儿子讲话，我也要补充说，我个人相信，以她自己的献身、自己个人的牺牲，她已成为一个相称的象征，通过她，缅甸全体人民的苦境将会被世人认识。

任何人都不能低估了这种苦境：那些生活在农村和城市、生活在贫困与匮乏之中的人们；那些囚禁在监狱，受到折磨，遭受酷刑的人们；那些年轻人的苦境，他们是缅甸的希望，却被迫逃往丛林，因疟疾而死去；那些佛教和尚的苦境，他们被殴打被侮辱。除了我母亲以外，我们也不要忘记其他许多高层的、极受人尊重的领导人，他们也全都遭到监禁。

我正是代表他们向你们表示感谢，从我内心向这一最高荣誉表示感谢。今天，缅甸人民能够高昂一些地抬起他们的头颅，他们知道在这块遥远的土地上他们的苦难被倾听到了，被世人注意了。

我们必须记住，在仰光那所重重看守的宅院内所进行的孤独的

人类良心的一刹那 | 265

斗争，是一场人得多的、世界性的斗争的一部分，它是为了将人类精神从政治暴政和心理镇压下解放出来。我可以肯定，这个奖励也是赋予所有投身于这场斗争的人们以荣誉的，不管他们生活在何处。奥斯陆①今天的授奖与世界人权日相合，这并不是没有理由的。全世界都在庆贺。

主席先生，整个国际社会都赞扬你们委员会的选择。就在几天之前，联合国刚通过了一项一致赞同的历史性决议，欢迎德奎利亚尔秘书长就这一次授奖意义所作的声明，赞同他再次发出的尽早释放我母亲的呼吁。对严峻的缅甸人权状况的普遍关注已经表达得很清楚。一个从仰光军政权那里发出的孤独、被迫与世界所有国家隔开的声音被人们听到了，尽管它来得很迟、很弱。

这个政权将近三十年的暴政导致缅甸这曾经是繁荣的"黄金之地"变成了世界上经济最匮乏的国家之一。在人们的内心深处，即使是那些现在在仰光执掌权力的人自己也一定知道，他们的最终命运一定与所有那些试图以恐怖、压迫和仇恨来建立权威的极权政权相同。当缅甸现在这场争取民主的斗争于1988年在街头爆发时，它是后来席卷东欧、亚洲和非洲的这股国际潮流的先声。今天，在1991年，缅甸仍令人触目惊心地忍受着一个压迫性的、顽固的军政权——"恢复国家法律和秩序委员会"——所造成的持续苦难；然而，那些争取民主业已成功的国家的榜样向缅甸人民传达了一个重要的信息：由于极权统治在经济上十足的无能，这个现存政权最终将被扫除。今天，面对着通货膨胀的增长、一塌糊涂的经济和几乎一文不值的货币，缅甸政府无疑已接近收获它所种下之物了。

但是，我也衷心希望不要是在彻底的经济崩溃中这个政权才倒台，希望这个军事政权还具有诺贝尔委员会在今年的和平奖颁奖公

---

① 奥斯陆：欧洲城市，位于挪威东南部，是诺贝尔和平奖的颁奖地。

告中所提到的那种基本的人性。我知道就在军事政府之内也有一些人,对他们来说,目前这种恐怖和压迫的政治也是可恶的,违反了缅甸佛教遗产的最为神圣的原则。这并非一厢情愿的空想,而是一种我母亲在与当局打交道时所得到的确信。在那些几乎全是由军方人员和他们家人组成的选区内,我母亲的政党也赢得了选举胜利,就足以说明这一点。我最深切地希望,在缅甸最需要的关键时刻,当局中这些人身上温和与和解的因素将会发挥作用。

我知道,如果我母亲今天已经自由,她在感谢你们的同时,也会请求你们为压迫者与被压迫者扔下他们的武器,团结起来建设一个建立在人性之上、建立在和平精神中的国家而祈祷。尽管我母亲常常被描述成一位用和平手段争取民主变化的政治上的不同意见者,但我们也要记住,她的追求本质上是精神性的。如同她自己所说:"本质上的革命是精神的革命。"她也写下了这场斗争的"基本的精神的目标"。它的实现全靠人的责任感。在这种责任感的深层是我要引用的"完善的观念、达到完美的急切、找到一条实现它的道路的智力、沿着这条路走到底,至少是走到超越个人局限之程度的愿望……"我母亲说:"要过一种充实的生活,一个人就必须有勇气去承担对于别人需要的责任……一个人必须想到去承担这种责任。"我母亲把这一点与她的信念牢牢地联系在一起,她这样写道:"……佛教,这缅甸传统文化的基础,把最大的价值放在人之上,在所有生物中只有人才能达到佛陀的圣境。每个人自身都有通过他自己的愿望与努力去实现这个真理、去帮助别人实现这个真理的潜力。"她还说:"在缅甸追求民主,是一国人民作为世界大家庭中自由与平等的成员,过一种充实全面、富有意义的生活的斗争。它是永不停止的人类努力的一部分,以此证明人的精神能够超越他自然属性的瑕疵。"

这已是第二次我弟弟和我代表我们母亲在挪威接受一项伟大的

奖励了。去年我们去了卑尔根,代表她接受拉夫托人权奖,那是今年授奖的一个极好前奏。我们现在对挪威人民有着一种非常特殊的感情。我希望我母亲不久就能够分享这种感情,能够自己直接讲出,而不是通过我。与此同时,对她和对缅甸人民的这一巨大支持,也为把地球两端的两国人民带到了一起而服务。我相信,由今天所铸成的这种联系随之而来的将会是很多。

我内心深处提醒我感谢你们大家,让我们希望和祈祷,从今天起,伤口就开始愈合,在未来的岁月中,1991年度诺贝尔和平奖将会被视为缅甸取得真正和平的道路上的历史性一步。过去岁月的教训不能忘记,但我们今天所庆祝的是我们对于未来的希望。

莱登修女的遗物清单[①]

◎ 查一路

查一路，作家。著有《释然》、《一条裙子的励志版本》等文集。

在德国的普劳森监狱，一条叫"莱登路"的小径，通往当年的行刑室。行刑室现在已辟为纪念馆。与奥斯威辛集中营不同的是，这里关押的是反对希特勒的德国人。1944年6月9日，一名叫莱登的修女，告别了柏林的春天，被纳粹组织的人民法庭送上了行刑室的绞架。

行刑室的墙上，如今留下了当年莱登修女一份详细的清单。她留下了24.39帝国马克的零用钱，35.70帝国马克的劳动津贴，信夹一只，手袋一只，发刷两把，手帕九条，手套一副，发夹一只，大衣两件，袜子四双，护领一根，衬衣一件，夹克两件，裙子两条，衬裙三条，睡衣两件，裤子四条，乳罩一只，梳子一把，羊毛衫两件，毛巾两条，男式衬衣一件，紧身胸衣一件，礼服两套。

临刑前，她指定一名叫列保尔德的女士来继承她的遗物，由该女士从监狱中取走这些东西。

---

① 选自《青年博览》2007 年第 9 期。

即便在监狱，她也要用两把发刷梳理秀发，仅手帕就有九条，莱登的生活何等精细优雅。这不是一位悲观和厌世的修女，从遗物清单上，人们可以看到，莱登对生活的眷恋和热爱。生命最后时刻来临，生活中的点点滴滴，被莱登的镇定和从容拾掇得那么条理清楚。修道院的重门和监狱的铁栅栏，锁不住女性爱美的天性，和她蓬勃的青春。

本来，她可以在修道院山坡上的密林中聆听夜莺的歌唱，也可以养在深闺喝上等的葡萄酒，生活安逸而自在。然而，远处隆隆的炮声打破了莱登平静的生活，身边的青年一个个被送往战场当了炮灰。那些鲜活的灵魂和肉体必须得到拯救，莱登帮助了一名应该服役的青年逃避当兵。她在践诺着上帝的箴言，然而，不幸旋即而来，她藏匿青年逃避兵役的事被发现。不久，莱登被投入纳粹为德国人自己建造的监狱。经历了几年的集中营劳役之后，莱登被判绞刑。

当几乎整个民族为一位独裁者的手势而疯狂时，一位修道院的修女却始终保持着清醒。每一个生命的逝去，都让她哀婉。生命存在的价值，远远高于任何一切，貌似崇高的理由和狂热的口号。对她而言，为拯救另一个生命，她愿意舍身饲虎付出自己。

当暗夜堕入无边无际的黑暗，总有流星微弱的光亮划过，比如这位莱登修女的义举。最黑暗的一刻，也正是茨威格所预言的"人类群星闪耀时"。光亮即便微弱，也表明了一种对立的存在。

在这堵冰冷的墙上，来自世界各国的人们，触摸到那个年代这个国度仅存的一点体温。正是这点体温，让不同肤色的人们从中感受到，即便大难临头，对生命和爱的激情，却可以生生不息，永不绝望。

谁保住了"9·11"遇难者的遗物[①]

◎ 徐立新

　　2001年9月21日,"9·11"事件发生后的第十天,搜救幸存者的工作已接近尾声。美国政府决定,将灾难现场的残留物全部运送到位于斯塔滕岛的一个叫费殊丘斯的垃圾填埋场里,然后择机填埋掉。

　　当这些裹带着遇难者遗物和零碎骨头的废墟之物被送到费殊丘斯时,已经散发出难闻的恶臭。由于情况比预料的要糟糕很多,美国政府下令立即填埋。

　　执行填埋任务的,是一名叫杰瑞佛尼诺的美国联邦调查局高级警官。就在他准备执行填埋任务时,手机突然响了,是一位老人打来的。这位老人在电话里哽咽着说:"我的小儿子在'9·11'中遇难了,这些天我一直待在废墟的瓦砾里。试图找到他,但一无所获。听说你就要将废墟里的东西全部填埋掉了,能等等我吗?我明天就能赶到费殊丘斯,我想最后努力一次。哪怕是找到他随身的一个钥匙扣或钱包

---

① 　选自《羊城晚报》2010 年 11 月 26 日。

也行,我得有一个想念他的物件。"

这位老人的电话让杰瑞佛尼诺心潮澎湃,难以平静。"9·11"造成约3000人死亡,此外还有几百名救援人员在救援中殉职。虽然美国政府付出了百分之百的努力,但依然有近一半遇难者的遗体无法找到。这些人就像一阵风,一下子消失得无影无踪,留给他们亲人太多的痛苦。

杰瑞佛尼诺深知,废墟之物一旦被填埋掉,遇难者的遗物将永远无法重见天日,这无疑是往他们亲人的伤口上又撒了一把盐!

想到这里,杰瑞佛尼诺突然做出了一个决定,向上级申请在填埋之前,让他对废墟之物进行最后一遍检查。目的只有一个,那就是搜寻遇难者的遗物,给他们的亲人一个最大可能的安慰!杰瑞佛尼诺的善心和有些固执的坚持,最终获得了上级的许可。

但废墟里的东西太多,时间紧迫,一堆堆翻是不可能的了。于是,杰瑞佛尼诺弄来3台自动皮带传输机,然后将卡车运送来的东西一车车倒到传输机上。他带着8名同事,分列在传输机的两旁,用手不停地翻查从眼前过去的砖瓦碎片。即便如此,这依然如同大海捞针,但杰瑞佛尼诺和他的同事们却坚持将见到的所有东西——小到一个饰品胸针、一副眼镜架,大到一双鞋、一部手机、一件衣服、一个背包———件件捡拾起来。

由于上级给的时间非常少,他们9个人几乎是昼夜奋战,连续工作了一周时间,以至到了后来,他们对废墟物品所发出的恶臭味都麻木了。

当给杰瑞佛尼诺打过电话的老人看到被杰瑞佛尼诺找出来的小儿子的一块手表时,百感交集地说:"这些天,我一直在找你,可你却躲起来了,但是我还是找到你了,在杰瑞佛尼诺警官的帮助下!"

一位因参与救援而牺牲的警察的妻子,从杰瑞佛尼诺手中接过丈夫生前佩带的子弹残壳后,动情地说:"我要永远留住它,因为它是他的一部分，我要让儿子看到历史的遗迹和他爸爸的勇敢。"

　　还有一位遇难者的亲属说："今天，我能拥有他生前最后一刻的随身物品，从而还能感觉到他活着的气息，这多亏了杰瑞佛尼诺和他的同事。"

　　杰瑞佛尼诺和他的同事共清理了91万吨"9·11"灾难现场的废墟物品，从中一共找寻到1300多件遇难者的遗物，其中有近70%被遇难者的亲属认领走。

站起来的良知 ①

◎ 李丹崖

李丹崖，80 后专栏作家，作品常见于《读者》、《青年文摘》等知名期刊。

默克是一名医生，今年76岁了，瘸着一条腿。他的这条腿是被战友们打瘸的。

那是1941年的9月，苏联正式发起了莫斯科保卫战，默克所在的德军阵营因战线太长，再加上莫斯科的天气逐渐恶劣而节节败退。

一天，在一场激烈的巷战之后，默克所在的连队只剩下了十几个人，无奈之下，他们只得向莫斯科郊外的一个村庄退守。那是一个被炮火洗劫一空的村庄，冲天的浓烟和火药味呛得人睁不开眼睛。

苏联红军在后面穷追不舍，默克等人隐藏在一个倒塌的民舍里。那是一片废墟，一看就知道双方大量火力刚在这里交锋过。默克藏在一个废弃的灶台里侧，透过一个豁口，可以观察外面的动静。

苏联红军一步步向村庄逼近，默克等人蜷缩在断壁残垣之中，瑟瑟发抖。好在浓浓的硝烟救了他们，苏联红军竟然没有抓到一个人，

① 选自《微型小说选刊》2009 年第 16 期。

只得悻悻地离开村庄，向前继续追去。

　　约摸半个小时后，默克等人从废墟里爬了出来，准备迅速集合撤离。然而就在此时，默克听到了一个女人的呻吟声，那声音来自自己藏身的灶台另一侧的一片草垫。默克挪开草垫一看，底下竟然藏着一个孕妇，即将分娩。孕妇一看面前站着一个德国人，立即吓得浑身抽搐。她用几乎走调的声音、无比慌乱的手势，对着默克哀求着。虽然不懂她在说什么，但是，通过手势，默克逐渐明白了她的意思——她是在恳求默克，无论如何不要伤害她的孩子。

　　默克含着泪掩上了草垫，准备离开，哪知就在他刚刚掩上草垫的一刹那，孕妇发出了撕心裂肺的叫喊声。默克再次挪开草垫，发现妇人两腿之间的白毯子已经被鲜血染红。做过医生的默克意识到：妇人要生产了！孕妇的身体看起来极其虚弱，加上条件恶劣，如果自己不帮助她接生，她很可能会有生命危险。默克这时也顾不了连队的集合号令了，连忙示意要帮孕妇接生，孕妇点头同意。十分钟后，一个男孩高亢的哭声响起来，母子平安。默克留下了自己身上仅余的食物，然后飞身跑出废墟。等他赶上连队，战友们已经走出村子将近5公里了。看到默克两手鲜血，他们开始质问起他迟到的原因。默克如实相告，没想到长官大发雷霆，一脚把默克踢出很远，然后，10多双军靴雨点般地踹到了默克身上……默克醒来的时候，已经躺在了苏联红军的担架上，他的右腿被战友们踹成粉碎性骨折，是苏联红军救了他。

　　二战结束以后，作为战俘的默克回到了德国。他原以为人们会对他加以鄙视和谩骂，然而，大多数国人却并没有那样做，相反，一家医院还主动接纳了他，让他做主治医师。

　　为了救一个敌国的孕妇，默克甘心违背军纪，活生生地被打折了一条腿，做了战俘。默克说："我永远不后悔，尽管我瘸了一条腿。但是我的良知却站了起来！"

人类良心的一刹那 275

维也纳信使 ①

◎ 阿尔德·杰尔

那是在1945年的秋天，随美军的第一批占领部队，我再次来到维也纳。我提前三个月到达那里，作为德语口译官，参加一项谈判任务，将那个城市分成四个联军占领区，就像之前在柏林进行过的那样。我的德语很流利，因为我六年前才从柏林移民到美国——在美国我很快就符合条件参了军，服务我的新国家并且为穿上她的军装而自豪。

一个周五晚上，我感到有些思乡，便径自走到维也纳仅存的一座犹太人教堂去做礼拜。那儿有一群人看起来很可怜，大约五十个男女，面黄肌瘦，衣衫褴褛。他们说着口音很重的依地语，所以我猜他们是欧洲存活下来的犹太人，他们的种族原来繁荣兴盛，现在却被摒弃于此并且与世隔绝。瞧见我的美军军装，他们全都围过来欢迎这位来到教堂的友军士兵。他们惊奇地发现，我居然能够用流利的依地语跟他们谈话。

① 选自《作文新天地（初中版）》2011 年第 12 期。

随着交谈的深入，我可以判断出自己原先的猜测是正确的。这些人是大屠杀的幸存者，他们聚集在教堂里是为了寻找是否有人知道自己的亲人或朋友的消息。由于当时没有从奥地利到世界其他地方的民用邮递服务，这种集会就是幸存者们用以打探亲属音讯的唯一机会。

一个男人胆怯地问我是否可以帮他将他的一封短信捎给伦敦的家人，告诉他们自己还活着。虽然我知道军邮是不可民用的，但是我又能说些什么呢？这些人，实际上是从一座人间地狱里活过来的，他们需要让担心的家人知道他们活下来了。我同意了，于是每个人请我替他们送信。

五十封信比起一封信要多得多了：我在迅速思量着。往后退了退，我宣布说下个周五晚上我还会来过礼拜并且收取短信，这些信要用英语、德语和依地语写好并且信封不能封口。只要满足这样条件的信，我都会用军邮来发送。

第二周我信守诺言，再次来到那个犹太教堂。当我推开门的时候，我惊呆了。那儿挤得水泄不通，所有的人都朝我冲过来，将信扔给我。信太多了，我不得不请人找了一个箱子来装。接下来我花费了一周的时间对信件进行安全检查，确保里面只包含他们允诺的内容，然后将它们发往世界各地。我觉得棒极了，我知道这也许是那些人的大多数亲戚们第一次得知他们所爱的亲人在大屠杀的恐怖下幸存了下来。这是一件好事，我认为，是一个小小的"义举"。

大约一个月过去了，整件事已经开始从我的脑子里淡去，直到军队里的"信童"突然蹒跚着来到我的办公室，满怀抱着几大袋的包裹。

"到底是怎么回事？"他询问道。地上的包裹来自世界各地，都署名由我——阿诺德·杰尔下士——转交给那些幸存者们。我没有预料到这样的结果。现在我应该怎么办才好？

我在审讯队时的一位名叫沃尔特的好友，也曾是从德国来的一

人类良心的一刹那 | 277

位流亡者,他看到这一堆包裹大笑了起来。"我来帮你把它们发掉!"他主动提出帮助。接下来做什么?我保留了一份托我寄信的人的名单和地址。于是我们申请了一辆专用的装有防寒设备的吉普车,往里面塞满了邮包。当天整个傍晚直到深夜,我和沃尔特开车穿过维也纳的满街碎石,将邮包投给那些满心惊喜和感激的幸存者们。他们大多数都住在城市的苏军占领区,我们只好深夜才驱车前往那一区,巡逻的苏军常常疑神疑鬼地拦住我们。当然了,我们互称为盟军,所以我们会解释说我们在为纳粹恐怖的幸存者们投送包裹,这样就能获准通行。

新的一周包裹又陆续到来,负责邮件的家伙越来越讨厌我们。我们继续在每天晚上到维也纳的各处送信,但是我担心我好心提供的帮助已经变得不可控制了。

终于有一天早上,我们的指挥官把我叫到他的办公室。他要求我解释收发这么多信件的原因。由于知道这个军官是个犹太人并且会理解我的动机,我决定直接告诉他真实原因。我向他坦率承认我滥用军邮渠道来帮助那些幸存者,是想要做一件亟须的好事。我没有预料到一个简单的举动居然引起这样的结果。他严厉地训诫我,后来笑了笑,"这次就这么算了。"他说着就让我走了。

有时我回想起这件微小的善行发生的经过。是的,局势很快就失控了,但只有这样才能算是一项真正的义举:事态扩大再复原,直到达到它的目的。我只是被选中来达成这一目的,把这些人生还的消息通知爱他们的、焦虑的家人。

一个日本小兵 [1]

◎ 季烨

　　这是一个真实的故事，应该发生在1942年的春天，那时我表姐刚满月，就与我姑姑、姑父一起被抓进了日本宪兵队。姑姑、姑父都是"铁血锄奸团"的成员，这是一个爱国青年组成的地下抗日组织，姑父是领导人之一。他们在沦陷区暗杀鬼子、汉奸，搜集情报，为抗日队伍筹集物资军饷……给侵占山东半岛的日寇不小的打击。这次他们被叛徒出卖而被捕，在鬼子的监狱里受尽了折磨。为了逼姑父供出自己的组织成员，每次提审，鬼子都用酷刑，用得最多的是灌凉水——把人肚子灌胀，然后穿着大皮靴在胸口、肚子上一气儿乱踹，水就从鼻子、嘴里冒出来。姑姑说，每次过堂回到狱室，姑父的脸都是青的，头发也一根根直立着。

　　他们曾决定一起触电自杀，以全家人的性命保全抗日组织。可是，就在姑父拧松电灯泡的一刹那，姑姑怀里的表姐突然放声大哭

---

① 　选自《海内与海外》2008 年第 7 期。

起来，过道里传来鬼子的号叫，姑父只好赶紧把灯泡拧上；鬼子没有动静了，姑父咬着牙，又去触那道死亡的闸门，表姐又一次哇哇大哭起来；第三次，姑父几乎把灯泡拧下来了，表姐却更顽强地高声啼哭。最后，表姐的哭声让鬼子起了疑心，加强了对他们的监视。表姐后来说："要不是我哭，你们就看不见我爸妈、我和我弟弟妹妹了！"

　　表姐哭是因为饿。那一年，姑姑还不到20岁，抱着刚刚满月的表姐，被关在阴暗潮湿的牢狱中，恐惧、焦虑早已把她折磨得不成人样了。大人吃的是少得可怜的发了霉的囚饭，哪里有奶水喂孩子？我表姐开始还不屈不挠地哭，后来渐渐没了声息，最后奄奄一息，软软地瘫在姑姑怀里等死。

　　有一天姑父又被拖去过堂，鬼子看守都不在，牢房里一片死寂。这时候，牢门开了，进来一个鬼子，矮个儿，尖脸，挎杆长枪，径直走到姑姑身边。姑姑不知他要干什么，缩到炕角，抱着孩子，一动也不敢动。谁知那鬼子朝姑姑伸出双手，要抱她怀里的孩子。姑姑吓呆了，死死搂住表姐，躲闪着，心想决不能让鬼子抢走孩子！她准备拼命了。那鬼子迟疑了一下，后退了两步，走了。

　　第二次，牢房里又只剩姑姑和表姐时，那鬼子又来了，姑姑又退缩到炕角，害怕极了。鬼子见状，想说什么，想了想，还是走了。

　　这个鬼子好奇怪。过了一会儿，他又来了，走到姑姑身边，把枪拿下来，换到左肩上，然后解开上衣口袋，从里面掏出一张照片举到姑姑眼前，拼命打着手势，示意姑姑看。姑姑大惑不解，低头看那照片——是一个婴儿，看起来和表姐差不多大，也是个女孩。那鬼子指着照片，指指表姐，又指指自己。又指照片，指表姐，指自己，还伸出一根手指，在表姐和照片之间比划来比划去，甚是急切。

　　姑姑猜出来了，照片上的婴儿是他的孩子，和表姐差不多大，奄奄一息的表姐，让他想起了自己的女儿……

他是个小兵，每天都背杆长枪，值班站岗。隔了一两天，是他值班，看看附近没有其他鬼子，他又进了姑姑的牢房，飞快地从衣兜里掏出一包东西，塞到姑姑坐的炕上。姑姑一看，是包饼干!他连忙打手势，让姑姑把饼干掰碎了拿水泡给婴儿吃!饼干是日本货，包装纸花花绿绿，挺粗糙的。那个时候，中国人吃点大米要是被发现，都得被当做罪犯抓起来。对他这个扛长枪站岗的普通士兵来说，发包饼干大概也非同寻常。可是这时候姑姑已经不能多想什么了，更不能推却——这饼干就是救女儿命的宝贝!

有一天，他又悄悄塞过来一块香皂，也是粗糙的日本货。他两手做着搓洗衣服的动作告诉姑姑，要她给表姐洗洗裤子。裤子上又是屎又是尿，加上牢房的霉臭，那气味可想而知。

可是没有水。他扭头出去了，过了不大一会儿又兴冲冲地进来，并打开牢门让姑姑出去，带着她走到后院铁丝网边，那里有一个水龙头。姑姑猜他大概是用什么理由说服了长官让他把自己带出来洗尿布。后来，只要是他值班，他就把她们带到这里。然后自己走开。在这个小水龙头边，娘儿俩享受了阳光、新鲜空气和短暂的自由与放松，姑姑洗尿褥子，表姐晒着太阳。铁丝网外面的田野，给了母女俩活下去的力量。表姐的小命就这么拣了回来。

表姐说，一个月大的孩子，从生理学的角度说应该没有记忆，可是她相信这段经历在她的潜意识里肯定留下了痕迹。50年后她曾经参观当年日本人设在大连的监狱。"一进那大门我就叫了起来:'这地方我来过!'实际上我肯定没去过，大连我都是第一次去;我也没在任何地方见过日本监狱!我相信就是一个月大时在日本鬼子的监狱里受折磨留下的印痕!"然后她伸出右手让我看她的生命线，"你看，我这条生命线旁边还有一道，多明显!这表示有贵人相助!"表姐从17岁起就在北京一所著名的幼儿园里当老师直至退休，一辈子带着挚爱，不知抚育了多少孩子——中国的、外国的，当然也包括日本孩子。

我被深深打动了，追着问姑姑："那日本人，他叫什么名字？"

"不知道。那时候哪敢问名字啊，他也不敢说呀……"

"他长什么样？"

"长得……尖脸，小矮个儿，像个孩子似的……年轻，也就是二十一二岁的样子……"

"他后来怎么样了？"

"不知道……"

我们不知道他的姓名、他的身世，也不知道他后来是死是活，知道的只有：那个孩子样的日本青年，在那个军国主义战争机器把他的无数同胞变成凶残的野兽的时候，他竟那么善良朴实，热心地救助了一个原本与他没有关系的中国婴儿。他在我们心里永远扎下了根。

我默默祈祷，但愿那场灭绝人性的战争没有吞噬他年轻的生命，愿他高贵的人性、良知与生命俱存！而且，我也知道，任何强势都无法真正战胜人类内心的良知，这就是人类的希望所在。

和平年代我们依旧崇尚英雄[①]

澜涛，作家。著有美文集《珍珠锦囊》、《海天片语》等。

古往今来，无论历史如何演变，人们始终有一种不变的心理：崇尚英雄。

究其原因，可以简单地总结为，因为英雄是人类行为至高至美至善至洁的体现，是人们情感、精神以及灵魂的精髓与支柱。现今，谈起英雄，人们越来越多的却是摇头，感叹在喧嚣与诱惑中，英雄已经越来越稀有了。

英雄真的越来越少了吗？

那是一个4月的下午，河南省虞城县第一实验小学4年级学生房瑞丽领着在同一学校读2年级的妹妹房苗苗回家。当她们路过离家不远的红旗河时，看到河里有不少小鱼。贪玩的房苗苗在河边捡起一个小破网，把书包交给姐姐，挽起裤脚下河网鱼，网到小鱼就递给岸上的姐姐。20分钟后，在岸上整理小鱼的房瑞丽突然听到"扑通"一声，

[①] 选自《八小时以外》2007 年第 11 期。

她抬起头时，只看到深水中露出妹妹的两只胳膊和半个脑袋。房瑞丽试图把妹妹拉上来，但没有成功，她开始大呼"救人"，房瑞丽喊了10多声后，放学路过的虞城县一中高一（25）班的张曼丽跑过来，跳进河里。张曼丽跳进深水处后，水一下子没到她的嘴边，她抓住苗苗举起来就往河边走。可能是因为河床比较松软比较陡，她走了好大一会儿还是在老地方"打转转"。几分钟后，张曼丽再次举起苗苗时，苗苗终于死死抓住了姐姐递来的木棍，房瑞丽把妹妹拉上岸，苗苗吐了几口水后哆哆嗦嗦地站了起来。此时，她们再回头看河里时，十几米深的红旗河一片宁静，河面上已经没有了张曼丽的影子。当日晚20时许，虞城公安、消防等部门把只有17岁的张曼丽的尸体从红旗河打捞上来，人们发现张曼丽的双手依然向上举着。

那是一个2月，因为儿子突然身体不适，河北省辛集市某医院护士郭钗提前去幼儿园接儿子。接到儿子后，她向幼儿园的一名老师询问起儿子的一些症状。突然，一名男子闯进幼儿园，一句话都没说，掏出一把长刀向郭钗旁边的老师连刺3刀，鲜血飞溅。接触过太多死亡的郭钗却毫不犹豫地冲向手持血刃的歹徒，死死地抱住了歹徒及其拿刀的手，并喊叫报警。她的瘦弱和歹徒的剽悍对比鲜明，但她却不知道哪里来的力气，紧抱着歹徒持刀的手，在歹徒拼命的挣扎和厮打中没有退缩。歹徒见有人抱住他不放，又掏出一把斧子，向郭钗连砍数十斧，郭钗终于倒在地上，她28岁的生命从此定格。丧心病狂的歹徒又将郭钗那哭着要妈妈的儿子砍死后，挥舞着斧头冲向幼儿园的教室。而此时，楼上的老师和63名孩子在得到那名受伤的老师通知后，已经集中到一间教室内，死死地用桌子顶住了教室门。民警终于赶来，此时，找不到人的歹徒已经砍烂了一间间空教室内的桌椅……

那是一个冬季的傍晚，两名歹徒在武汉市武昌中百仓储收银台持枪抢劫，打死打伤3人后逃窜。路过此处的武警某文工团政治指导员尹飞先是听到一声"杀人了"的惊呼，随即见一名男子挥舞着手枪从对面狂奔而来，他意识到，对面那满脸凶残的人一定是实施犯罪后逃跑的歹徒，来不及多想，他毫不犹豫地冲向歹徒。扭打中，歹徒的枪响了，尹飞只觉得自己的右手臂有凉风急速刮过，但他丝毫没有停止搏斗，几番搏打，终于，他将高出自己一头的歹徒摔倒在地并将其制伏。事后，人们从歹徒的身上缴获手枪两支、子弹6发。而直到歹徒被押上警车，尹飞才注意到自己的右衣袖被子弹穿了一个洞。

如果英雄真的越来越少了，是不会每每危难突降时，总有英雄出现。我们之所以鲜见英雄的风姿，多半是因为我们当今的生活充盈着祥和与安定，越来越少危难，而英雄只在一些危难的关口才能够显现他们的光芒。

原来，英雄遍布在我们身边，我们看不见英雄，是英雄将其光芒内敛在心中。

实际上，只要用心，我们仍旧可以随处感受到英雄的光芒。成为英雄，缺少不了在生死面前的无畏与勇敢，取舍面前的无私和从容，而这些恢弘与磅礴，是在生活的点滴与琐碎中凝练与锻造的。要想在祥和与安定中领略到英雄的风采，只需要细心就能够捕捉到：比如，在公共汽车上那个给老幼病残让座的人；比如，街头那个为迷路者

身边的英雄如雏菊般平凡，他们在生活琐碎细节中体现的光环，也如雏菊淡雅的清香一样，常常被我们忽略。

耐心指引方向的人；比如，那个路拾他人物品急切寻找失主的人……他们或许就是英雄。因为，时刻以宽爱、善良、无私、正义的心去对待生活，哪怕是生活中琐碎得不能再琐碎的细节也是英雄耀眼光芒中无法缺少的一环。

这样，有一个方法可以让我们更真切地感受到英雄的光芒：常怀一颗宽爱、善良、无私、正义与勇敢的心对待身边的每一件事、每一个人。这个方法不仅可以让我们离英雄更近，或许还可以让我们自己成为英雄。

我相信英雄就在身边。或许，我们每天都和英雄擦肩而过，每天都沐浴在英雄的光芒之中。而且，我们每个人都可以成为英雄。

让心灵复活①

◎ 慧子

太阳能够比风更快地脱掉你的大衣；仁厚、友善的方式比任何暴力更容易改变别人的心意。

老好人的多事之秋

2003年圣诞节，巴伐利亚州劳达小镇的银行职员达尔，正喜气洋洋地跟妻子准备晚餐。做了一辈子普通职员的达尔，在年近50的时候，终于得到了升迁，过了年他就是劳达镇储蓄银行的经理了。

当达尔夫妇做餐前祈祷的时候，门铃响了。妻子安娜打开门，镇上的建筑商艾顿拎着大包小包，笑吟吟地站在门外。这是一个从来没有登过他家门的新客人，安娜十分诧异地将艾顿迎进屋里。

在劳达，穷人和富人都有着自己的圈子，很少有人跨界交往。但现在，达尔将是经理，他们当然可以一起吃饭了。

---

① 选自《东西南北》2007 年第 11 期。

正准备开饭时，门铃又响了。门外站着保罗，一个面点师，他的手里拎着水果和点心。达尔感到非常惊奇，这个从来不跟银行打交道的人，为什么也在这时出现？看到保罗在寒风里冻得发抖，达尔邀请他一起吃圣诞晚餐。

保罗也不拒绝，他跟着达尔快步走进屋内，但当他看到坐在桌边的艾顿时，脚步立即迟疑起来。艾顿的脸色也不自然起来，但因为有事相求，他只好强迫自己留在椅子上。

三个男人举杯共祝圣诞快乐后，气氛立即冰冻起来，保罗和艾顿谁也不搭理谁。达尔习以为常，劳达镇的贫富隔阂存在了几百年，当然不可能一下子消融在他的餐桌上。

那晚，艾顿待到很晚。说话的中心只有一个，就是希望达尔将贷款的数目再放大一点，审查抵押条件的时候再放松一点，他需要大笔的资金在劳达镇上盖一个大型集贸市场。

银行家变身绿林枭雄

2004年1月，达尔如期上班。艾顿的贷款申请非常急，达尔调出他的现金流向记录时发现，这家伙进账和出账动辄几十万欧元，他一定是劳达镇最富有的人。可惜，他也是最冷血最势利的人，达尔只为他提供了政策允许范围之内的款项。

3月24日，达尔下班时碰到了跟含泪花的林莉太太。她的丈夫前几年在艾顿的建筑工地做工时出了事故，现在身残在家，林莉将抚恤金存在银行，每个月来取一点，但这次她说要全部取出。林莉泪流满面地告诉达尔，她那好不容易念到大学的儿子，突然得了一种奇怪的肌肉萎缩症，她来取钱给他治病，但这点钱根本不够。

送林莉出门时，达尔心里非常难过。望着林莉远去的背影，达尔突然想起了保罗，那天勉强跟艾顿吃饭的保罗，会不会也遇到了同样的情况呢?

当天,达尔来到了保罗的家里,可是他赶上的却是一场葬礼,保罗的妻子过世了。达尔上去握住保罗的手,可保罗却默默地将手抽回。达尔意识到,圣诞那天他想说的话可能跟他妻子有关。

隔了几天,达尔终于弄清楚,保罗的妻子病重时,需要一笔巨额费用,保罗想找达尔帮忙,以他的蛋糕店做抵押,简化程序快速贷一笔钱。但因为艾顿在场,他不确定达尔还看不看重穷人朋友,所以始终不敢把话说出口。就这样,他的妻子因为延误了治病时机,离开了人世。

重新在办公室坐下,达尔仍在担心保罗。正在这时,艾顿打电话来,要办一笔很大的转账业务。达尔突然冒出一个念头,这念头大胆得令他害怕。艾顿有许多业务往来,如果从他那庞大的资金里套点钱出来,他会不会马上发现呢……

2004年5月15日,达尔开始实施他的计划。随后的几天,达尔静观艾顿的反应,艾顿并没有电话过来,达尔如释重负。他给保罗打电话,说帮他申请了一种特殊贷款,这种贷款虽然是小额贷款,但是不必还利息。不久,达尔又利用一个富商调用资金的机会,套了一点钱打到了林莉太太的账上,随后他给林莉太太打了一个同样的电话……

转眼几年过去了,2006年圣诞节即将来临。3年时间里,达尔遇到了许多陷入绝境的穷人,他都给他们申请了一种"特殊"贷款。每当达尔坐在电脑前,对劳达镇的财富进行再分配的时候,他的心里就会升腾起一种幻觉,仿佛自己就是劫富济贫的罗宾汉……

温情判决融化小镇坚冰

3年里,发生变化的不仅是达尔,还有整个劳达镇。艾顿的集贸市场建起来了,规模化的经营很快挤垮了劳达镇的许多零售商。可即便是这样，许多没有收入来源的人，也还能勉强维持生活。尤其是保罗，还扩建了自己的蛋糕店，生意越来越红火。而林莉太太的儿子已经大学毕业，病治好了以后他找到了一份非常不错的工作。达尔每次走在大街上，内心都充满喜悦。劳达镇发生的这些变化都跟他有关系，但这是一个天大的秘密，他不能对任何人说，这种快乐他也只能独自品尝。

然而，几个月后，达尔的"绿林"行动穿帮了。

2007年2月25日，艾顿找到了达尔，说他反复进行过财务清算，却发现账上莫名其妙少了50万欧元。达尔强装镇定，他说可能是系统出了问题，待问题查清楚后，一定给他一个答复。不知什么原因，一夜之间好像劳达镇所有的富人都警惕起来了。第二天上班的时候，达尔办公室电话铃声此起彼伏，都是提示账上资金短缺的电话。2月27日，警方接到了报警电话，达尔再也无法应付下去了。

2007年3月1日，达尔向警方自首，3年里，达尔一共从银行非法划出210万欧元，消息一下在劳达镇炸开了锅。当穷人知道这笔钱是达尔从富人那里"偷"来的时候，他们感到非常高兴。多少年来，为了谋生，他们一直挣扎在富人们不屑的目光里，如今达尔替他们出气了，把钱分给真正创造财富的人。于是，许多人进而认为这钱就该是他们的，他们群体沉默，谁也不承认得到过"特殊"贷款。

为了营救丈夫，安娜挨家挨户问人们是否收到过钱。许多人跟安娜一样难受，他们实在不愿意达尔坐牢，但他们谁也不愿意拿出钱。如果将钱全部交出去，他们的生活又要回到原点。安娜伤心到了极点，她去探视达尔，说劳达镇的穷人也变得和富人一样冷漠了，说达尔这样做真不值，但达尔平静地说，这正是他想要的结果。他已经50岁了，最多将牢底坐穿，而如果将钱追回来，那劳达镇许多人的生活都要改变，那样做不值。

2007年5月17日傍晚，一个人出现在安娜家门口，他是艾顿。一股莫名的勇气激励着安娜，她说："如果劳达镇的穷人们从此过上新生活，我和达尔愿意牺牲。"没想到艾顿说："夫人，您误会了，这一切因我而起，现在应该由我来收场!"

　　2007年5月20日，巴伐利亚州法院开庭。银行惊奇地发现，一夜之间，账户上的钱一下回来了50万欧元。一旁旁听的穷人们用目光互相探询，随后也用目光交流了他们的决定。2007年5月28日，法庭宣判之日来临，可在前一天，银行惊喜地发现，不仅210万被盗用的赃款回来了，还不断有金额不等的汇款打到银行的户头上来，这种情况让他们百思不得其解。

　　鉴于这种情况，达尔给银行造成的损失等于零，法院做了轻判：达尔被判刑两年零六个月。随后法官宣读了他们收到的一封劳达镇富人们的联名来信，信上说："达尔触犯了法律，可是也解冻了我们为富不仁的心。3个月来，遭到审判的不仅是达尔，还有我们的良心……"

　　听着这些表白，达尔的嘴角露出了欣慰的笑容，只有他知道，那些不断回到银行的钱是谁汇出的。他也清楚地知道，对于劳达镇来说，那些比金钱更重要的人间情义也在升温……

生死时速①

◎ 丽莎·费特曼

保罗·卡罗西奥吻别了妻子马蒂娜。"我走了,亲爱的。"他一边用胡子摩挲着妻子的脸颊,一边说,"三点或三点半回来,具体什么时间得看今天的路况了。"

从他们位于马赛北部的小公寓的窗户望出去,天空万里无云,公路上十分干燥,这对卡罗西奥这个送货员来说是个好兆头。卡罗西奥今年59岁,29年前他动了一次手术,体内被植入了机械主动脉瓣膜。尽管身体状况不好,但他仍然出车干活,这让马蒂娜一直很担心。她要求丈夫控制饮食,采取健康的生活方式,但卡罗西奥是个美食家,也十分享受驾驶白色雷诺货车在马赛附近的公路上驰骋送货的感觉。

"早点回来,亲爱的。"马蒂娜在他身后喊道,"注意安全!"

---

① 选自《读者》2011年第22期。

命悬一线

A7高速公路上，汽车川流不息，五颜六色的车辆在3条车道上以接近130公里的时速穿梭飞驰，空气中充斥着柴油发动机的咆哮、警报器的尖叫和喇叭的鸣响。建筑工人穆罕默德·卡拉比拉驾着他的灰色雷诺在滚滚车流中疾驶。

卡拉比拉身材高大，宽肩、平头，神情严肃。已经工作了6个小时的他坐在方向盘后，精力集中。此时是下午3点，他正赶往马赛机场，去接从摩洛哥来探亲的哥哥。卡拉比拉还有30公里的路要赶，而以100公里的时速在他前面"爬行"的白色货车似乎不慌不忙。

"拜托，"他喃喃地说，"就不能开快点儿嘛!"

突然，他前面的那辆货车转了向，冲上了公路右侧边缘的紧急过道。卡拉比拉倏地坐直了。他问自己：我是不是产生幻觉了? 其他车辆从左边一闪而过，无视货车不合常理的变道。

卡拉比拉想：或许司机睡着了，或许他喝醉了，也可能他生病了? 货车迂回行进，撞上了护栏，但并没有停下来。

卡拉比拉赶紧变道，开到货车旁边，向车窗内望去，发现司机倒在座位上，陷入了昏迷，不省人事。

卡拉比拉长着老茧的大手死死地握住方向盘，非常用力，以至于指关节都泛白了。他想：货车没有减速，说明这家伙的脚一定还踩在油门踏板上。这样下去他会丢掉自己的性命，甚至还会威胁到别人的安全。必须做点儿什么!

让车停下

卡拉比拉迅速抓过手机，拨打紧急电话112。但他知道即使报告自己的位置，救援人员也不可能及时到达。他必须做点什么让车停下来。突然，一个想法——动作片中的一系列动作——在他脑中闪现：

冲到货车前面,用自己的车让它停下来。可卡拉比拉并不是什么特技演员,他只是一个29岁的砌砖工人。他知道这样做很危险,甚至有些荒谬。他甚至想到了妻子、父母和兄弟姐妹,还有正在家里等他回去的小侄女。

"无论如何,避免这场事故的唯一办法是让这辆车立刻停下。"他小声自言自语。深吸一口气后,卡拉比拉驾驶着他的车冲到失控的货车前面。他深知,第一次碰撞极有可能是灾难性的——以时速100公里行驶的车通常需要约15秒,也就是滑行200多米才能完全停下,而卡拉比拉不仅要把自己的车停下来,还要让一辆比他的车重500公斤的货车也停下。一旦他刹车太狠,后面的货车极有可能会压过他的车,两辆车都将冲入车流中,场面会更加混乱。

卡拉比拉尽可能尝试着配合货车的车速,他的车离货车越来越近了。紧接着,他踩下刹车,缓慢减速。砰的一声,他的车猛地一震,开始晃动。卡拉比拉努力抑制自己想闭上眼睛的冲动,心想:我就要死了。

对于卡拉比拉而言,飞速移动的汽车以及时间本身,都在以慢动作的形式呈现。尽管他很恐惧,但他还是再次刹车了。轻轻地点了刹车板后,货车轰的一声撞上了他车后的保险杠。

之后,每隔一会儿,卡拉比拉就小心翼翼地踩一下刹车。突然,他瞥见一道白色闪光冲到了他的左后方——一辆宝马X1在失控的货车侧面并行,以防止货车滑入旁边的车道,撞上后面飞驰而过的车。

救援接力

38岁的布鲁诺·卡兰达是一位汽车安全专家。他有着瘦削的身材,一头浅棕色的金发,书生气十足。当时他刚见完客户,正在回办公室的路上。驶上A7高速公路后,他一直跟在卡拉比拉的车后,他也看到了失控的货车撞击护栏。在他意识到卡拉比拉的计划后，立即决定施以援手。

尽管他的工作经验和专业知识告诉他这样做很危险，他还是将车开到失控货车的左侧与其并行，以阻止货车滑入旁边的车道。与卡拉比拉一样，卡兰达的眼睛也一直盯着公路。他们俩没有任何交流——没有互打手势，也没互打车灯，仿佛了解彼此的想法，也知道如何才能最有效地让货车停下。两个人像是在玩现实版的碰碰车，但这可不是游戏，随时可能丧失性命，而且没有任何规则和提示。

货车再次滑向宝马，但卡兰达无视危险，稳定地保持与其并行。这不可思议的3辆车在撞击中前行。时间飞逝，周边的汽车飞驰而过，也许不曾注意到他们所处的困境。

100米，200米，货车仍猛冲前行，而卡拉比拉和卡兰达坚定地不放弃努力。500米了，渐渐地，货车速度放慢了。整个过程用了120秒，3辆车滑行了1000多米，但对于卡拉比拉和卡兰达来说，这两分钟就像永恒那么长。终于货车在最后一次撞击卡拉比拉的车后，停了下来。卡拉比拉这才深吸了一口气，仿佛之前一直都在屏气似的。他闭上眼睛，回想刚刚所做的一切，既恐惧又惊讶。

送货员尤尼斯·拉菲奇正用手机与他刚怀上双胞胎的妻子通话，注意到眼前奇怪的景象：3辆汽车看似连体一般，互相撞击着，直到最后在道路右侧停下。年轻的送货员很快意识到发生了什么。"我得挂电话了。"他对妻子大声说，然后就中断了通话。他将车尽可能驶近卡罗西奥的货车后停下，然后迅速把卡罗西奥抬到车外。卡罗西奥面无生气，仿佛已经死了。

"让我进去！"有人喊道。克里斯蒂安·科博，一个身材魁梧的男人，也在现场停下了脚步。科博的工作是开拖车，但他还是一名志愿消防员。在法国，所有消防员都是训练有素的急救员。他跪在毫无气息的卡罗西奥身边，试图寻找他的脉搏，但什么都没发现。

科博立即开始给卡罗西奥进行心脏复苏按摩，压，放，压，放……5分

接力救援的英雄们：克里斯蒂安·科博、尤尼斯·拉菲奇、穆罕默德·卡拉比拉和布鲁诺·卡兰达（从左至右）

钟过去了，卡罗西奥还是没有一丝反应。10分钟后，科博开始感到手和肩膀酸痛，但他仍然保持着按摩的节奏。他不禁想：卡罗西奥在车停下之前到底昏迷多久了？科博深知，20分钟没有氧气，就会导致不可逆转的大脑损伤甚至死亡。突然，他感觉到了一次心跳，又一次心跳，紧接着卡罗西奥有了脉搏。

科博一直照顾着卡罗西奥，直到他听到警笛声。第一批急救人员赶到了，把卡罗西奥抬上了救护车，送往马赛北部医院。

宛如天使

之后的几天里，卡罗西奥一直在生死线上徘徊。第五天，他终于睁开眼睛，发现自己在医院病房里，妻子马蒂娜和家人陪在床边。他不记得发生过什么事，也不记得自己心脏病发作，更无从想起高速公路上那恐怖的两分钟。

医生在卡罗西奥的左手臂下发现了动脉血栓并做了去除手术，之后还为他安装了心脏除颤器。和起搏器一样，这可以治疗心律失常。

"你能活过来简直是个奇迹。"马蒂娜对他说，"从现在开始，你得听我的！"然后，她向卡罗西奥讲述了高速公路上与他偶然相遇的4位陌生人的故事。

　　6月底，卡罗西奥出院了。

　　4个月后一个下雨的星期天，卡罗西奥、马蒂娜、他们的孩子以及孙子、孙女，来到了位于普罗旺斯萨隆地区的警察部队会议室。他们身穿象征感激和爱的白色衣服，给孩子们带来了小蛋糕、糖果，还带来了鲜花和一个大蛋糕，蛋糕上用糖浆画成的4个心形图案里分别刻有4位英雄的名字：卡拉比拉、卡兰达、拉菲奇和科博。

　　房间里气氛温馨，人们互相拥抱，闪光灯不断闪烁。卡罗西奥情绪激动，他走到房间的一角，默默注视着家人和4位救命恩人聊天，眼中充满了泪水。"他们，就像天使！"他感叹道